周思源看紅樓

獨具慧眼看紅樓人物
獨具法眼評紅樓技法

周思源 著

序

精瘦，有著鷹一樣的目光和火一樣的熱情，這就是周思源老師。

周老師給我最深的印象是他的目光，像鷹一樣，不是有神，而是尖銳。

我極少中午審片，因為怕睏。《品讀〈水滸傳〉》系列節目因為趕著播出是在我最不在狀態時就著咖啡審看的。

「我們習慣把梁山泊一百零八位頭領稱為一百零八條好漢，那麼這一百零八位頭領是不是都是好漢呢？有沒有不好漢呢？不但有，還不少！」

我放下咖啡，盯著螢幕裏那張精瘦的臉。

「智取生辰綱的結果是晁蓋這一小部分人先富起來了，把掠奪來的財富據為己有，或大部分據為己有，是中國古代農民運動轟轟烈烈卻屢遭失敗的一個重要原因。」

我觸到了那鷹一般的目光，感到了奪人的尖銳，看了一下節目單：主講人周思源。

在一次重拍電視劇《紅樓夢》的策劃會上，我隨著主辦方的介紹第一次看到了螢幕外的周老師，比螢幕裏瘦小了一圈，臉上的肌肉雕塑似的，嘴閉成一條縫。

輪到主辦方介紹我：「這位是中央電視臺《百家講壇》欄目製片人……」

「我跟你們《百家講壇》合作過！」在坐滿人的會議桌對面周老師把話扔過來：「你是領導？」

所有目光集中過來，我有些窘。

周老師起身、繞過半個圓桌的參會者走過來、向我伸出手……

在《百家講壇》做了三年半製片人，接觸的學者上千位，周老師是主動向我伸出手的唯一的一位。我握住了那雙瘦而有力的手，也握住了一段愉快珍貴的合作經歷。

去年八月，央視網站邀請我和周老師做線上嘉賓。如火的季節，他卻著長袖衫，袖口領口都緊緊的，在平展寬大的衣服裏他就像個小了一號的「衣架」。那是我第一次特別注意到周老師的瘦，近而擔心他如何能在悶熱的直播間裏完成兩個小時高強度的工作。但周老師給了我一個驚訝，他真就那麼不停嘴地說了兩個小時，甚至沒喝一口水！原來瘦也能是一種力量！

《對話紅樓》社會迴響熱烈，我正飄然，突接周老師電話：「節目做得不錯，但有幾個錯字，你記一下……」接下來就是引經據典、追根溯源，足足十分鐘我被慷慨熱切的聲音感染著，感受的不是無知的窘迫，而是汲取的快慰。

編導們說周老師是唯一一位與之打交道沒有心理障礙的學者，他的熱情能縮短一切距離。

看到欄目的不足，他會立即寫信；

出了長篇小說，他會即時捎來；

欄目策劃會，他積極參與；

節目評獎，他滔滔不絕；

……

無奈！工作的變動讓我疏離了周老師。

再接到電話已是半年以後，周老師告訴我中華書局要做他的作品集錄，其中相當一部分源於與《百家講壇》的合作，「你來做序吧，為了我們曾經的合作！」周老師依然熱切。

我心怦然。

於是有了這些文字，不能算序，只為紀念我與周老師難忘的合作。

聶叢叢

二〇〇五年四月八日

序

目錄

說不盡的《紅樓夢》

《紅樓夢》與《水滸傳》、《三國演義》、《西遊記》並稱為中國古代小說四大名著，或者乾脆就簡稱「四大名著」。其實中國古典文學中稱得上名著的作品不少，小說中《儒林外史》、《聊齋志異》、「三言」、「二拍」甚至《官場現形記》也是名著，為什麼加上「大」?不是規模巨大、結構宏大、題材重大，而是偉大！「四大名著」在作品的思想性和藝術性上都具有經典性，所達到的思想高度和藝術高度在古代文學史上無與倫比。而學術界公認《紅樓夢》又超過另外三部。一九五六年最高國務會議上，毛澤東在談到進行大規模經濟建設的有利條件時說，除了地大物博、人口眾多之外，「還有半部《紅樓夢》」。毛澤東是以曹雪芹生前沒有寫完的《紅樓夢》來代表燦爛輝煌的五千年中國古代文化。這樣我們就不難明白，為什麼只要是和《紅樓夢》、曹雪芹有關的事物大家都很感興趣，甚至引起全國轟動。可以說，中華民族古代物質文明的代表是長城，精神文明的代表是《紅樓夢》。

《紅樓夢》是中國人的精神家園。中國人上過中學的幾乎沒有不讀過《紅樓夢》的，如果說只看

過電視連續劇，沒讀過原著，都不好意思，怕人認為沒文化。所以《紅樓夢》印多少都賣得出去，許多出版社都出版《紅樓夢》，反正不用給曹雪芹版稅。我在二十世紀八〇年代前期買過兩套不同出版社印的《紅樓夢》，一看版權頁，印數加起來已經超過四百萬部，現在全國已經印了幾千萬部。我曾聽一位資深紅學家在會上講起，他聽某著名出版社社長說，他們出版社要是發獎金有困難了，就印《紅樓夢》！

「紅學」本來是清末兩個文人開玩笑時的一個說法，結果一百年來竟然真的成了中國學術界公認的一門顯學，與甲骨學、敦煌學並稱為三大顯學。甲骨學和敦煌學非受過高等教育並在這個領域下了功夫者，不能入其堂奧。而《紅樓夢》大俗大雅，說起大俗，只要有初中文化程度，就能基本上讀明白故事，弄清主要人物關係，就能夠讀讀紅學著作了。說其大雅，拿了博士學位，有了教授頭銜，也未必真正弄明白了其中的不少問題，說不定好些年了，依舊一直在死胡同裏沒有走出來。中國國家文化部下有一個中國藝術研究院，裏面有一個紅樓夢研究所，是個副局級單位。為一部小說建立一個國家級的研究所，這在全世界都聞所未聞。這個研究所一九七八年開始出版的《紅樓夢學刊》，每年四期（二〇〇五年已改為雙月刊），每期二十八萬字，至今已經二十多年，每期發行五千冊左右，是國內人文社科類刊物發行量最大的期刊之一。為一部小說創辦一個大型刊物，居然能在學術刊物生存艱難的如今風采依然，也算得上是奇蹟了。

《紅樓夢》確實如清代一些評點家所說，是一部天下奇書！

也許有人會說：你是研究《紅樓夢》的，自然把《紅樓夢》吹得神乎其神了。

其實我不但不是專門研究《紅樓夢》的，而且過去也不信《紅樓夢》有那麼神奇。我的職業是教書，教了二十年中學語文，又教了二十多年留學生中文，幾乎和《紅樓夢》沒有任何關係。我只不過是個紅學票友，執教之餘，粉墨登場，喊兩嗓子罷了。而且紅齡不長，在票友中也名列後茅。許多紅學界的朋友都聽說過我是如何「誤入歧途」的。當年我雖然知道《紅樓夢》很不錯，可我就不信，一部小說再好，哪有這麼多可研究的！二十世紀七〇年代末，當時我還在北京三十一中教語文，準備調出來，我的復旦大學中文系老同學丁維忠（現任中國紅樓夢學會常務理事）問我願不願意到成立不久的紅樓夢研究所去。我說：你和林冠夫（也是復旦同班同學，現任中國紅樓夢學會副會長）已經在紅學所了，我還有一個無錫一中的同學陳熙中（現任北京大學中文系教授，中國紅樓夢學會常務理事）也研究《紅樓夢》，我去擠這個獨木橋幹嘛？一口謝絕了。過了幾年，電視連續劇《紅樓夢》播映，我一面看電視，一面重讀《紅樓夢》，心有所感，下筆成文，一九八八年發表了我的第一篇紅學論文。誰知從此一發而不可收，誤墮紅海，越飄越遠。明知「苦海無邊，回頭是岸」，卻至今無法解脫。這《紅樓夢》居然有偌大魅力，實在是始料所不及。所以我這個「紅學**JIA**」，不是家庭的「家」，而是北京人說排隊不按照秩序夾塞的那個「夾」。

為什麼是「說不盡的《紅樓夢》」？

因為《紅樓夢》是一部高濃度的藝術巨著，它成功塑造的藝術形象之多、之複雜、之深刻，作品文化含量之高，意蘊層次之豐富，都是空前的，無與倫比的。

和別的文學作品相比，打個比方，有的是不潔水，會喝壞肚子；有的是白水，可以解渴，也就是解渴而已，不過達到這種水準的作品就不錯了；有的是好茶，好酒，值得人們慢慢品味，這種作品算得上是精品了。《紅樓夢》則是好茶、好酒中的極品，一沏之後，或是酒瓶方開，頓時香溢滿堂；略飲少許，沁人心脾，餘香滿口，回味無窮。《紅樓夢》經得起反覆地品味式精讀和反覆地解剖式研究。人們可以單獨研究前五回，前八十回，後四十回，或者二尤的故事等等；也可以研究其中的詩詞、謎語、飲食、工藝品、建築、民俗、園林、語言、許多小人物、四大丫頭、個別小丫頭，更不必說那些重要人物了。世界上有許多偉大作家，莎士比亞、雨果、巴爾札克、歌德、但丁、托爾斯泰、賽萬提斯等等。我不能說曹雪芹比他們更偉大，但是他們除了不少作品外，還有日記、書信等等，莎士比亞就有三十七個劇本，而曹雪芹只有未完成的《石頭記》——《紅樓夢》。如果拿作品一對一地比，就我閱讀過的世界名著來看，《紅樓夢》的藝術水準絕對不亞於世界上任何一位偉大作家的主要代表作！中國大美學家王朝聞為王熙鳳一個人寫了一部專著《論鳳姐》，四十萬字，我不知道世界上還有沒有第二個人物形象經得起大美學家這麼過細地分析！

水至清則無魚，人至察則無徒，藝術至清則無味。古今中外的偉大名著中幾乎都有一些複雜的藝術形象經得起人們反覆琢磨，哈姆雷特、安娜·卡列尼娜、聶赫留道夫等都是經得起仔細品味、一時半會兒說不清的藝術形象。但是古今中外的藝術形象，讀者儘管對它的理解可能不一，但在人物的道德評價上一般不會出現嚴重分歧。《紅樓夢》卻不然，不僅有不少藝術形象的豐富內涵很難說清楚，甚至連這個人物的基本品質是好是壞都難以斷定，比如薛寶釵、襲人就屬於這種情況。清代兩個文人是好朋友，一個擁林，一個擁薛，結果爭論不下，差一點老拳相向。後來再見，相約不談《紅樓夢》。為了作品的人物評價而幾乎動手，毀了友誼，這大概也是世界第一了。

如今小說創作似也進入了工業化生產階段，長篇小說年產量已經突破一千部大關。一般地說，能夠讓職業文藝評論家耐著性子讀完的長篇小說，應該說就是不錯的了；如果自願（不是出版社花錢請寫並買版面發表）寫一篇文章讚揚幾句，那多半是優秀之作；至於還想再翻翻的，那這獎那獎就有希望了。但是《紅樓夢》唯讀一遍可不行，也不是幾篇評論文章就能夠說完的。

曹雪芹塑造了一大批古代小說中從未出現過的藝術典型。他的手法似是而非，似非而是，虛虛實實，真真假假，不用說光是讀了一遍的讀者，就是對《紅樓夢》有相當研究者，有好多內容也還是拿不準，甚至弄「錯」了。我之所以要將這個「錯」字打上引號，因為我自己也沒有把握到底誰對。非得仔細閱讀，反覆研究，才能發現曹雪芹真正的意思。所以脂批者多次提醒讀者要反著看，方是會看。可是許多《紅樓夢》愛好者，包括我等票友在內，乃至真正的和是否真正尚不得而知的紅學名家，往往不輕易放棄自己的見解。要是當今得了這獎那獎的優秀小說，對主要人物的評價你愛怎麼看就怎麼看，一般不會有人和你爭論，誰有那閒心？可是《紅樓夢》不然，《紅樓夢》就是有這麼大的魅力！

就拿薛寶釵來說，她的一大罪狀是「兩眼緊緊盯著寶二奶奶的寶座」，「一心要和林黛玉爭奪賈寶玉」。果真如此麼？她要是真的「爭奪」，可以不可以？在當時是不合情，不合理，還是不合法？薛寶釵的另一大缺點是「虛偽」，我倒認為相反，她很真誠。王熙鳳說薛寶釵「不干己事不開口，一問搖頭三不知」，對不對？我看是既對又不對，後文自有交代。您若不同意，儘管保留意見，不必和我爭論。既然我在此書中不能使您信服，就足以說明我已技窮。我年高體弱，俗務繁冗，來信不回，請勿見怪。

再說襲人，晴雯之死襲人有責任麼？有？她是「告密者」？建議您拿出證據來之前不妨再仔細讀讀其中相關的幾回。

秦可卿只有一個，那個根本不能算，算上也頂多兩個，怎麼會跑出第三個來？

類似這種一時半會兒說不清楚道不明白的人和事，《紅樓夢》中多的是。這部小說之所以讓口味很刁的中國文人熱熱鬧鬧地研究了兩個半世紀（從脂硯齋們算起），至今爭論不休，就因為它太不一般了。《紅樓夢》是喜馬拉雅、喀喇崑崙。最近幾十年來的優秀長篇小說能達到五嶽的水準的，不知有幾部。我閱讀有限，不敢妄評。二十世紀末以來，「史詩」已經有好些個了，不知讀者還記得幾

強歡笑蘅蕪慶生辰

部。我只想說，別以為北京香山「鬼見愁」的名字挺唬人，其實海拔才五百多公尺，許多老頭、老太太一周要上去三回呢。

我之所以說《紅樓夢》「經得起反覆地品味式精讀和反覆地解剖式研究」，除了它在塑造藝術形象上的獨到成就外，另外一個極其重要的原因是，《紅樓夢》具有多層次的深厚意蘊和許多超前意識。

誕生於十八世紀中期的《紅樓夢》不少進步的觀念，直到二十一世紀的今天也不落後。林黛玉是曹雪芹最鍾愛的少女，他對黛玉的批評，至今仍不失現實意義。許多中國女性，包括一些受了高等教育並在包裝上追求時髦不遺餘力「全球化」的年輕女子，觀念卻依舊停留在幾百年前。有些人甚至還沒有達到黛玉、探春、鳳姐、小紅的高度。

二十世紀六〇——七〇年代，除了顧準和孫治方等幾位在牛棚中的明白人之外，中國絕大多數經濟學家都在苦苦思索如何將中國經濟帶出困境，曹雪芹已經通過探春指出了出路。寶釵、探春、鳳姐等不少人，都有補天之才，卻無補天之命，她們只能在大觀園、寧國府小試牛刀。

《紅樓夢》讓中國人如此著迷，是因為它有無數細節和局部都經得起反覆地品味式精讀和解剖式研究。賈雨村在一個破廟門前看見一副「舊破」的對聯：「身後有餘忘縮手，眼前無路想回頭。」他想：「這兩句話，文雖淺近，其意則深……想必有個翻過筋斗來的。」且不說對聯內容，曹雪芹在這「門巷傾頹，牆垣朽敗」的廟宇的對聯前面，再加上「舊破」定語，而且寫出門額上「智通寺」之名，還讓賈雨村發了一番似乎「智通」之論。曹雪芹用心之良苦，實在令人讚歎不已。

「假作真時真亦假，無為有處有還無」，這是《紅樓夢》中許多對聯中最重要的一副，出現過幾次？在什麼地方？琢磨起來，真是意味深長。

小廚房風波實際上是一場未遂政變，因何而起？其中司棋領導的一場全武行，始終圍繞著什麼進行？它有什麼象徵意義？真值得細細品味。

《紅樓夢》和其他幾部經典之作的一大區別是有極高的文化含量。《紅樓夢》的詩詞曲賦從數量來說，並不比《三國演義》、《水滸傳》、《西遊記》等更多，但是那些小說中的詩詞曲賦都可以跳過不讀，不影響下面的閱讀效果。《紅樓夢》可不行，這些非散文形式不但有很高的藝術與智慧價值，而且暗示後面的情節和人物命運，若是跳過不讀，後面有些情節就會不大明白，失去許多審美情趣。尤其是在一起做燈謎時各個謎語之間還有聯繫，真是令人歎為觀止。再比如，劉姥姥二進榮國府，賈母讓鴛鴦行酒令時，薛姨媽享受什麼待遇？劉姥姥坐在什麼位置？都有講究，反映了中國傳統文化中的一種重要禮儀。了解了這個特點，會有助於我們正確看待林黛玉在賈府的處境。

由於《紅樓夢》有遠高於其他名著的水準，而且兩百多年來紅學研究已經相當深入，因此讀者從閱讀《紅樓夢》入手，有條件的再讀一點紅學書籍，這樣比較容易提高自

天倫樂寶玉逞才藻

己的文化修養。中文系大學生尤其是研究生，要在閱讀《紅樓夢》和了解紅學上花點工夫，這樣再研究別的就會比較容易進入。

至於作家，特別是小說家，更應該在《紅樓夢》上下些功夫，對自己的創作絕對益處無窮。如果您原來就是優秀小說家，那麼就會更上一層樓。

也許有人會說：你說了半天讀《紅樓夢》的好處，還「夾塞」紅學界多年，你自己的歷史題材長篇小說《文明太后》又怎麼樣？不也就那麼回事麼！

可是，我要不是「票」了這麼多年的《紅樓夢》，從《紅樓夢》中汲取了大量養分，我的《文明太后》絕對到不了現在這麼回事呢。

莫混淆三個可卿

秦可卿與紅樓「夢」

《紅樓夢》的「夢」內涵非常豐富，包括理想、幻想、妄想的一些夢想，也有我們通常所說的睡著了做的各式各樣的夢。《紅樓夢》寫了好多這種真正意義上的夢，最重要的有三個：

第一個是第一回甄士隱做的那個白日夢，此夢有三大要點：一是將女媧補天之石帶到警幻仙子宮中，讓神瑛侍者帶下凡去，交代了小說情節的第一塊基石的去處；二是介紹了還淚神話，交代了神瑛侍者和絳珠仙子的因緣，成為小說情節與人物關係的第二塊基石；三是引出了那副著名對聯：「假作真時真亦假，無為有處有還無。」暗示了小說的基本創作方法，給廣大讀者提供了閱讀指南。

第二個是第五回賈寶玉夢遊太虛幻境，也有三個要點：一是寶玉隨秦可卿到了一個所在，首先看到的就是那副著名的對聯；二是通過寶玉看那些冊頁和聽《紅樓夢曲》交代了金陵十二釵的命運；三是寶玉與那個既像黛玉又像寶釵卻名叫兼美字可卿的女孩的夢交。

第三個是秦可卿死後托夢給王熙鳳，暗示了家族必定敗落的命運，交代了兩椿後事務必及早安

甄士隱夢幻識通靈

排。這後兩個重要的夢都和秦可卿有極其密切的關係。

既然書名有「夢」，我們就從解夢入手，先講講秦可卿。

秦可卿是金陵十二釵中第一個去世的，她直接出場的戲並不很多，但是她在整個作品的情節意義、結構意義和主題意義上都有重要作用。她的死是故事主體部分正式展開後的第一個重大事件，是表現以賈府為代表的家族沒落主題的一件大事。由她直接、間接引發的故事涉及好幾回，使許多人物的性格得以凸現，尤其是為塑造王熙鳳形象提供了巨大的活動空間，包括懲罰賈瑞、協理寧國府和弄權鐵檻寺等重要內容。而由於曹雪芹對原稿的刪改，留下了許多蛛絲馬跡，使得秦可卿之病、之死變得撲朔迷離。讀者需要對一些細節進行拼接、對照、回顧、猜測，深入體味，甚至讀一點參考書，才能真正明白故事的來龍去脈和人物的實際心理，從看似不正常中發現其中的正常，於是就會感受到一種難得的朦朧的藝術美或者說是藝術的模糊美。正因為這樣，也就使得秦可卿成為《紅樓夢》中給人印象最深最為複雜的人物之一。

秦可卿有三個，不過三個秦可卿有些重要區別。她們在《紅樓夢》中各自扮演著不一樣的角色，完成了不同的藝術使命，使秦可卿的藝術形象變得不同尋常起來，更加耐人尋味，不但大大豐富了讀者的審美享受，也為小說家創作特別是修改自己的作品，提供了極具啟發性的經驗。

第一個秦可卿就是我們通常說的那個最後自縊身亡的少婦。她是金陵十二釵中第一個以悲劇結束自己年輕生命的女人。

第二個是賈寶玉夢遊太虛幻境時，警幻仙子讓他與之夢交的「乳名兼美字可卿」的那個少女。這個警幻之「妹」與小說中久病不癒最終自盡的秦可卿不能簡單地等同為一個人，起碼沒有說她姓什麼，但是她們顯然存在著某種重要的藝術同一性。

賈寶玉神遊太虛境

第三個是曹雪芹原稿中的那位少婦。由於畸笏叟的權威性干預，曹雪芹對與她有關的故事作了重大刪節，並做了其他技術處理，因此人物形象有了重要改變。但是這個秦可卿和第一個之間仍然具有不少基本的繼承關係。而這種改變又影響了第二個「乳名兼美字可卿」少女的出現。

簡單地說，這三個秦可卿之中，第一個和第三個都是現實生活中的少婦，只不過第三個在書稿修改中消失了，只保留在脂評中，因而不為一般讀者所知。而第二個是夢境中的虛幻形象，出場時是個少女。

在這三個秦可卿當中，最重要的自然是出場最多的第一個。但是我們必須從第三個開始分析，因為在這個秦可卿身上已經包含了「秦可卿」的主要文化基因。

第三個秦可卿的文化基因與本質性修改

甲戌本第十三回回末總評中說：「『秦可卿淫喪天香樓』，作者用史筆也。老朽因有魂托鳳姐賈家後事二件，嫡是安富尊榮坐享人能想得到處。其事雖未漏（指不久元春省親和將來賈府敗落），其言其意則令人悲切感服。姑赦之，因命芹溪刪去。」庚辰本回末批語說：「通回將可卿如何死故隱去，是大發慈悲心也，歎歎。」靖藏本和甲戌本基本相同，最後幾句為「姑赦之，因命芹溪刪去『遺簪』、『更衣』諸文。是以此回只十頁，刪去天香樓一節，少去四五頁也。」

從這幾條批語我們可以看出，我們在如今的通行本中看到的秦可卿形象的幾個最主要的文化基因都已存在：一，秦可卿之死與某種不正常的男女關係密切相關；二，死的地方是天香樓而不是她的住所；三，秦可卿曾托夢給王熙鳳交代賈家後事二件。

那麼，我們能不能說，現在通行本中的秦可卿和曹雪芹原來寫的秦可卿完全一樣或者基本一樣呢？

不行。為什麼不行呢？倒不是因為現在已經遺失了的靖藏本所說曹雪芹遵命幾乎刪去了三分之一的篇幅，故事情節在數量上大大減少並且變得隱晦（也就是庚辰本說的「隱」）起來了；而是經過曹雪芹刪改後的秦可卿形象出現了一個帶有本質性的變化，即秦可卿由本來和男方一起負有嚴重道德責任的女人（所以她的死是「淫喪」，畸笏叟這才需要「赦之」），變成了一個現在我們看到的很可能是完全被迫而屈從賈珍，最後不得不以死來保全家族名譽的悲劇女性。

由於曹雪芹幾乎刪去了秦可卿原有故事的三分之一，我們不知道現在看到的關於秦可卿出身、病情等內容原稿中本來就有，還是後來加入的。為了便於分析，我們放在前面來探討。

秦可卿的出身引起了一些讀者的關注。那麼像她這樣的出身能不能成為寧國府的重孫媳婦呢？她是被其父從養生堂抱來的棄嬰，但是卻不能簡單地說她就是出身於養生堂，因為這樣的出身就不可能成為寧國府長房重孫媳婦。我們要注意這樣幾點：

一是秦可卿多大時候被秦業從養生堂抱回家的？第八回寫道：「秦業現任營繕郎，年近七十，夫人早亡。因當年無兒女，便向養生堂抱了一個兒子並一個女兒。誰知兒子又死了，只剩女兒，小名喚可兒。長大時，生得形容嫋娜，性格風流。因素與賈家有些瓜葛，故結了親，許與賈蓉為妻。那秦業五旬之上方得了秦鐘。」我們來推算一下：既然現在秦業年近七十，那麼應當在六十七——六十九歲之間，不會小於六十七歲。而他是在抱來秦可卿之後年已五旬以上才得的秦鐘，那麼當時秦可卿已經有好幾歲了。從十五回秦鐘對寶玉說那個紡紗村姑「此卿大有意趣」以及他和小尼姑智慧的偷情來看，他比寶玉更知「風情」，年紀應當和寶玉差不多。第五回秦可卿說過，她弟弟和賈寶玉同年，所以應當也是十二三歲。因此秦可卿這時大約十八九歲、二十歲（十三回交代賈蓉二十歲）。也就是說，秦業將她從養生堂抱回家時，她可能是個只有幾個月大的嬰兒。所以秦可卿雖然在養生堂待過，但時間極短，她是在秦業家而不是在養生堂長大的。討論秦可卿的出身要把這個至關重要的因素考慮進去，養生堂對秦可卿的成長實際上並沒有任何影響。秦可卿的出身應該是為官作宦的秦業家。正像現在有人在路上撿到了一個棄嬰，將他養大，人們不會說這個孩子出身是路上，而會按照他家長的身分、職業來確定其出身。

涉及秦可卿出身還有一個小問題要說一下，就是有讀者以為給秦可卿看病的都是朝廷御醫院的御醫，原因是第十回都稱他們為「太醫」。既然是御醫院的御醫們給秦可卿看病，那秦可卿的來歷一定極不尋常了，這是誤會。御醫院的御醫確實被人們尊稱為太醫，但是被尊為「太醫」的不一定就是御醫。正如為官者常被人稱為「老爺」，而被稱為「老爺」者不一定是做官的，劉姥姥就叫榮國府把門的僕人們為「老爺」甚至「太爺」。在第十回裏寫道：

尤氏對丈夫賈珍說：「……如今且說媳婦這病，你到哪裏尋一個好大夫來與他瞧瞧要緊，可別耽誤了。現今咱們家走的這群大夫，哪裏要得！一個個都是聽著人的口氣兒，人怎麼說，他也添幾句文話兒說一遍。可倒殷勤的很，三四個人一日輪流著倒有四五遍來看脈。他們大家商量著立個方子，吃了也不見效，倒弄得一日換四五遍衣裳，坐起來見大夫，其實於病人無益。」咱們一聽

張太醫論病細窮源

尤氏這幾句褒貶的話就明白他們都是什麼水準了。賈珍說，馮紫英「說起他有一個幼時從學的先生，姓張名友士（請注意：『友士』就是『有識』），學問最淵博的，更兼醫理極深（再請注意：他可不是專業醫生，但深通醫道），且能斷人生死。今年是上京給他兒子來捐官（還請注意：他是外地來的，不是御醫院的御醫，北京沒有常住戶口），現在他家住著呢。」賈珍說已經派人請去了，而且馮紫英還趕緊親自回家去請。這位張友士來了以後，賈珍在請他喝茶時再次提到「老先生人品學問，又兼深通醫學」，可見確實不是專業醫生。但是這位張大夫果然了得，一號脈之後就確診了，分析了一通症狀病情，而且毫不猶豫地否定「喜脈」之說。下面有一段文字值得注意：「旁邊一個貼身伏侍的婆子道：『何嘗不是這樣呢。真正先生說的如神，倒不用我們告訴了。如今我們家裏現有好幾位太醫老爺瞧著呢，都不能的當真切的這麼說。有一位說是喜，有一位說是病，這位說不相干，那位說怕冬至，總沒有個準話兒。求老爺明白指示指示。』那先生笑道：『大奶奶這個症候，可是那眾位耽擱了……』」接著又分析了詳細病情與治療對策，強調秦可卿是個「心性高強聰明不過的人」，得病是因為「思慮忒過」。「此病是憂慮傷脾」等等。那婆子說「可不是」，證明張大夫說的句句在理。張友士果然見識非凡，開出的是「養心調經」之藥。那婆子說的「我們家裏有好幾位太醫老爺」，就是前面尤氏提到的幾個庸醫，也就是張大夫說的把秦可卿耽擱了的那幾個連開藥方都要經過集體討論的草包。用這第十回最後賈珍的話來說，這些就是「混飯吃久慣行醫的人」。所以沒有任何一位御醫給秦可卿看過病。

順便說一下，從《紅樓夢》來看，曹雪芹對不少醫生十分不敬，這裏只是一處而已。比如六十九回給尤二姐治病，就提到了王太醫等好幾位太醫，沒有一個是御醫院的御醫，其中那個胡太醫竟然「捲包逃走」。我猜想，曹雪芹或者他的家人恐怕受過庸醫的耽誤，所以《紅樓夢》裏好幾處寫到庸醫誤診，也挖苦江湖郎中。

二是秦可卿在秦業家所受的教育和她的為人有關。

秦業是個營繕郎。據《清史稿·職官志》，工部下設營繕等四個司，營繕司「掌營建工作，凡壇廟、宮府、城郭、倉庫、廨宇、營房，鳩工會材，並典領工籍，勾檢木稅、葦稅」。營繕司除相當於司長的郎中（正五品）和副司長的員外郎（從五品）各數人外，下面還有一些主事、筆帖式之類的官。曹雪芹在那個文字獄特別恐怖的乾隆年間寫《紅樓夢》時為了避禍，故意模糊朝代紀年，所以往往雜用不同朝代的官職。這個營繕郎就不見於記載，從主事六品和「學習行走者（見習官員）有額外司員、七品小京官」來看，這個營繕郎可能是個六品官，相當於今處長。第二回冷子興演說榮國府時就說到，賈政一開始就是皇帝「額外賜了」「主事之銜，令其入部習學，如今先已升了員外郎了」。所以秦業與賈政同朝為官。營繕司管的都是朝廷的大工程，這些工程從材料採購、施工到驗收，都要由營繕司的中下級官員具體督辦，最後才由郎中、員外郎直到侍郎、尚書們層層驗收。這中間名堂很多，所以營繕郎官雖不大，卻是個油水頗豐的肥缺。在那個腐敗的乾隆年間（我們只要想想乾隆最喜歡的和珅就行了），貪污受賄成風。但是看來秦業比較清廉，第八回寫到，由於「宦囊羞澀，那賈家上上下下都是一雙富貴眼睛，容易拿不出來，為兒子的終身大事（去賈府家塾讀書），說不得東拼西湊的恭恭敬敬封了二十四兩贄見禮（見面禮）」，由此可見秦業是個清官。不過曹雪芹在十六回留下一個矛盾：當時秦業死了，秦鐘臨終前還「紀念著家中無人掌管家務，又記掛著父親還有留積下的三四千兩銀子」。三四千兩銀子在當時不是個小數，可以買好幾個院子呢。不過對於已年近七旬在官府幾十年的營繕郎來說，有這些積蓄也仍然可以認為是個清官。問題在於，如果秦業死後還有三四千兩銀子的話，當初他何至於為了區區二十四兩銀子「東拼西湊」呢！之所以出現這個矛盾，是因為在曹雪芹原稿中的秦業可能和現在的不大一樣，至少要有錢一些。由於《紅樓夢》規模宏大，人物眾多，線索多而交叉，因此曹雪芹在修改中留下一些漏洞在所難免，類似這樣的小毛病，《紅樓夢》中還有一些。

由於秦業是個清官，他對子女教育是會比較嚴格的。秦可卿死後，「那長一輩的想他素日孝順，平一輩的想他素日和睦親密，下一輩的想他素日慈愛，以及家中僕從老小想他素日憐貧惜賤、慈老愛幼之恩，莫不悲嚎痛哭者」。由此可見秦可卿很有教養，為人和善，人際關係極好。因此前面寫到的秦可卿長大以後性格「風流」，不會是輕浮浪蕩的意思，應該是「大江東去，浪淘盡千古風流人物」和「數風流人物，還看今朝」的那個「風流」，是能幹、出色之意。對照晴雯判詞中的「風流靈巧」，也可以肯定這裏的「風流」沒有淫蕩之意。

三是秦可卿這樣出身的女子能不能成為賈府的重孫媳婦。

二十九回張道士在給賈母說起要給賈寶玉提親時道：「前日在一個人家看見一位小姐，今年十五歲了，生的倒也好個模樣兒。我想著哥兒也該尋親事了。若論這個小姐模樣兒，聰明智慧，根基家當，倒也配的過……」賈母明確地表示了兩條擇媳標準：「你可如今打聽著，不管他根基富貴，只要模樣配的上就好，來告訴我。便是那家子窮，不過給他幾兩銀子罷了。只是模樣性格難得好的。」模樣兒好，性格兒好，這兩條秦可卿顯然都具備，因此她成為賈蓉之妻是合理的，沒有問題的。

至於賈珍花了一千二百兩銀子捐的五品龍禁尉，也不能說明秦可卿出身就有什麼了不起的來頭。雖然大明宮掌宮太監戴權說，如今三百員龍禁尉還缺兩員，昨天襄陽侯的兄弟拿了一千五百兩銀子送到他家，買走一個，另外一個永興節度使馮胖子要給他兒子買，戴權說把這個留給賈蓉。其實這是蒙人的，賈珍也不是不明白。我們只要看看《紅樓夢》後面的內容就知道了，賈蓉真要是補了龍禁尉，還能不寫到一點事情麼？哪有一點影子？賈蓉還不是照樣在家裏瞎混！他要是真的補了龍禁尉，不時在皇帝身邊警衛，二十九回賈珍還敢讓小廝啐賈蓉麼？所以這個五品龍禁尉完全是個空頭銜，不但不是實職，不能到皇帝身邊值勤警衛，候補也遙遙無期，那是戴權和戶部尚書「老趙」合演的吃空額的

秦可卿死封龍禁尉

把戲。賈珍花這麼多銀子買下的目的就是喪事辦得風光一些。所以戴權讓賈珍把銀子送到他家去，不要送到戶部。要不然賈珍花的錢要多得多，而這個太監就落不下多少好處了。戶部尚書「老趙」那裏，他派小廝說一聲，起一張五品龍禁尉的票，再給個執照，把履歷填上，就行了。用現在的話說，就是通過賄賂，辦了一個真的假執照。說它是真的，那是戶部尚書趙部長親自簽發的，那還不真？說它是假的，那是因為它僅僅是個執照而已。就像咱們報紙上揭露的，有的學校公然出賣文憑！你說這文憑是真的還是假的？「假作真時真亦假，無為有處有還無」。六十三回賈敬死了，皇帝念其為開國元勳之後，「追賜五品之職」，也是空銜，不過比那一千二百兩銀子捐的風光多了，因為是皇帝親賜，是真的。

第二個秦可卿，三個女性的疊合形象

寧國府花園內梅花盛開，尤氏治酒，與秦可卿一起來請賈府老祖宗賈母等去賞花。遊園家宴之後，「一時寶玉倦怠，欲睡中覺」，秦可卿就說：「我們這裏有給寶叔收拾下的屋子，老祖宗放心，只管交給我就是了。」「賈母素知秦氏是個極妥當的人，生的嬝娜纖巧，行事又溫柔和平，乃重孫媳中第一個得意之人」，於是寶玉帶著丫鬟、婆子跟著秦可卿去了。那間為他準備的屋子雖然「室宇精美，鋪陳華麗」，但是那副對聯俗不可耐，寶玉不喜歡。由於沒有更好的屋子了，秦可卿就帶他到自己的臥室去。在這個過程中秦可卿一直在賈寶玉身邊，這和接下來的夢境有關。一是寶玉入夢之初，

「惚惚地睡去，猶似秦氏在前，遂悠悠蕩蕩，隨了秦氏，至一所在」。到此為止，儘管是在夢境，這個秦氏還是第一個秦可卿。夢境中的賈寶玉在看了卷冊（判詞），聽了《紅樓夢》曲之後，那夢中寶玉不但讓那些歌姬不要再唱了，竟然又「自覺朦朧恍惚，告醉求臥」。這個細節看似不大合理，怎麼睡夢中的寶玉又有酒醉之感而發睏？因為警幻為他「設擺酒饌」，請他飲了仙釀「萬豔同杯（悲）」酒。這正符合今日寶玉在寧府遊園賞花家宴醉酒的特點，夢境中重現了現實生活的某些情景。於是「警幻便命撤去殘席，送寶玉至一香閨繡閣之中，其間鋪陳之盛，乃素所未見之物（注意：這和寶玉到秦可卿臥室見到的具體東西不一樣，但都是從未見過的。方才寶玉的感想，現在寫出來了）。更可駭者，早有一位女子在內，其鮮豔嫵媚，有似乎寶釵；風流嫋娜，則又如黛玉。」接著警幻對他說了一通，並說，「再將吾妹一人，乳名兼美字可卿者，許配於汝」等等。這個女孩顯然既不是生活中的林黛玉或薛寶釵，也不是生活中的秦可卿，但是有這三個少女、少婦的影子，是平時生活中某種心理積澱的形象疊合。

從心理學分析，少男少女進入青春期之初，對異性的情感還很不穩定，愛慕中感性幾乎壓倒一切，理性成分很少，而且往往希望自己將來的妻子或丈夫兼有幾個人的優點。賈寶玉當時對林黛玉和薛寶釵都有愛慕之心，也許對黛玉多一點，但是還沒有到死心塌地的程度，和後來二人

賈寶玉初試雲雨情

由於志同道合而產生的愛情還不一樣，也和對寶釵有時要說混帳話以後的感覺不同。這就是為什麼夢中寶玉看見的這個少女具有黛玉和寶釵兩個人的樣子的原因。為什麼這個少女會和秦可卿的小名一樣呢？它反映了青春期少年的另外一個重要的心理現象：剛剛進入青春期的少年男女，往往會對一些比自己明顯年長而比較成熟的異性產生愛慕之情，希望將來自己的妻子或丈夫像這個人一樣。隨著年齡的增長和接觸異性面的擴大，這種情感會很快消失或改變。我們在生活中不難看到，有些十四五歲情竇初開的女生或男生會悄悄愛上比自己大幾歲長得不錯又有才華的異性老師，但是過不了多久，他們就會改變，那種微妙的情感就會只留下一點美麗的回憶。賈寶玉在夢境中遇到的那個乳名兼美字可卿的少女，一方面反映了現實生活中的寶玉對年長少婦秦可卿的愛慕心理，這種心理有時候表現為潛意識，連自己都沒有發覺，但是這種潛意識會以某種形態不經意地表現出來，夢境正是其中一種形態；另一方面它反映了賈寶玉希望自己未來的妻子具有黛玉和寶釵的一切優點，這種「兼美」願望甚至還包含著秦可卿！也就是說，「兼美」不止於兩人，而是三人，還包括體現在秦可卿身上的成熟美。

因此這個「乳名兼美字可卿」的少女，和生活中的秦可卿顯然不同，但是有重要聯繫。她是第一個秦可卿在寶玉內心深處的印記，是寶玉潛意識中的青春偶像。儘管這個少女既不是黛玉，也不是寶釵，也不能說就是秦可卿，而是兩個少女和一個少婦身影的疊合形象（這正符合夢境的特點），但是三者的分量並不均等，它更多地屬於秦可卿一些。因為生活中的秦可卿（第一個）起著「導遊」的作用，並且那個少女的乳名與她一樣。當十三回秦可卿去世的噩耗傳來，寶玉從夢中聽說此事，急火攻心而吐血，並且不顧賈母親自阻攔，前往寧府，在靈前痛哭一番，可以證明秦可卿在他內心深處的地位多麼重要。

對第一個秦可卿評價的關鍵

現在我們要來探討三個秦可卿中最重要即出現在通行本中的第一個秦可卿了。對秦可卿評價的關鍵在於，她在和賈珍的關係中扮演什麼角色，應該承擔什麼責任。因為自願、被勾引或被迫可以形成大不相同甚至截然相反的評價。從判詞、《紅樓夢曲》和脂批透露的原稿標題為「秦可卿淫喪天香樓」等來看，原稿中的秦可卿本人可能也有相當大的責任。不過由於這些具體內容被刪卻，而賈蓉又不是個好東西，尤其是在原稿中他和王熙鳳之間可能也有些不乾不淨，秦可卿在這方面的錯誤與責任有所淡化。相反，通過向鳳姐交代賈府後事表現出她的遠見卓識，因此變得突出起來。人們對這個形象最關注的自然是，從現在的判詞和《紅樓夢曲．好事終》來看，曹雪芹對秦可卿的批評在金陵十二釵中是最重的：「情天情海幻情身，情既相逢必主淫。漫言不肖皆榮出，造釁開端實在寧。」「畫梁春盡落香塵。擅風情，秉月貌，便是敗家的根本。箕裘頹墮皆從敬，家事消亡首罪寧。宿孽總因情。」在這裏，將秦可卿的「淫」和賈府特別是寧國府的敗亡直接聯繫了起來，問題就格外嚴重了。

讓我們來審察一下秦可卿從得病到自盡的過程，看看曹雪芹在事關這個女人的命運和這樁命案的修改中為我們留下了哪些蛛絲馬跡。

秦可卿病得突然，病得蹊蹺，死得奇怪，不過依然有跡可尋。

我們要弄清幾個問題：

一是他和賈珍事情發生的時間。

第十一回尤氏對王夫人說：「他這個病得的也奇，上月中秋還跟著老太太、太太們頑了半夜，回來好好的。到了二十後，一日比一日覺懶，也懶待吃東西，這將近有半個多月了。經期又有兩個月沒來。」可見得病或發病是在中秋到二十之間的幾日裏。

在前面第十回中第一次涉及秦可卿病情，尤氏對金榮之母有一段長達六七百字的話語，這在《紅樓夢》中是十分罕見的。其中與病因關係密切的有這樣幾句特別值得注意：「話也懶待說，眼神也發眩。」「他可心細，心又重，不拘聽見什麼話兒，都要度量個三日五夜才罷。這病就是打這個秉性上頭思慮出來的。」尤氏的這個觀察和張友士大夫的分析如出一轍，不過尤氏偏於感性，經驗型的，而張大夫是理性的，有理論水準。二人的共同結論是一樣的，即秦可卿得的是心病。所以張友士讓她要養心調經。十一回秦可卿對來探視她的王熙鳳說：「這如今得了這個病，把我那要強的心一分也沒了。」也證明秦可卿得的確實是心病。

當然，我們從第七回焦大醉罵中可以得知，「扒灰」的情形早已存在，但是公公對兒媳舉動出格也可能被人如此議論。而秦可卿的病則可以肯定是有了不正當的兩性關係之後才得的。如果她和賈珍這樣的事在中秋前就存在了，那麼按照秦可卿心特別重的性格，她的精神可能早就被壓垮了。由此我們可以斷定，賈珍過去雖然對秦可卿早有非分之想，動手動腳，但是真正出事是在中秋到二十之間的幾日內。很可能就是被刪改了的「更衣」部分。

第二要弄清的是，為什麼秦可卿說自己的這病是沒法治好的。就在張友士已經給她正確診斷開出藥方之後，王熙鳳說她可以不怕了，秦可卿說：「任憑神仙也罷，治得病治不得命。嬸子，我知道我這病不過是挨日子。」隔兩行，鳳姐提到「如今才九月半」。也就是說，從事情發生到現在不過一個月，秦可卿怎麼就那麼完全失去能夠擺脫「病情」的信心了呢？鳳姐說：「怎麼幾日不見，就瘦的這麼著了？」

我們都知道，在秦可卿自盡後，有兩個服侍她的丫鬟的結局出奇，先是瑞珠「觸柱而亡」，接著是寶珠「甘心願為義女，誓任摔喪駕靈之任」。顯然她們是知道一些隱情被迫這樣做的。那麼，秦可卿之所以對自己的「病」毫無信心，精神壓力大到這種程度，會不會是因為被瑞珠、寶珠撞見之故呢？

不會。因為從焦大醉罵我們可以得知這些議論早就流傳，而這兩個丫鬟地位很低，對她不會構成非常嚴重的威脅。從後來一個自殺，一個願為義女來看，兩人和她關係都不錯。丫鬟保護女主人的隱私，對自己只有好處，而暴露對自己則有大害。所以，被丫鬟發現而使得秦可卿精神壓力很大雖有可能，但是不會到一病不起的地步。我甚至猜測，更大的可能性是，賈珍迫使秦可卿就範時，瑞珠就在秦可卿身邊或附近，因此她清楚發生了什麼。賈珍讓她走開就是了，根本不用擔心她會洩露出去。這種事情不可能瞞過貼身侍婢，這就是為什麼秦可卿自盡後瑞珠緊跟著自殺的原因。

當然，我們不會忽視尤氏的存在。不過她當時還毫不察覺，對這位兒媳印象之好，溢於言表：「這麼個模樣兒，這麼個性情的人兒，打著燈籠也沒地方找去。」想盡辦法為她治病，還特別叮囑賈蓉「不許招他生氣」。至於賈蓉，那就更不知道真情了。

當我們排除了這幾個可能之後，唯一合理的解釋就只能是：賈珍自那以後沒完沒了地繼續糾纏秦可卿。秦可卿明白，其實自己根本沒有通常意義上的病，而是得的嚴重的心病。可這心病根本就治不好，也沒法治。為了家族和自己的名譽，她不能向任何人求助。更為嚴重的是，她無法擺脫被賈珍繼續糾纏的命運。她對王熙鳳說，自己「不過是挨日子」，她是希望以自己的病死來獲得解脫。

但是秦可卿沒有等到這一天。她死於冬盡春來之際。因為此前十二回末寫到，林如海有書信寄來，說患重病，要接林黛玉回去。於是賈母讓賈璉送她回揚州。

事情的暴露顯然和過去對可卿百般疼愛、讚譽有加的尤氏的態度突變有關。有必要特別指出的是，尤氏的這種態度突變不是發生於我們現在看到的秦可卿死了以後，什麼忽然「犯了胃疼舊疾，睡在床上」啦，什麼「不能料理事務」啦，那是明顯的托詞；而是秦可卿還活著的時候。也就是說，可能就是在冬末春初之際的某日，一個偶然的機會，尤氏發現了什麼，於是將那些蛛絲馬跡聯繫起來，一直被掩蓋得嚴嚴實實的事情終於露出馬腳。這大概就是被刪改了的「遺簪」部分。在那種情況下，秦可卿除了自殺，已經沒有任何別的選擇了。

那麼，曹雪芹對秦可卿的態度究竟怎麼樣？

如果光從《紅樓夢曲．好事終》來看，雖然主要是批評作為賈府長房的寧國府的賈敬和賈府族長的賈珍，但是，「擅風情，秉月貌，便是敗家的根本」這幾句說的可是秦可卿，分量很重，仍然可以看出曹雪芹對秦可卿有相當嚴厲的批評。另外，由於曹雪芹在人物名字上極有講究，秦可卿通常被認為是「情可輕」的諧音，也含有批評之意。當然，也可以說作「卿可親」。因此不能單純從姓名上確定。

對《紅樓夢》中的人物評價一定要從曹雪芹對其全部描寫來作出判斷。我認為最重要的是，曹雪芹在接受畸笏叟的意見刪改時，將秦可卿從否定性人物改變成了肯定性形象，變成一個令人同情的少婦，這是一個具有本質意義的變化。曹雪芹對她的基本態度顯然是同情的，是把她作為一個有補天之才卻無補天之命的少婦來惋惜的，因此將她置於太虛幻境「薄命司」的金陵十二釵正冊之中，屬於「省中十二冠首女子」之一。其次，她和賈寶玉夢遊太虛幻境中的那個乳名兼美字可卿的少女雖非一人，但是在藝術上具有同一性。這個可卿「其鮮豔嫵媚，有似乎寶釵，風流嫋娜，則又如黛玉」，表明曹雪芹認為秦可卿在某種程度上兼有黛玉和寶釵之美，是一個值得寶玉喜歡的女人。曹雪芹對秦可卿這個人物的好感，對她的遭遇感到真切的同情，還通過作品中賈府上下各色人等對秦可卿的真誠懷念、痛惜之情和高度讚揚顯示出來。至於說，對秦可卿的批評，也不奇怪。曹雪芹筆下的重要人物，從賈寶玉、林黛玉開始，幾乎都有這樣那樣的缺點。何況秦可卿是一個從否定性人物改為肯定性的藝術形象，留下一些原有的否定性痕跡也就不足為奇了。

從審美的角度著眼，曹雪芹的這種修改，大大增加了秦可卿形象的模糊美、朦朧美，添加了許多不確定因素，為讀者探究事實真相，饒有興趣地去尋找、拼接、考證那些蛛絲馬跡，甚至發揮藝術想像力，提供了廣闊的空間。秦可卿出場時間不長，所用文字不多，生命短暫，但是給讀者留下的印象之深，令人回味的東西之多，值得進一步去琢磨的魅力之強，都是整個作品中為數不多的。

脂批者對《紅樓夢》創作做出了重大貢獻，他們，尤其是脂硯齋和畸笏叟，實際上都是出色的評論家。如果沒有畸笏叟的意見，原來的秦可卿很可能沒有現在這麼多可琢磨的東西。

如喪考妣看賈珍

在講了秦可卿之後，自然少不了要講講造成秦可卿悲劇的罪魁禍首賈珍。之所以把他放在賈寶玉之前，並不是他有多麼重要，而是緊接著秦可卿之後講，好些說過的內容大家記憶猶新，多少可以節約一些篇幅。

《紅樓夢》的第一主人公賈寶玉雖然是男性，但是整部小說寫得最多的還是女性，這是一部主要寫女性的小說。開卷第一回作者自云「閨閣中本自歷歷有人」，曹雪芹要為「閨閣昭傳」嘛。小說中光是金陵十二釵正冊、副冊、又副冊就已經有三十六人，庚辰本十八回脂批說，已丟失的小說最後一回的「警幻情榜」中還有三副冊、四副冊十二釵的名字，這樣總共就有六十人。還有許多不在十二釵中的其他女性，如賈母、王夫人、薛姨媽等。當然《紅樓夢》有些人物只是提了一下姓名，表示某件事、某個時候有這麼個人在場，他們只是一個藝術符號，沒有成為藝術形象，這種情況男女都有。比如，十四回寫秦可卿出殯那日，有許多貴族官宦親至路祭，有些人的頭銜相當大，比如頭一個提到的「鎮國公牛清之孫現襲一等伯牛繼宗」，還有一位是景田侯之孫五城兵馬司裘良，此人相當於今北京市公安局長。其實只不過表示當時有誰誰誰到場罷

了，這些人除了個別的如馮紫英外，並沒有成為有血有肉的藝術形象。下面接著寫到幾個王府也設了祭棚，不過除了北靜王親臨，別的都沒有寫到具體人。所以有些論著說《紅樓夢》寫了多少多少人，有說四百多的，有說七百多的，還有說九百多的。這個「人」按什麼標準就是一個問題。光「有名有姓」不行，牛繼宗、裘良算不算？因此我覺得還是按照人物形象來計算和分析比較好。不過，不論怎麼說，秦可卿出殯場面可是真大。問題又來了：秦可卿出殯怎麼鬧騰得這麼大？除了因為秦可卿是寧國府長房重孫媳婦這個身分外，她又多了個賈珍花了一千二百兩銀子買來的五品龍禁尉夫人的頭銜。再加上賈珍不惜代價張羅，喪事大操大辦，所以秦可卿出殯的場面就格外宏大了。

王熙鳳協理寧國府

《紅樓夢》有一個現象很值得注意，小說中成為藝術形象的女性要比男性多得多，但是壞女人在女性總數中的比例比較小，只有趙姨娘、馬道婆、夏金桂、秋桐、寶蟾、王善保家的那麼幾個，而且地位都比較低微，除了趙姨娘之外，出場都很少。而小說中壞男人在男性藝術形象總數中的比例則大得多。夠得上壞男人或者至少不能算是好男人的有賈赦、賈珍、賈璉、薛蟠、賈雨村、賈蓉等一大串，而且大多是寧、榮二府主子中的大人物。這和曹雪芹創作《紅樓夢》是為了頌紅、怡紅、悼紅的主題有關，表現了他對以男性為中心的社會的強烈失望。

不過曹雪芹在寫壞男人的時候並沒有將他們簡單化、臉譜化、漫畫化，並不是寫他壞就絕對壞得一無是處，一片漆黑。而是寫出他們性格的多面性、複雜性，從而將他們寫成了有血有肉的「這一個」（黑格爾語）。和曹雪芹同時期的親友脂硯齋等早就注意到了這個特點。四十三回尤氏奉賈母之命為王熙鳳辦生日，庚辰本有一條脂批稱讚尤氏的德才說：「最恨近之野史中，惡則無所不惡，美則無一不美，何不近情理之如是耶！」這段話也反映了曹雪芹對於寫人物的藝術觀念。魯迅在《中國小說的歷史變遷》中說得更加明白：「至於說到《紅樓夢》的價值，可是在中國底小說中實在是不可多得的。其要點在敢於如實描寫，並無諱飾，和從前的小說敘好人完全是好，壞人完全是壞的，大不相同。所以其中所敘的人物，都是真的人物。總之自有《紅樓夢》出來以後，傳統的思想和寫法都打破了。──它那文章的旖旎和纏綿，倒是還在其次的事。」其中在寫法上打破的重要一點就是注意寫出壞人的某些複雜性。

我們來看看賈珍這個壞男人。

賈珍人品差，遠近聞名，用冷子興的話來說：「這珍爺哪裏肯讀書，只一味高樂不了，把寧國府竟翻了過來，也沒有人敢來管他。」賈珍是寧國府長孫，賈府現任族長，還襲了三品威烈將軍，無論是家族地位還是官銜爵位，賈珍在賈府都十分顯赫，可不是「沒有人敢來管他」麼！

冷子興說賈珍「一味高樂不了」，其中一個方面自然是指他在男女關係上很亂。這一點在賈府肯定有名，以至於連賈珍的酒肉朋友薛蟠都信不過他。二十五回賈寶玉、王熙鳳中了馬道婆的魔法重病之後，賈府上下亂作一團，大家都來探望。薛蟠「知道賈珍等是在女人身上做功夫的」，怕他會對香菱動歪腦子，所以特別不放心。在後來對尤二姐、尤三姐姐妹的接觸中，也表現出賈珍玩弄女性的惡劣品格。當然，最突出的是他在兒媳婦秦可卿之死中的反常表現了。如果用一個詞來概括，那麼可以說是「醜惡」。如果要加重一些分量，說他的表現「十分醜惡」、「極其醜惡」也不為過。這種醜態表現在幾個方面：

第一是極度悲痛：

賈珍在秦可卿死後「哭的淚人一般」，甚至已經過了好些日子，依舊因為「過於悲哀，不大進飲食」。以致「有些病症在身」，路都走不動了，要「拄個拐」，連對王夫人、邢夫人蹲身跪下請安都要「扶拐」才行。其實那時賈珍不過才三十多歲四十歲。當然，出色的兒媳婦死了，公公悲痛，本在情理之中，但悲痛到了這個程度就太不正常，令人生疑了。所以在「賈珍哭的淚人一般」處，甲戌本有一條夾批：「可笑，如喪考妣（父母），此作者刺心筆也。」

第二是不惜代價為秦可卿大辦喪事：

曹雪芹在寫到賈珍為秦可卿辦喪事時用了「恣意奢華」四個字，表現為：一是按最高規格辦，二是不惜花費鉅資。

秦可卿喪事的各方面，從停靈、超度、祭奠直到出殯，賈珍都是按最高規格來操辦的：「停靈七七四十九日，三日後開喪送訃聞。這四十九日，單請一百單八禪僧在大廳上拜大悲懺，超度前亡後化諸魂，以免亡者之罪；另設一壇於天香樓上，是九十九位全真道士，打四十九日解冤洗業醮。然後停靈於會芳園中，靈前另外五十眾高僧，五十眾高道，對壇按七（即逢『七』而作，直到『七七』）作好事。」還有一大批貴族官宦夫人即內眷們來祭奠，這就要一批女眷、女僕接待。「只這四十九日，寧國府街上一條白漫漫人來人往，花簇簇官去官來」。也就是說，不是一天兩天，而是這「七七」四十九天都在鬧騰，尤其是「頭七」和「七七」這兩日。此外我們從會芳園大門洞開，鼓樂隊和執事的規模等都可以看出喪事規格高得出奇。至於大出殯時的場面之大，讀者都熟悉，就不必多說了。

其次，賈珍為秦可卿辦喪事在金錢上不惜一切代價。當大家勸他不要過於悲痛，商議如何料理喪事要緊時，賈珍當即表示：「如何料理，不過盡我所有罷了！」在「盡我所有」處有一條脂批：「『盡我所有』為媳婦，是非禮之談。」在關於秦可卿用什麼棺材的問題上，看了幾副杉木板的都不中意。這時薛蟠說他們木店裏有一副檣木的棺材，萬年不壞，還是薛蟠之父在世時帶來的，有年頭了，原來是義忠親王老千歲預訂的，因為他壞（出）了事，獲罪革職，現在放在店裏，沒人敢買。「賈珍聽說，喜之不盡，即命人抬來。大家看時，只見幫底皆厚八寸，紋若檳榔，味若檀麝，以手扣之，丁當如金玉。大家都奇異稱讚」。賈珍滿意地笑著問多少錢，薛蟠說：拿一千兩銀子來，只怕也沒處買去，賞他們幾個工錢算了。曹雪芹寫這副棺材板子，從高貴的來歷，罕見的厚度，美麗的紋理，奇異的香味、鏗鏘的聲音和昂貴的價格，寫出它的不凡，主要目的不是要寫一副好棺材，而是突出賈珍的異常心態。連賈政都看不下去了，委婉地說：「此物恐非常人可享者，殮以上等杉木也就是了。」這裏曹雪芹寫道：「此時賈珍恨不能代秦氏去死，這話如何肯聽。」為了讓死者秦可卿有一個漂亮的頭銜，賈珍不惜花了一千二百兩銀子，給賈蓉買了個五品龍禁尉，這樣秦可卿就成為五品龍禁尉的誥命夫人了。一千二百兩銀子可不是個小數，在曹雪芹那個年代，在北京買一所宅院只要五六百兩銀子。一戶尋常人家，一個月十兩銀子日子就可以過得不賴了。

第三是最重要的，就是賈珍事必躬親。這一點我們有時反倒不大注意，因為被喪事的宏大場面吸引住了。其實最不正常的是在這裏，因為這是他兒媳婦死了，不是他自己的妻子過世。按說，他這做公爹的，動動嘴，多拿出些錢來就行了，一應具體事情都應當由賈蓉和下人去辦。也就是說，這喪事的事主是死者的丈夫賈蓉而不是作為公爹的他賈珍。現在他卻毫不猶豫地出現在第一線，甚至親自坐車帶著懂陰陽風水的司吏到鐵檻寺踏看寄放靈柩的地方等等。對喪事的具體安排，直到「心意滿足」為止。讀過小說的都會發現，不一一說了。

賈珍的這些表現確實醜惡不堪，紅學家和廣大讀者多有批評，無須贅言。但是如果我們換一個視角，那麼賈珍的這些極不正常的表現除了醜惡之外，是不是還有一些別的什麼值得注意呢？

我們前面講到，秦可卿雖然久病不癒，而且日見沉重，但仍然死得出人意外。當時顯然發生了某種突然事件，最大的可能是被賈珍之妻尤氏發現了，於是促使本來一直處於兩難境地的秦可卿自縊身亡。小說寫道：「彼時闔家皆知，無不納罕，都有些疑心。」甲戌本在此脂批道：「九個字寫盡天香樓事，是不寫之寫。」意思是不具體寫出來比寫出來還好，為讀者提供了一個揣摩、聯想、證實的空間。所謂「闔家皆知」，是指寧國府都知道秦可卿不是病死而是在天香樓自縊的，所以除了在寧府大廳停靈七七四十九日請一百零八位和尚念經超度亡魂外，還要在天香樓另設一壇，由九十九位道士打醮四十九日，就是這個緣故。根據民間傳說，有人上吊自盡，是因為這個地方從前有人自縊過，他必須找一個替身，自己才能投胎。所以請這麼多道士打醮，還有驅以往之邪，表明秦可卿是被從前的吊死鬼弄去當替身的意思，她本身是清白的，是無辜而死的，以後也不要留在天香樓再找替身了。「無不納罕，都有些疑心」，是指寧府上下都對秦可卿這麼死去的原因感到奇怪和懷疑。而人們「有些疑心」的對象自然是賈珍。賈珍不會覺察不到人們的這種懷疑；或者說，賈珍不可能想不到，有些人會對他產生懷疑。尤其是他的妻子尤氏不早不晚地在這個時候「犯了胃疼舊疾，睡在床上」，「不能料理事務」。這顯然是個托詞，是尤氏發現了賈珍的醜事，說不定兩人之間還發生過爭吵。而賈珍的兒子秦可卿的丈夫賈蓉則對於妻子之死毫無悲痛之感，這堪稱是奇中之奇。這說明，賈蓉即使原來不知道父親竟有此事，那麼至少現在他不會不明白為什麼母親托病不出，也不至於對於闔家上下的疑心一無所知所感。反過來說，賈珍對兒子死了老婆無動於衷，也不會毫無察覺，不至於不明白是什麼原因。

但是，即使這樣，賈珍這麼聰明的人，他仍然有這麼多反常的表現。他在請王熙鳳幫他協理寧國府時，將寧國府對牌交給她，說：「妹妹愛怎樣就怎樣，要什麼只管拿這個取去，也不必問我。只求別存心替我省錢，只要好看為上。」賈珍如此重視「好看」，實際上就是不顧「難看」，難道他就不怕引起甚至加重別人對他的懷疑麼？或者說，這種太不正常的表現，是否恰恰反映了他內心深處的某些其他心理和情感呢？

我們還是要回顧一下事情的另一位主角秦可卿。

《紅樓夢》從多方面寫出秦可卿是個非常出色非常可愛的女人。從可卿托夢交代賈府後事，足見她的遠見卓識。賈寶玉聽說噩耗而為之吐血，脂批說：「寶玉早已看定可繼家務事者，可卿也。」從賈府上上下下都為之惋惜，可見她平時為人善良，性情溫順，易於與人相處。在「寶珠按未嫁女之喪，在靈前哀哀欲絕」處，甲戌本脂批：「非恩惠愛人，哪能如是。惜哉，可卿！惜哉，可卿！」脂批者的惋惜之情溢於言表，而這正是賈府上下雖然早有賈珍「扒灰」之議卻依然同情秦可卿的反映。大家肯定明白是賈珍不顧廉恥，強人所難。從現有文本來看，秦可卿與賈珍之間的事應該是賈珍逼迫她所致，所以一旦發生以後她就幾乎被壓垮了。由於她無法擺脫賈珍的繼續糾纏，秦可卿才對王熙鳳說「治得病治不得命」。

寧府上下對此事的懷疑如果被證實，賈珍所要付出的道德代價之大，他不會不明白。因此在通常情況下，處於賈珍這種地位的男子往往會千方百計地掩飾自己，盡量裝得自己與可卿之死無關，以避免、起碼是減輕人們對自己的懷疑。也許有的人甚至會覺得女方死了，死無對證，反倒使自己安全了。但是賈珍卻沒有這樣，而是反其道而行之，悲痛不能自制，以至於到了有病的地步，走路需要扶拐，這就值得人們注意了，他內心是否真有愛非常出色的秦可卿的一面，而不僅僅是出於玩弄異性？他決心盡其所有大辦喪事，甚至「恨不能代秦氏去死」，不顧可能暴露自己與可卿的隱情而不斷直接出頭露面，是不是內心深處還有深感內疚的一面呢？他這種大辦喪事有沒有試圖為秦可卿略作補救以減輕自己心靈上的壓力的意思？他與那些玩弄女性造成嚴重後果卻讓女性一人承擔責任的男子是否還有一點不同？

十三回回末總評脂批說：「借可卿之死，又寫出情之變態（情感不正常），上下大小，男女老少，無非情感而生情（由於某種情感因素引起的情感表現）。」尤氏藉口胃病復發不出面，賈蓉也不顯得悲痛，這些不正常表現都是「情之變態」，「情感而生情」。那麼賈珍的表現是否也是一種另類「情之變態」呢？

當然，賈珍仍然是個壞男人，這從他後來對尤二姐、尤三姐的態度上可以印證。但就秦可卿之死而言，曹雪芹沒有將他的壞寫得絕對化，簡單化。而是從生活實際出發，像魯迅所說的那樣，「如實描寫」，將他內心深處隱秘的一面寫出來了，所以這個形象就顯得更加豐滿，經得起人們琢磨。

曹雪芹不僅寫賈珍是這樣，寫賈赦、賈璉、賈蓉、薛蟠等也不例外。

《紅樓夢》中最令人厭惡的男人恐怕非老色鬼賈赦莫屬了。賈赦雖然襲爵一等將軍，但他外不知守業，內不會持家，儘管一大把年紀，依然好色無度。他見鴛鴦現在出落得一表人才，就先是利誘後來威脅，千方百計想要把鴛鴦弄到手做小老婆。鴛鴦誓死不從，最後因賈母親自干預，賈赦只得暫時作罷。用平兒的話說就是：「這個大老爺（賈赦）太好色了，略平頭正臉的，他就不放手了。」所以六十九回說，「賈赦姬妾丫鬟最多……如這秋桐輩等人，皆是恨老爺年邁昏憒，貪多嚼不爛，沒的留下這些人作什麼……」正因為賈赦姬妾丫鬟多得很，所以把十七歲的丫鬟（這種丫鬟實際上和姬妾沒有兩樣，只不過沒有正式的姬妾名分罷了）秋桐賞給兒子賈璉為妾。但就是這個賈赦，在賈寶玉和王熙鳳被魔法所魘，百般醫治無效，眼看性命不保時，「賈赦還各處去尋僧覓道」。賈政見這一切都不靈無效，著實煩惱，就勸阻賈赦說：「兒女之數，皆由天命，非人力可強者。他二人之病處於不意，百般醫治不效，想天意該如此，也只好由他們去吧。」連賈政都絕望得勸賈赦別再忙了，但是「賈赦也不理此話，仍是百般忙亂」。看來曹雪芹輕易不將人一棍子打死，即使這個人物從總體上來說是個否定性形象，一片漆黑，但是他哪怕有一點點亮色，也寫出來。因此《紅樓夢》中的人物即使出場機會不多，也往往是多側面、多層次的，立體感強，色彩比較豐富。

賈璉在與鮑二家的和多姑娘的關係上只有赤裸裸的欲，沒有一絲一毫的情，簡直就是個色情狂。但是他在對待尤二姐的問題上是否確有感情真誠的成分呢？賈璉在尤二姐死後，大哭說：「你死的不明，都是我坑了你！」而且不顧王熙鳳阻撓，竭盡所能為尤二姐辦喪事。由於錢被王熙鳳控制著，賈璉還賒了五百兩銀子買了一副好板子為她做棺材。值得注意的是，悄悄對賈璉揭露害死尤二姐的主謀是王熙鳳的，正是與王熙鳳似乎有些曖昧關係的賈蓉！賈璉一聽，後悔不已，跌（跺）腳說：

聞祕事鳳姐訊家童

「我忽略了！」賈璉發誓：「終久對出來，我替你報仇！」從第五回王熙鳳的判詞「一從二令三人木，哭向金陵事更哀」和脂批中的某些暗示來看，賈璉後來在賈府抄家「事敗」之後，果然為尤二姐報了仇，將王熙鳳休了，王熙鳳只好哭著回金陵老家投靠親戚去。之所以說王熙鳳與賈蓉「似乎有些曖昧關係」，是曹雪芹在前面幾個地方，尤其是焦大醉罵時說「養小叔子」等，給人留下的印象是王熙鳳與賈蓉有亂倫的男女關係。但是仔細閱讀全文，並無確證。他們之間只是比較親密、隨便一些而已，這在封建道德規範來說是不允許的。從六十八回王熙鳳審問賈蓉可以看出，她倆沒有什麼嚴重關係。也許在《紅樓夢》的前身《風月寶鑑》中，或者在《石頭記》最初的稿子裏，曾經有過這個內容，但是在現在我們看到的經過脂硯齋等人批過的本子裏，雖然還能見到鳳姐和賈蓉之間可能有某種曖昧關係的蛛絲馬跡，但是並沒有什麼真正意義上的事情。這些正是曹雪芹慣用的虛虛實實、真真假假的手法，增加了閱讀趣味，使人物性格更加豐滿。在賈赦通過賈雨村奪取石呆子古扇的問題上，賈璉是有正義感的，公開表示不滿，為此他還遭到賈赦的一頓毒打。這些細節都使得賈璉形象變得豐滿起來。

薛蟠肯定是個壞男人，打死馮淵，搶走香菱（英蓮），罪孽深重。但他在尤三姐自殺、柳湘蓮出走後的表現，卻令人刮目相看。薛寶釵聽說此事，「並不在意」，反而對她母親說：「……這也是他們前生命定……如今已經死的死了，走的走了，依我說，也只好由他罷了……」又一次表現出這個冷美人的鐵石心腸。而薛蟠則因柳湘蓮救過他，哭得非常傷心，帶了小廝們各處尋找。他總還是有些講情義，知恩圖報，對比薛寶釵的冷漠要好一些。

亦玉亦石畫寶玉

賈寶玉、林黛玉、薛寶釵是《紅樓夢》中除了王熙鳳之外最重要的三個人物，他們三人之間的關係構成了小說的基本情節。正確理解寶玉、黛玉、寶釵這三個藝術形象及其關係，是解讀《紅樓夢》的基礎。這三個人物似乎都不難理解，但是仔細琢磨一下，又都有些撲朔迷離。這正是《紅樓夢》經得起反覆地品味式精讀和反覆地解剖式研究的重要原因。

充滿矛盾的賈寶玉

賈寶玉是《紅樓夢》的男一號，他身上存在著許多矛盾現象。

大觀園成立詩社的時候，薛寶釵給賈寶玉起了兩個別號，一個叫「無事忙」，另一個叫「富貴閒人」。既然「無事」，怎麼還「忙」呢？可見還是「有事」。可是既然「忙」，怎麼又成了「閒人」呢？他到底是「忙」還是「閒」？他都忙些什麼事呢？為什麼在有些人眼裏，甚至同一個人看來，比如薛寶釵，認為寶玉既是「閒人」卻又「無事忙」呢？李紈建議賈寶玉用他的舊號「絳洞晱寶玉花王」

（三十七回）。「絳」是深紅色，「花王」是管理花兒的。可是賈寶玉的前身是神瑛侍者，花王怎麼又是侍者呢？曹雪芹為什麼把賈寶玉住的院子命名為「怡紅」院呢？賈寶玉做詩題名用的是「怡紅公子」（三十八回）。在「神瑛侍者」、「怡紅公子」、「無事忙」、「富貴閒人」、「絳洞花王」這些看來矛盾的別號之間有著什麼樣的內在聯繫？是我們在讀《紅樓夢》時應當特別注意的。

這種矛盾現象很多：

賈寶玉是以疼愛少女們聞名的，用他自己的話來說，就是為她們使碎了心（三十一回）。但有時候寶玉脾氣大得出奇，像個十足的紈ㄩ子弟式的公子哥兒。第八回寫到，寶玉早晨讓茜雪留著的一碗楓露茶，寶玉回來後得知被自己的奶媽李嬤嬤吃了，勃然大怒。曹雪芹寫道：「寶玉聽了，將手中的茶杯只順手往地下一擲，豁啷一聲，打了個粉碎，潑了茜雪一裙子的茶。又跳起來問著茜雪道：『他是你哪一門子的奶奶，你們這麼孝敬他？不過是仗著我小時候吃過他幾日奶罷了。如今逞的他比祖宗還大了。如今我又吃不著奶了，白白的養著祖宗作什麼！攆了出去，大家乾淨！』說著便要去立刻回賈母，攆他乳母。」無論是說話還是行為，賈寶玉都蠻不講理，毫無教養，而且簡直沒有良心。由於襲人極力勸諫，李嬤嬤沒有被攆，但是茜雪卻被攆走了（十九回李嬤嬤要吃給寶玉留著的酥酪，晴雯不讓，李嬤嬤提到了「上次為茶攆茜雪的事」）。這茜雪在賈府有年頭了，在寶玉的十六個丫頭中是個有點身分的，可不是小紅那樣的粗使丫頭。賈府的丫頭有著嚴格等級，《紅樓夢》三十六回有交代。襲人是寶玉的首席大丫頭（這是我仿照「首席大法官」杜撰的，諸位姑妄聽之），因為她原來是伺候賈母的，所以月錢和金釧一樣是一兩銀子（五十六回，小姐月銀二兩），晴雯、麝月等七個大丫頭月錢一吊，就是一千個錢；佳蕙等八個小丫頭每人月錢五百。一兩銀子相當於兩吊銅錢。四十六回鴛鴦對平兒說：「這是咱們好，比如襲人、琥珀、素雲、紫鵑、彩霞、玉釧兒、麝月、翠墨，跟了史姑娘去的翠縷，死了的可人和金釧，去了的茜雪，連上你我，這十來個人，從小兒什麼話不說……」琥珀是賈母的丫頭，月錢一兩，地位僅次於鴛鴦；金釧、玉釧、彩霞都是王夫人的主要丫頭；素雲、紫鵑、翠縷分別是李紈、黛玉、史湘雲的首席大丫頭，可見茜雪的地位不在麝月之下。可是就為了這麼一丁點子小事，寶玉把她攆出了賈府。雖然當時寶玉有點醉了，第二天總醒明白了吧，但他並沒有把茜雪找回來。可見寶玉醉酒並不能說成是攆走茜雪的原因，而是他的大貴族公子哥兒脾氣的結果。在這件事上，他和那些紈袴子弟沒有區別。茜雪後來的結局沒有寫，但恐怕是很不幸的。因為從這種貴族人家被主人攆出來，會被家人和別人認為犯了非常嚴重的錯誤，被人看不起。我們只要看看被攆的金釧和晴雯的結局就明白了。僅僅為了一碗茶，賈寶玉很可能毀了一個女孩的一生。需要特別指出的是，茜雪是個非常有良心的女孩。根據脂批，在賈府敗落之後，鳳姐、寶玉等被關在獄神廟，去探望救援的幾個人當中就有這個完全無辜而受到過寶玉嚴重傷害的茜雪。在人落難時最容易見出真情，這是一個多麼可愛、可敬的姑娘！十九回寫到，寶玉讓人去將留著給襲人回來吃的酥酪拿來，丫鬟們說，被李嬤嬤吃了。寶玉正要說話，襲人忙說自己上回吃了酥酪肚子疼，嘔吐了，現在只想吃風乾栗子。其實她「原不想栗子吃的」，只因怕由於李嬤嬤吃了寶玉讓留下的酥酪，「又生事故，亦如茜雪之茶等事」，所以才編出想吃栗子來，以便把寶玉的注意力引開。我們從「亦如茜雪之茶等事」八字就可以看出，寶玉大耍公子哥兒脾氣的事情不少，說不定被他攆走的丫鬟也不止一個。三十回因為丫頭開門遲了一點，「寶玉一肚子沒好氣，滿心裏要把開門的踢幾腳，及開了門，並不看真是誰，還只當是那些小丫頭子們，便抬腿踢在肋上」。踢得襲人吐血，寶玉也很後悔。果真踢的是那些小丫頭子們，他會如此悔恨麼？不會。賈寶玉任性起來簡直不顧一切，甚至對待他最喜歡的晴雯，有時也很不像話。三十一回寶玉由於前一日不小心將寶釵比作楊貴妃被她頂了幾句，接著是金釧被攆，又誤踢了襲人，端陽節那日黛玉又不願人多，大家早早地就散了。賈寶玉心中彆扭，恰好晴雯一不小心將扇骨子跌斷，接著拌起嘴來。寶玉生氣了，非要親自去回王夫人，要讓晴雯走人。是襲人跪下求他，碧痕等丫鬟都進來跪求，這才了事。所以我們對賈寶玉一定要全面地分析，他確實有許多高尚品格，有超前意識，但是他也有不少即使在當時也屬於十分落後的東西。

賈寶玉的叛逆性歷來最為人們所稱道。但是有時候他的表現實在太差，不僅談不上什麼叛逆，簡直有逃避責任之嫌。金釧之死最初是寶玉惹的禍，但是在王夫人打了金釧一巴掌後，寶玉遠遠躲開，沒有採取

含恥辱情烈死金釧

任何救助行為。按說，金釧被攆走，他不會不知道，他完全有責任也有力量採取一些哪怕最起碼的救援措施，可是他甚至都沒有去探視安慰一番。金釧之所以自殺，是因為覺得實在太冤屈，被主人攆出來沒法見人。她這個弱女子，只能用生命證明自己的清白。如果賈寶玉能站出來說幾句話，承擔一點點責任，洗刷一下金釧的冤屈，金釧也許就不會自殺。在這個問題上，賈寶玉是有責任的。而他沒有盡力救助被逐出大觀園而且當時重病的晴雯，就更不應該了。晴雯是他最信任的丫頭，人品高潔。其實賈寶玉是有力量救她的，至少可以大大減輕她的痛苦。王夫人和賈政不完全一樣，賈寶玉如果對母親耍賴，或者去求賈府的老祖宗賈母，晴雯即使不能回到怡紅院，也不致就這麼悲慘地死去。而正被周瑞家的押著離開大觀園的司棋拉住賈寶玉哭求救助，他也只是恨得對那些遠去的婆子、媳婦瞪眼而已。古語說：非不為也，乃不能也。賈寶玉在這些事情上恰恰是：非不能也，乃不為也。

賈寶玉顯然是寄託著曹雪芹某些重要的人生理想的卓越藝術形象。曹雪芹既然一再強調當時已經是「末世」，雖然他把賈寶玉塑造成了一個不愛讀經，不願走仕途經濟道路的人，但是賈寶玉卻沒有做一件改變這個「末世」的事。這是否也是賈寶玉身上的一個矛盾現象？

總之，賈寶玉身上充滿矛盾。

其實這一點也不奇怪，因為他本身就是一個具有鮮明兩面性的人物，曹雪芹就是故意把他塑造成這個樣子的。

兩個神話與四個文化基因

要認識曹雪芹賦予賈寶玉這個藝術形象的豐富內涵，我們就要從小說開頭的兩個神話入手。因為在這兩個神話中，曹雪芹為賈寶玉藝術形象注入了最重要的幾個文化基因，它們決定了賈寶玉的個性、觀念和命運。

一個是女媧補天神話。

女媧補天神話是說兩個人爭鬥，失敗者撞斷了天柱，於是女媧煉石補天。據漢代《淮南子．天文訓》：「昔日共工與顓頊爭為帝，怒而觸不周之山。天柱折，地維絕。天傾西北，故日月星辰移焉；地不滿東南，故水潦塵埃歸焉。」再據《淮南子．覽冥訓》：「往古之時，九州裂；天不兼覆，墜（地）不周載；火濫炎而不滅，水浩洋而不息……於是女媧煉五色石以補蒼天。」唐代司馬貞《補史記．三皇本紀》說：「當其（女媧）末年也，諸侯有共工氏，任智刑以強，霸而不王，以水乘木，乃與祝融戰，不勝而怒，乃頭觸不周山崩。天柱折，地維缺。女媧乃煉五色石以補天。」不論是共工與顓頊爭帝，還是共工與祝融大戰，總之是兩個男人爭鬥，失敗者撞斷了天柱，弄得火山爆發，大地震，洪水氾濫，結果一個女人來煉石補天，挽救了這個世界。《紅樓夢》中關於「頌紅」、「怡紅」和對男性為中心社會的極度失望的深層次主題，就植根於此。

不過曹雪芹在這個傳統補天神話基礎上做了一些延伸，從而轉移了重點。這個改變決定了小說主人公賈寶玉的文化基因。說是女媧煉石補天時多煉了一塊，棄之不用。由於此石通了人性，於是生出了種種故事來。這樣，虛構的部分在小說中就成為老神話的新重點。女媧是神，她鍛煉出來的石頭肯定塊塊都是合格產品，都是足以補天之用的。由於她計算不精的錯誤，多煉了一塊，非但不讓它補天，還棄之於山下。女媧可說是一錯再錯。所以這塊石頭有補天之才，卻無補天之命。而這個不公平的命運是女媧也就是「天」造成的。連脂硯齋都為它鳴不平：「當日雖不以此補天，就該去補地之坑陷，使地平坦。」（甲戌本夾批）曹雪芹借批評「天」來抨擊當時的社會環境不讓這些真正有才幹的人去為社會出力，而是將他們任意拋棄。這塊石頭「自經鍛煉之後，通了靈性」，有了人的要求，「遂自怨自歎」。怨誰呢？自然不單是怨自己命苦，也包含著對天的埋怨和不滿。因此所謂「無材補天」，實際上是無命補天！另一方面，從石頭要求一僧一道帶他到「紅塵」去「受享幾年」的對話中，我們可以明白，石頭儘管沒能夠補天，被扔在了山下，可那裏仍然屬於天堂世界。從傳統的世俗的眼光來看，天堂總比人間好，而這塊石頭竟然並不滿意生活於這個「天堂」，非要求下凡！因此它與世俗觀念的格格不入就沒有什麼可奇怪的了。

這樣一來，補天神話就為賈寶玉注入了兩個文化基因：一個是石頭對「天」也就是對當時社會的不滿和反叛，對傳統價值觀的蔑視。這就是賈寶玉為什麼不愛讀經，反而愛讀《西廂記》、《牡丹亭》之類被主流社會認為不入大雅之堂的書籍；不願走仕途之路，不願和賈雨村這樣的為官作宦者交往，反倒願意和社會地位極低而人品高潔的戲子成為好友，對處於半奴隸狀態的丫鬟同情、愛護的根本原因。這在當時那個以嚴格的等級制度為核心的封建社會末世中具有極大的進步性。另一個文化基因是，這塊石頭雖然經過女媧鍛煉，靈性已通，但是畢竟外觀和質地「粗蠢」。第一回短短十幾行中，「粗蠢」出現兩次，「蠢物」和「質蠢」各用了一次。後來石頭被和尚點化為一塊晶瑩美玉，成了賈寶玉出生時含在嘴裏的那塊通靈寶玉，成了他的命根子。所以它是真石頭，假寶玉。它既有「晶瑩美玉」充滿靈性的一面，又有「粗蠢石頭」愚蠢粗俗的一面，賈寶玉性格中明顯的玉石兩重性就是由此而來的。用現代觀念來看，在人類進化的階梯上，從猿到人，經歷了獸性、人性兩個階段。我們將一些壞人做壞事叫做「獸性大發」。而人性發展到高級階段，人性中最美好的那些已經達到神性的高度。中國自古以來流行玉崇拜，在賈寶玉身上就表現為玉性。而石性則是人性中普通的那些，包括普通人所具有的缺點。賈寶玉是「真石頭」，所以他也有這些缺點，就不足為怪了。賈寶玉對待茜雪、金釧、晴雯、司棋、襲人等那些事，正表現出他假寶玉那一面。曹雪芹正是通過這些石性寫出了賈寶玉不是神，他是個普通人，也具有普通人的弱點。這些弱點最突出的是什麼呢?是賈寶玉身上同樣深深地烙印著中國傳統文化中某些落後成分，主要是封建宗法制度對人的心靈的摧殘與束縛。所以賈寶玉對父母的錯誤不僅不敢有任何公開反抗，甚至連想都不敢想。賈寶玉不是

通靈玉蒙蔽遇雙真

巴金筆下的覺慧。賈寶玉有反抗，但他不是鬥士，更不是英雄，他不可能那樣。賈寶玉身上有極其珍貴的神性，也有普通人的人性及其缺點，玉性與石性俱在，當然玉性多於石性。這正是曹雪芹忠於現實的寶貴之處。

第二個神話是曹雪芹虛構的還淚神話。

也有些學者把它叫做（仿）擬神話或者亞神話。這個神話中神瑛侍者和女媧補天所煉的那塊石頭具有哲學和藝術上的同一性。「瑛」字意思是「似玉之美石」，很美，像玉，不過本質上還是石頭。而且神瑛侍者與那塊補天之石一樣，也不願在天為神，「凡心偶熾」，下凡成了賈寶玉。所以這兩個神話的共同之處是，石頭是由於女媧所煉才通了靈性的，神瑛則在警幻仙子手下工作，所以都表現了以女性為中心的理念。但是還淚神話不是補天神話的翻版或簡單補充，它的內涵要豐富得多。從對於賈寶玉的文化基因角度來說，主要是明確了他在天堂的身分和工作：他在西方靈河岸旁警幻仙子手下工作，雖然是神，不過級別較低，是個侍者，就是服務員。為誰服務呢？為花花草草澆水。從絳珠小草變成一個女孩來看，這個神話的核心是：暗示神瑛侍者伺候著眾多女性。神瑛侍者雖然成了榮國府貴族公子賈寶玉，但他在包括許多丫頭在內的少女們面前，依然扮演著「侍者」的角色。他住在「怡紅院」，寫詩填詞題名「怡紅公子」。「紅」在中國傳統文化中往往代表女性，「怡」是愉快，在這裏是使動用法，「怡紅」就是使女性快樂。這就是賈寶玉的第三個文化基因。曹雪芹通過賈寶玉這個藝術形象要表達的是，男性要為女性創造一個能夠施展才幹的良好環境（包括社會環境和家庭環境），使女性生活得愉快。這種對女性尊重、將女性置於與男性同等地位甚至更高的「怡紅」觀念，在中國文化史上是空前的，即使在當時十八世紀中期的歐洲也處於前沿。

《紅樓夢》第一回，通過脂硯齋的回前總評，曹雪芹表示這輩子見過許多異樣女子，行止見識都比他強得多，所以要為「閨閣昭傳」，為這些德才出眾的女性立傳，就是「頌紅」。我們只要考察一下《紅樓夢》的所有人物就不難發現，凡是同一輩分者，男的一律不如女的。賈府地位最高的是老祖宗賈母，是賈府第二代碩果僅存者。她年輕時比王熙鳳還能幹，而且人品顯然比她好。賈府第三代「文」字輩最能幹的不是一味好道的賈敬，也不是內不會治家外不擅用人的賈政，更不是老色鬼賈赦，而是那個小事不管卻特別注意抓大事的王夫人；賈寶玉不僅是第四代「玉」字輩的傑出代表，也是賈府所有男性中的佼佼者，但和同輩的姐姐妹妹們一比，他就遜色了，連他自己也常常自歎不如。有時候，比如元春省親時作詩，全靠黛玉充當槍手，寶釵也明目張膽地幫著作弊，加上元春只顧和賈母、王夫人等說話，沒認真監考，賈寶玉這才蒙混過關。第五代的賈蓉，和秦可卿的遠見卓識、才幹、聲望，那就差得沒法比了。所以曹雪芹要「頌紅」。

但是那些具有補天之才的女性不僅無補天之命，而且都以悲劇命運了結一生，從而表明這個社會（天）必須滅亡。於是曹雪芹在「悼紅軒」中寫這部《紅樓夢》，要讓這個社會最後來個「白茫茫大地真乾淨」。這就是「悼紅」。

所以，以賈寶玉為主人公的《紅樓夢》的深層意蘊的一個重要方面，可以簡單地概括為「頌紅、怡紅、悼紅」這六個字。當然，還有揭露當時社會的黑暗，反對科舉制度，追求人與人之間的平等，追求自我價值的實現，等等，有些大家易於理解，耳熟能詳，就不多說了，有些我們在後面分析不同人物時會涉及，這裏就不一一說了。

這樣我們就不難理解賈寶玉的那幾個別號了。他住在怡紅院，「（那些水）共總流到這裏，仍舊合在一處，從那牆下出去」（十七十八回）。大觀園所有的水（象徵少女）都匯合到怡紅院附近，怡紅院是少女們的活動中心。所以賈寶玉就成了「絳洞花王」，「無事忙」，他成天忙的都是為姐姐妹妹們服務的事，依舊扮演著侍者的角色。用他自己的話來說，為她們使碎了心。但是，從封建道德規範來看，在封建意識嚴重者眼裏，賈寶玉忙的這些事都不是正事，所以才說他是「富貴閒人」。整天閒著，卻不去讀四書五經，不去為自己的舉業、前程奔走操心。兩種截然不同的價值觀被巧妙地銜接在了一起。

賈寶玉有反抗，但很微弱，他只能做到那個程度。無論是石頭或神瑛侍者，他們下凡都不是來改造這個世界，更不是要征服世界，而是羨慕紅塵繁華，來享受（「受享」）人生。也就是說，他們不是來補天的。這就是賈寶玉的第四個文化基因。因為曹雪芹生活的雍正、乾隆時期，儘管當時被稱為「盛世」，直到今天還有不少人認為是「盛世」，但是曹雪芹卻已經深刻地看出它正在加速腐敗並且必然走向滅亡的本質，一再強調當時已經處於「末世」。那個「天」已經沒法再補了。也就是說，那個社會必須徹底改變。在小說中，曹雪芹明確地表達了這樣一個思想：人有兩個基本要求，一個是對社會作出貢獻，這就是「補天」；還有一個就是要享受一定的物質生活和精神生活，這就是「受享」。石頭既然無命補天，而它又通了靈性，具有了人的基本要求，那麼它就應該有權受享，享受人性需要的物質生活、精神自由，滿足情感需求，這具有充足的合理性。這和西方十八世紀流行起來的「天賦人權」觀念是一致的。所以賈寶玉特別不願受家庭、禮教的束縛，千方百計想要掙脫它。因此，賈寶玉不是一個「補天」型人物，而是一個「受享」型形象。我們可以仔細看看，賈寶玉在小說前八十回中的所有行為，他有過補天的打算麼？做過一件補天之事麼？都沒有。所以賈寶玉無論上學還是完成父親給自己留的作業，他都湊合了事，應付差使，甚至由姐姐妹妹們包括丫鬟在內，幫他作弊，蒙混過關。他也不願意和那些忙於補天的人如賈雨村等交往。誰如果要勸他做些有助於補天的事，他就會生氣，薛寶釵、史湘雲都為此碰過釘子。而他和黛玉之所以情投意合，很重要的一點就是，黛玉從來不對他說有關補天之類的「混帳話」。高鶚所補後四十回與曹雪芹前八十回的一個重要區別和差距，就是賈寶玉儘管最終出家，但是他畢竟還是應試「補天」去了。

因此如果用兩個字來概括《紅樓夢》所寫的內容，那麼它寫的不是「補天」，而是「受享」。

「受享」的進步性絕不亞於「補天」

把中華民族精神文明的偉大代表《紅樓夢》說成是寫了一個「受享」的故事，豈不是貶低《紅樓夢》的思想價值麼？不是。長期以來，我們有一個似是而非的錯誤觀念，總是把「享受」僅僅看作是物質享受，而且一定是所謂資產階級腐朽思想。如果以一個公式來表示就是：

享受＝物質享受＝資產階級腐朽思想

實際上享受不僅僅是物質的，還有精神的。不同社會地位和不同人格修養者有大不一樣的享受觀、享受需要和享受途徑。曹雪芹通過賈寶玉這個藝術形象表達的「受享」，是對自由、平等、情投意合的愛情這樣一些精神世界很高層次的朦朧追求。明代中後期一些中國文人開始猛烈抨擊程朱理學，要求掙脫束縛人性的封建禮教。著名思想家李贄明確提出反對「以孔子之是非為是非」，他們重視實現人的自身價值。曹雪芹深受這些思想的影響。對社會作出貢獻和接受回報，受享人的基本權利，是人性的兩個基本要求，具有天然的合理性。而當「石頭」不但被剝奪了補天權利並被拋棄時，他的受享要求就更加值得同情與肯定。受享可以出於不同目的，通過不同途徑獲得。受享者在自己的付出上也有大不一樣的表現，因為真正高尚的受享者必定同時也是一個會對社會對他人作出貢獻者。總之，受享有不同類型，同一類型還有不同高下的層次之別。賈寶玉對精神自由、真誠感情，對少女人格的尊重，以及對比較平等的人際關係的執著追求，是他「受享」的基本內容。賈寶玉對傳統觀念中走仕途經濟的所謂「正事」不感興趣，在為姐妹們的「忙」中受享到了

訓劣子李貴承申飭

精神上的無比快樂。在宋明理學越來越走向扼殺人性的清代，當理學日益腐敗而成為禮教，這種張揚個性，要求實現人的自我價值和完善人性的觀念，在當時是具有極大進步意義的超前意識，至今依然發人深省。可以說，這是從更深層次上徹底否定當時那個號稱「盛世」實際上已經是「末世」的社會，因此「受享」的進步意義絲毫也不亞於「補天」，而且有過之。無論是賈寶玉形象還是小說的思想價值，都比寫一個「補天」的故事要深刻得多。在中國古代小說中，並不缺乏「補天」型的人物，但是卻沒有一個賈寶玉式的「受享」類藝術形象。《紅樓夢》的現代性和它的無窮魅力的一個重要方面就在於此。

將賈寶玉塑造成為一個受享者，並不意味著曹雪芹完全否定補天的必要性。這裏我們要回到補天神話的「石頭」上來。因為石頭被女媧煉出來就是為了補天用的，它當然願意在補天的偉業中發揮自己的才幹。但是這個社會已是「末世」，它不允許眾多有才幹的青年男女補天，反而將他們推入深淵。這個社會毀滅了這麼多有才幹的青年男女，那麼再合理不過的邏輯就是，這個社會自身就應該毀滅，所以曹雪芹最後要讓它「白茫茫大地真乾淨」。由於曹雪芹不知道未來之世究竟是什麼樣的，所以他才感到悲哀，並將這種情緒鐫刻在賈寶玉的骨子裏。正如魯迅在《中國小說史略》所說：「悲涼之霧，遍被華林，然呼吸而領會之者，獨寶玉而已。」

恩格斯在《致瑪．哈克奈斯》的信中說：「據我看來，現實主義的意思是，除細節的真實外，還要真實地再現典型環境中的典型人物。」二十世紀五十年代以來，這一論斷一直是文藝批評包括《紅樓夢》研究的經典性標準之一。由於我們長期以來受現實主義文藝理論的影響，先入為主，就難以解釋既定理論外的藝術現象，幾乎一致公認《紅樓夢》是一部偉大的現實主義作品，賈寶玉自然而然地就成為「典型環境中的典型人物」。從二百多年前的脂硯齋到當今讀者，無不感到賈寶玉身上有許多十分奇特之處，無論是人物本身還是曹雪芹塑造他的方法，用「典型環境中的典型人物」的傳統理論都很難解釋得圓到，往往十分勉強，有削足適履之感。那是因為我們先驗地有了一個框框：最偉大的作品必定是而且只能是嚴格的現實主義的，絕不可能是別的。按照這樣的思維方式去套，自然會有套不進去或不大恰當之處，於是要麼迴避，要麼認為曹雪芹沒有做到嚴格的現實主義，甚至是「敗筆」。如果我們不存先入之見，而是完全從作品的實際出發，那麼就不難發現，曹雪芹在出色地使用現實主義創作方法的同時，還大量地成功使用了浪漫主義和象徵主義，我們前面分析的那兩個神話只不過是最突出的代表之一。在長篇小說中運用典型化手法與非典型手法相結合，塑造出了以賈寶玉為代表的一系列令人難以忘懷的藝術形象，是生活在十八世紀的曹雪芹對世界文學的偉大貢獻，他第一個解決了象徵主義不能創作長篇小說的世界性難題。

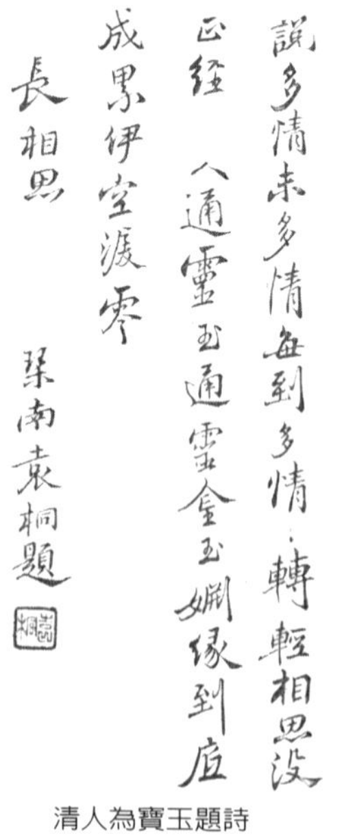
清人為寶玉題詩

曹雪芹不僅在人物定位上以「受享」為基本態度突出了賈寶玉的非典型色彩，而且從他的長相、言語內容和行為方式等多方面將這一非典型特徵具像化。中國男子漢的標準是偉丈夫，志向高遠，充滿陽剛之氣。而賈寶玉不然，他從長相、脾氣到言行都有明顯的女性化傾向，但賈寶玉雖有脂粉氣卻絕無娘娘腔，而是一個特別突出的「癡情」男子。從第二回「冷子興演說榮國府」一連說了他四次「奇」開始，前八十回中曹雪芹通過各色人等之口，對賈寶玉基本個性的評價就是「奇」，而在不同地位與文化層次的人們眼裏則視為「瘋、呆、傻、癡」，總之，千方百計地突出他不同於任何人的特異。王夫人說他是「孽根禍胎」、「混世魔王」、「瘋瘋傻傻」；襲人說他「性情乖僻」（二回），有時在背後索性叫他「呆子」、「傻子」（五十七回）；興兒則說他「成天家瘋瘋癲癲的，說的話人也不懂，幹的事人也不知……外清而內濁」（六十六回）。而且賈寶玉自幼說話就令人感到「奇怪」（冷子興語），七八歲的孩子居然會說：「女兒是水作的骨肉，男人是泥作的骨肉。我見了女兒，我便清爽；見了男子，便覺濁臭逼人。」諸如此類的「瘋話」不少，以至於外人皆知。他從小愛吃胭脂，為姐妹們調脂弄粉，為丫鬟們頂缸，對姐妹們體貼入微等等。這些大家都極其熟悉，毋庸贅言。總之，從傳統意義上來看，賈寶玉幾乎事事出格，用常規觀念就覺得不可理解，而這正是曹雪芹要達到的目的。脂硯齋也多次說他「奇」。這「奇」，正是曹雪芹有意識地提醒讀者，賈寶玉是一個突出的「另類」，是作者故意用非常規方法將他放在非典型環境中塑造出來的非典型性格。所以脂硯齋等提醒讀者不能以常規角度來看他，方是會看；畸笏叟甚至乾脆提醒讀者「勿作正面看為幸」（庚辰本十二回眉批）。

賈寶玉是一個叛逆性或者說顛覆性形象，被他顛覆的不僅有讀經，走仕途經濟道路，與為官作宦者交往之類，還有人與人之間的嚴格等級關係，以及傳統的對文學藝術作品的價值判斷標準。他對已經存在了幾千年的男性中心社會的懷疑和否定，追求對自身價值的實現，希望能夠自由地發揮才幹和與自己喜歡的人交往，等等。這在本來就不重視個人價值的中國封建社會是不可理解的，所以賈寶玉才會被認為是呆、傻、癡，才會被賈政認為會成為「弑君殺父」的「將來之患」。需要注意的是，這個「弑君殺父」並不是真的殺人，而是指從觀念和行為的根本上違反君父的價值準則。但是賈寶玉的這種顛覆，無論是主觀還是客觀上都不可能徹底。就拿他最受稱道的對姐姐妹妹們的態度來看，他時不時地還會發點主子脾氣，這才是真石頭，假寶玉，才是活生生的血肉豐滿的藝術形象。補天之石、神瑛侍者、賈寶玉，有三位一體的一面，也有區別。補天之石是天堂世界通了人性的石頭，神瑛侍者是天堂世界人格化了的神，而賈寶玉則是人間具有某些神性的人。

莫怨東風寫黛玉

林黛玉是《紅樓夢》人物中研究得最多者之一，據說到二十世紀九〇年代中期，光是論文題目中出現「林黛玉」的就有三百篇以上，和研究賈寶玉的論文數相當。關於林黛玉這個形象的內涵，其性格、命運以及與賈寶玉等人的關係和與薛寶釵等人的比較，幾十年來已經有許多論著發表了很好的見解，研究得相當深入了。但是我感到，人們因為過於偏愛林黛玉，而且好像還沒有完全擺脫過去那種林、薛二元對立論的思維方式，對造成林黛玉命運悲劇原因的分析，基本上還停留在二十世紀五〇——七〇年代定型了的認識上。

林黛玉在賈府受白眼和壓迫嗎

對於林黛玉悲劇命運，這種命運的性格因素以及性格形成的原因，有一種頗有代表性的意見是，林黛玉父母雙亡，「寄人籬下」，受到賈府上上下下的冷遇，這才形成了她那多疑和愛生氣的性格；賈府的老一輩（封建勢力）出於對「叛逆」者的不取，破壞了她和賈寶玉的婚姻，導致了她的死亡。

有人認為，林黛玉美好的內心世界在強大的黑暗勢力壓迫下表現為一種被扭曲了的性格。一方面，這種性格本來是天真純潔、誠摯美好的，它是感情的自然流露、智慧的不可遏制的迸發，因而是健康的；另一方面，這性格又被現實所扭曲，它表現為敏感以至多疑、機智乃至尖酸、高潔而又孤傲，於是從健康轉化為病態。林黛玉性格是在黑暗中誕生與成長的，因此帶有濃重的陰影，它在衝破舊社會巨大磐石的壓力而萌生的同時，也因這巨石的壓迫而成為畸形。還有一種意見認為，林黛玉沒有走效忠封建階級的道路，而是按照自己的生活理想和自然天性來立身處世的。她愛說就說，愛笑就笑，愛惱就惱，從不作假作奸虛偽待人。這樣，黛玉自然就受到賈府人們的非議。賈府的人們不僅口中貶低黛玉，而且在行動上愈加冷淡，乃至於污辱。賈母出資二十兩銀子給寶釵做生日，明顯冷淡了黛玉，使黛玉受到這個家族最高統治者的白眼。緊接而來的元妃的賜物，獨寶釵與寶玉的一樣——這連寶玉都感到異樣，自然使黛玉倍感冷落凌辱。抄檢大觀園時，王熙鳳說：「要抄檢只抄檢咱們家的人，薛大姑娘屋裏斷乎檢抄不得的。」到了瀟湘館內，一一開箱倒籠抄檢了一番。同是親戚，待遇並不一樣，寶釵受到的是禮遇，黛玉受到的是冷遇。對黛玉的「污辱」，王熙鳳受到的責難還有：二十二回看戲時王熙鳳說有個小旦像黛玉，二十五回她關於吃茶作媳婦的玩笑。凡此種種，卻是黛玉寄人籬下，受著別人的牙眼的明證。曹雪芹沒有讓黛玉的孤獨消融在兒女癡情中，而是在寶黛愛情的發展過程中來展示黛玉的孤獨感，其目的正在於顯現出人與人之間、人與社會之間的深刻隔膜，揭示出自主人格與封建禮教的尖銳對立，表現一種人的普遍的生存悲劇。

很顯然，黛玉與賈府長輩是否處於對立地位，是正確解讀林黛玉形象的關鍵。

持賈母、元春還有王熙鳳破壞寶、黛婚姻論者的主要理由分為兩個方面：

一是據說已趨沒落的賈府要借重薛家的龐大財力來鞏固和擴大自己的勢力。此說很難成立。賈府乃兩門國公之後，又是皇親國戚，再說賈珍、賈赦還襲有爵位，便是賈政也官居員外郎。而中國自古以來重仕輕商，即使皇商也不如為官者。因此清代才出現花錢買官銜的制度與風氣，才有「紅頂商人」的出現。「三年清知府，十萬雪花銀」，雖然有些誇張，不過倒也道出了一個社會現實：有權的官肯定會有錢，而有錢的商卻未必有權。所以在封建社會，官遠遠比商吃香。賈府這樣的大貴族，自然不會排除和薛家這樣也是出身貴族而現今是皇商的家庭聯姻，但也不可能主要從經濟著眼來考慮賈府命根子賈寶玉的婚事。從為秦可卿大辦喪事來看，賈府也遠沒有到那種需要將自己的命根子賈寶玉與薛家聯姻來解決財政困難的程度。二十九回賈母對張道士所說擇媳標準是「模樣性格好」，「根基富貴」倒不必太過考慮。在尤氏談及秦可卿時，以及人們談到幾個大丫鬟時，也都是這兩條。認為賈府出於財富原因要和薛家聯姻只是猜測，沒有任何直接的文本依據。

接外孫賈母惜孤女

二是認為賈母、元春、王熙鳳等在一些事情上明顯地偏袒寶釵，傷害黛玉。主要事例就是賈母主動出資二十兩為寶釵作生日和元春賜物時寶玉和寶釵所得一樣這兩件。如果我們細緻地分析，就會發現上述結論值得商榷。二十二回寫得很清楚，正如賈璉所說，「往年怎麼給林妹妹過的，如今也照依給薛妹妹過就是了」。王熙鳳「原也這麼想定了」。但薛寶釵的這個生日不同往常，「老太太……聽見薛大妹妹今年十五歲，雖不是整生日，也算得將笄之年。老太太說要替他作生日。想來若果真替他作，自然比往年與林妹妹的不同了」。而且這是寶釵來賈府過的「第一個生辰」。王熙鳳「也這們想著」。除此之外，賈母也不過是「喜他穩重和平」而已。古代男子二十歲「弱冠」，表示成年；女孩則十五歲「及笄」為成年，可以論婚嫁了。因此女子十五歲的生日和十四歲、十六歲的意義是很不一樣的。很顯然，賈府對寶釵生日的特殊做法是由於這個生日的特殊性造成的，並不包含對黛釵二人孰親孰疏的態度。在賈府這樣一個十分講究封建禮法的大貴族家庭，對中國傳統文化中禮節的內外有別是很注意的。同是一個輩分的人，總是要把更好的東西讓給外人享用，即外人受到的禮遇要高於自己人。我們只要看一下賈母、王夫人和薛姨媽等人在場的情況就一目了然。就在這個給寶釵做生日的二十二回，就很清楚地寫明這個區別：「就在賈母上房排了幾席家宴酒席，並無一個外客，只有薛姨媽、史湘雲、寶釵是客，餘者皆是自己人。」庚辰等本在此有一評語：「將黛玉亦算為自己人，奇甚。」其實這裏正反映出黛玉在以賈母為首的賈府長輩們心中不尋常的地位。而且在點戲時，賈母讓「壽星」寶釵點後，便叫鳳姐點，接著叫黛玉點。黛玉讓薛姨媽、王夫人，賈母開玩笑不讓，非要黛玉點，可見並未冷落她。四十回「史太君兩宴大觀園」一節，有一段藕香榭行令時的座次安排頗能說明問題：「這裏鳳姐兒已帶著人擺設整齊，上面左右兩張榻，榻上都鋪著錦裀蓉簟，每一榻前有兩張雕漆几，也有海棠式的，也有梅花式的，也有荷葉式的，也有葵花式的，也有方的，也有圓的，其式不一。一個上面放著爐瓶，一份攢盒；一個上面空設著，預備放人所喜食物。上面二榻四几，是賈母、薛姨媽；下面一椅兩几，是王夫人的，餘者都是一椅一几。東邊是劉姥姥，劉姥姥之下便是王夫人。西邊便是史湘雲，第二便是寶釵，第三便是黛玉，第四迎春、探春、惜春挨次下去，寶玉在末。」薛姨媽雖然是王夫人之妹，在賈府卻是客——五十回賈母和鳳姐就薛姨媽擬宴請大家賞雪一事時開玩笑說，「姨太太是客，在咱們家受屈」——故位在其姐之上，享受的禮遇等同賈母，明顯高於王夫人。劉姥姥固然出身貧寒，但賈母以「老親戚」呼之，待以貴客之禮，因此王熙鳳排座次時將她安排在王夫人的上首。老輩如此，小輩亦然。史湘雲和薛寶釵都是外人，但血緣上湘雲與賈母即賈府的關係要比寶釵近得多。但寶釵目前長住賈府，而湘雲則是偶爾小住，所以湘雲坐首席便是理所當然了。五十三回「榮國府元宵開夜宴」一節則更加明顯：上面兩席是李嬸、薛姨媽二位。賈母於東邊設一透雕夔龍護屏矮足短榻，靠背引枕皮褥俱全。將自己這一席設於榻旁，命寶琴、湘雲、黛玉、寶玉四人坐著。只算他四人是跟著賈母坐。故下面方是邢夫人、王夫人之位。西邊一路便是寶釵、李紋、李綺、岫煙、迎春姐妹等。賈珍、賈璉、賈環、賈蓉等只能坐在「廊上」。當賈母說給小戲子們「賞」時，小廝們撒錢後，賈珍、賈璉「二人遂起身，小廝們忙將一把新暖銀壺捧在賈璉手內，隨了賈珍趨至裏面。賈珍先至李嬸席上，躬身取下杯來，回身，賈璉忙斟了一盞；然後便至薛姨媽席上，也斟了」。這位李嬸不過是李紈的寡嬸，帶了女兒李紋、李綺來京。所以從親戚關係來說，這李嬸要比薛姨媽遠得多，屬於王夫人親家方面的妹妹。正因為是客，而且是新到的遠客，所以在禮遇上就更特殊一些，位在薛姨媽之上。同樣道理，在小輩中寶琴是親戚中關係相對較遠的——她只是寶釵的堂妹——又剛來不久，故安排在首席，位在湘雲之前。這次寶釵沒有跟賈母坐在上面，想是因為薛家已有寶琴在了之故。值得注意的是，在這個來了許多親戚、族人的元宵夜宴上，在丫頭僕婦「媳婦們都素知規矩的」賈府，禮節上是不可能疏忽的，座次輕易不會錯，主僕長幼皆深知禮法。賈珍、賈璉二人跪下給賈母斟酒時，「那賈環弟兄等，卻也是排班按序，一溜隨他二人進來，見他二人跪下，也都一溜跪下。寶玉也忙跪下了」。而這次命寶琴、湘雲、黛玉、寶玉四人坐著是賈母親自發的話，由此也可看出賈母從心底裏還是更心疼嫡親外孫女林黛玉一些。至三更天覺得有些涼了，王夫人提議賈母挪進暖閣，「這二位親戚也不是外人，我們陪著就是了」。結果賈母叫大家都進暖閣，而且「讓薛李正面上坐，自己西向坐了」。所以賈母出資二十兩為寶釵做生日，雖然有對寶釵印象很好的因素，但並不是喜愛她的程度已超過黛玉，更沒有著眼於選擇未來的孫媳，主要是出於這個生日比較重要，寶釵又是外人的考慮罷了。五十八回有一個細節也能證明賈母格外喜歡和關心黛玉：由於一位老太妃薨，賈母等均奉命入朝守制並送靈，前後需一月左右。賈母託薛姨媽在園內照管眾姐妹丫鬟，「又千叮嚀萬囑咐託他照管林黛玉」。五十四回元宵夜放炮仗，「林黛玉稟氣柔弱，不禁畢駁之聲，賈母便摟他在懷中」。總之，曹雪芹筆下的賈母對林黛玉的疼愛在所有的少女之上。

對元春賜物時黛、釵的差別也應這樣看。這裏自然不排除寶釵給元春留下了較好印象的因素，但主要是元春出於禮節之故。這從省親題詠時可以看出。元春看了黛玉、寶釵、迎春、探春、惜春、李紈的詩後說道：「終是薛、林二妹之作與眾不同，非愚姐妹可同列者。」其實以元春的文才，未必看不出寶釵的那首《凝輝鐘瑞》頌聖味太濃，純粹是應景之作，而且詩人自己顯得過於卑微；而黛玉的《世外仙源》意境優美，「借得山川秀」一句氣魄宏大。之所以首先提到「薛」，就是因為這是客人之故。那晚賈妃賜物時，書上介紹的序列也是「寶釵、黛玉諸姐妹等」，寶釵在前。二十三回賈妃傳諭，將大觀園開放，「命寶釵等只管在園中居住」，也是這種禮節和規矩的反映。

至於說二十五回王熙鳳當著眾人的面笑問黛玉「『你既吃了我們家的茶，怎麼還不給我們家作媳婦？』眾人聽了一齊都笑起來」，有人認為是對黛玉的「污辱」，恐怕是理解錯了，也實在是冤枉了王熙鳳。其實情況恰恰相反，王熙鳳在此完全是出於好意，而且是看準了的，否則她不會當著這麼多人開這樣的大玩笑。這裏有一條脂批頗能說明問題：「二玉事在賈府上下諸人，即看書人，批書人，皆信定一段好夫妻，書中常常每每道及，豈其不然，歎歎。」正如史太君兩宴大觀園不少前輩學者與時賢早已指出的那樣，榮府的命根子賈寶玉將來如果娶了只會作詩不會理家的林黛玉為妻，對王熙鳳繼續掌握油水頗豐的榮府內務大權十分有利；若寶釵成了寶二奶奶，那她就得退出榮府權力核心，回到大權獨攬只知貪婪財貨的婆婆邢夫人手下打雜去了。所以她開這個玩笑是真心的，是一種潛意識的流露。她對黛玉笑道：「你別作夢！你給我們家作了媳婦，少什麼？」鳳姐還指著寶玉道：「你瞧瞧，人物兒、門第配不上，根基配不上，家私配不上？那一點玷辱了誰呢？」這是她針對黛玉說她「貧嘴惡舌」和「啐了」她一口的「反擊」，是個十分明顯和親切的玩笑，連黛玉自己都非常清楚。所以王熙鳳開始說「吃茶」時，「眾人聽了一齊都笑起來。林黛玉紅了臉，一聲兒不言語，便回過頭去了」。待到王熙鳳說配得上、配不上時，因為說得太露骨了，林黛玉很不好意思，「抬身就走」，被寶釵拉住。趙、周兩位姨娘進來後，「獨鳳姐只和黛玉說笑」。後來王夫人的丫頭傳話叫眾人去，王熙鳳還跟黛玉開了一個玩笑，說「有人（指寶玉）叫你說話呢」，把她往寶玉那裏「一推」。哪裏有一點「污辱」之意！五十一回鳳姐和賈母、王夫人等商議，由於天冷，住在大觀園內的姑娘們空著肚子出來吃飯，飯後再回園子，受了冷風冷氣有損健康，擬在後園門裏為她們單獨設廚弄飯。這個顯然是鳳姐的建議，得到了賈母和王夫人的支持。鳳姐還特別強調：「就便多費些事，小姑娘們冷風朔氣的，別人還可，第一林妹妹如何禁得住？就連寶兄弟也禁不住，何況眾位姑娘。」而薛寶釵是在梨香院與母、兄單獨開伙的。王熙鳳對林黛玉的格外關心，由此亦可見一斑。

說到抄檢大觀園不抄寶釵，卻偏偏抄黛玉，那也是情有可原的。鳳姐講得很清楚，「要抄檢只抄檢咱們家的人」，連王善保家的都明白此理：「這個自然，豈有抄起親戚家來。」所以只抄自家人的決定表現了前述中國傳統禮法與習俗中的內外有別、客人享受的禮遇應當高於自己人的原則，絕非對

史太君兩宴大觀圖

寶釵法外施恩，只要看看寶玉屋裏都未能倖免就明白了。在實際抄檢時，鳳姐的態度也能證明她對黛玉的友善：當時黛玉已睡下，「才要起來，只見鳳姐已走進來，忙按住她不許起來，只說，『睡罷，我們就走。』這邊且說些閒話」。當王善保家的「從紫鵑房中抄出兩副寶玉常換下來的寄名符兒」等物，十分「得意」，想要發難，王熙鳳笑道：「這自然是寶玉的舊東西」，要她「撂下再往別處去」，弄得那婆子很是沒趣，「只得罷了」。她對黛玉的親切與保護是很明顯的。值得深思的是，抄檢大觀園已經是七十四回，是前八十回中王熙鳳和林黛玉之間直接接觸的最後一次。也就是說，在現存曹雪芹親自寫的稿子中，王熙鳳是一直十分喜歡和愛護林黛玉的，不僅從來沒有傷害過她，而且確實是希望黛玉成為寶玉的妻子的。賈府的下人都認為寶黛將來必定結合——六十六回興兒對尤二姐、尤三姐說「（寶玉之妻）將來準是林姑娘定了的」，就是一例——其中恐怕就有平日愛開玩笑的鳳姐的影響。換句話說，曹雪芹筆下的王熙鳳絕不是破壞寶黛婚姻的人。高鶚續書中王熙鳳策劃調包計，黛玉焚稿，寶黛悲劇被推向高潮。對於這個結局，紅學界的看法分歧很大。我認為，總體說來寫得還是好的，完成了小說最重要的一個悲劇，至少它提供了一個與前八十回相對比較合榫的結果，比沒有好，比那些污七八糟的結尾更好。但是，它畢竟不是曹雪芹原來設計的結局，而且包括王熙鳳在內的一些重要人物後來都走了樣。它的主要問題在於，前面已經提到，王熙鳳實際上是不可能以設計調包計來促使薛寶釵成為賈寶玉的妻子。我之所以還是基本肯定，是著眼於整個小說與寶黛愛情悲劇的完整性得以完成，有助於作品的流傳。

綜上所述，林黛玉在賈府所受的「壓迫」與她和賈府長輩的「對立」，不是子虛烏有，就是被極大地誇大了。

「東風」意象和曹雪芹對黛玉的批評

運用意象來使藝術形象內涵更加豐富多彩，含義雋永，是中國傳統詩歌創作中一直被廣泛使用的手法。《紅樓夢》之所以經得起反覆地品味式精讀與反覆地解剖式研究，讓人感到這部小說像詩一樣，詩味濃鬱，詩意橫溢，難以達詁，其中一個重要原因就是，曹雪芹成功地將小說創作中的情節、細節營造，和詩歌創作中的意象運用，巧妙地結合了起來。

長期以來，林黛玉藝術形象研究特別是對其悲劇命運認識的過於政治化，使人們對黛玉詩詞活動中的幾個相關材料沒有足夠的注意，因此未能全面認識曹雪芹對林黛玉的情感和態度。因此要全面理解林黛玉的藝術形象和曹雪芹對她的態度，必須對《紅樓夢》中的「東風」意象加以更多的關注。

當然，曹雪芹對林黛玉是極其喜愛和充滿同情的，她是第一女主角（另一位並列女主角是王熙鳳），毫無疑問的「正面人物」。也許就是因為這樣，人們才忽略了曹雪芹從不「包庇」他的任何人物，從不掩飾人物缺點的寫作原則。所以魯迅才給予了他極高的評價。

這些材料中最重要的一條就是六十三回「壽怡紅群芳開夜宴」時黛玉抽的那支詩籤：「只見上面畫著一枝芙蓉，題著『風露清愁』四字，那面一句舊詩，道是：莫怨東風當自嗟。」

「東風」一詞有時在詩詞戲曲中指代家長。最有名的是陸游的《釵頭鳳》：「紅酥手，黃縢酒，滿城春色宮牆柳。東風惡，歡情薄，一懷愁緒，幾年離索。錯，錯，錯。」這裏的「東風」就是喻指逼迫他和表妹唐琬離婚的母親。

「東風」在《紅樓夢》中並非只有這一處喻指家長，還有幾處也頗值得注意，其中最集中的恐怕要算七十回詠柳絮詞那節，黛玉和寶釵兩人的詞中都涉及了「東風」，而態度卻大不一樣。黛玉的《唐多令》：

粉墮百花洲，香殘燕子樓。一團團，逐對成球。
飄泊亦如人命薄，空繾綣，說風流！
草木也知愁，韶華竟白頭。歎今生，誰拾誰收？
嫁與東風春不管，憑爾去，忍淹留！

這裏的「嫁」，從柳絮而言尚可與「婚嫁」相通，實際上就是「交給」或「託付」之意；而喻人則顯然不能喻指「婚嫁」，因為黛玉並未嫁給寶玉。所以這裏的「東風」就是指「春」。這首詞表現了黛玉對於賈府家長們的不滿：林家將我黛玉交給你們，但你們對我的終身大事沒有做好安排。

有意思的是，寶釵《臨江仙》的「東風」卻完全是另一種作用與評價：

白玉堂前春解舞，東風捲得均勻。蜂圍蝶陣亂紛紛。
幾曾隨逝水，豈必委芳塵！

萬縷千絲終不改，任他隨聚隨分。韶華休笑本無根。

好風憑藉力，送我上青雲！

這裏的「春」也和「東風」一樣，都是喻指那種可以決定「柳絮」們命運的力量。曹雪芹在這裏寫出了寶釵潛意識中對現在這種處境的滿意，而且禁不住流露出希望能借助外界的這一主導力量使自己夢想成真。曹雪芹也暗示，在對待黛玉和寶釵這兩個少女的態度方面，賈府老一輩還是公平的：「捲得均勻」！

在這次詠柳絮的詩詞活動中薛寶琴的《西江月》也有「東風」二字：

漢苑零星有限，隋堤點綴無窮。

三春事業付東風，明月梅花一夢。

幾處落紅庭院？誰家香雪簾櫳？

江南江北一邊同，偏是離人恨重！

從薛寶琴本人來說，這裏的「東風」是就事論事。但我以為曹雪芹可能暗示賈府的三位小姐（「三春」）的終身大事都由老一輩（「東風」）來作主，最後和嫁給梅翰林之子的薛寶琴一樣，都成了「離人恨重」，命運都十分不幸。所以這次詩詞活動中的「東風」的含義是統一的。

看來林黛玉意識或潛意識中總是將「東風」這個意象作為一種能主宰花草命運的力量來表現的，而她自稱是「草木之人」，所以在她的詩詞中就常以「東風」這個意象來喻指賈府長輩，表達自己的希望、失望、煩悶以及悲愁。七十回《桃花行》：

桃花簾外東風軟，桃花簾內晨妝懶。
簾外桃花簾內人，人與桃花隔不遠。
東風有意揭簾櫳，花欲窺人簾不捲。
桃花簾外開仍舊，簾中人比桃花瘦。
花解憐人花亦愁，隔簾消息風吹透。
風透湘簾花滿庭，庭前春色倍傷情。
閑苔院落門空掩，斜日欄杆人自憑。
憑欄人向東風泣，茜裙偷傍桃花立。
……

這裏的「風」也是指「東風」，一共是五處。當然不能每一處都對號入座式地將「東風」翻譯成「長輩」，那樣詩味就全消失了。我認為，這些東風意象的興、比作用有所不同，其中第十五句的「憑欄人向東風泣」一句頗可玩味。林黛玉在這裏表現了對某種能操縱他人命運的力量的期盼和尋求理解的心情，因此這個「東風」象徵賈府長輩的意義比較明顯。

「東風」喻指賈府長輩還可以從探春的判詞和燈謎中得到印證。探春判詞是：

才自精明志自高，生於末世運偏消。

清明涕送江邊望，千里東風一夢遙。

這裏的「夢」無論是探春夢家人，還是家人夢她，皆可通。「東風」當指家人，首先是指長輩。二十二回探春所製燈謎是：「階下兒童仰面時，清明妝點最堪宜。遊絲一斷渾無力，莫向東風怨別離。」這首燈謎暗示探春他年遠嫁難歸，那時也許會怨恨長輩將自己嫁得這麼遠，無法和家人團聚。此詩（謎）就是要她別埋怨長輩，也許他們也是出於某種無奈，或者是作者偏愛探春，令其遠嫁以避禍。這裏的「莫怨東風」和黛玉詩籤中的「莫怨東風」，顯然是一樣的。

特別值得注意的是，十七、十八回賈寶玉在大觀園題詠中的那首《怡紅快綠》裏也有「東風」二字：

深庭長日晝，兩兩出嬋娟。
綠蠟春猶捲，紅妝夜未眠。
憑欄垂絳袖，倚石護青煙。
對立東風裏，主人應解憐。

由於是奉元春之命即席賦詩，故蔡義江《紅樓夢詩詞曲賦評注》認為，這裏的「主人」「應指元春」，此說很是。詩中「兩兩」和「對立」乃指這個院子裏的紅綠兩種植物芭蕉與海棠，「綠」、「紅」二字乃指其色。紅的是那株「女兒棠」，「此花之色紅暈若施脂」。在這裏，「紅」與「綠」皆指「草木之人」，即以林黛玉為代表的少女。「怡」和「快」都是使動用法，因而「怡紅」與「快綠」一義，都是希望「主人」能使林黛玉等女兒們快樂。故「東風」應即「主人」，當時指的顯然是貴妃元春。

當然，也不可牽強附會地將《紅樓夢》中的所有「東風」都一一坐實，還是應當從實際的語言環境出發作具體分析。比如五十回蘆雪庵邢岫煙的《詠紅梅花》詩「桃花芳菲杏未紅，沖寒先已笑東風」，就看不出喻指家長之意。

根據對以上這些「東風」的分析，足以證明曹雪芹確實是在有意識地用「東風」這個傳統文化的意象來喻指賈府長輩，包括元春、賈母等都在內。這些「東風」意象大致可分為兩類：一是曹雪芹以人物情緒與心理表現的，即大觀園內的少男少女都將長輩比作「東風」，都希望他們能夠善待自己和自己心愛的人，只有黛玉除此之外還表現出失望與悲愁。另一類是曹雪芹以敘事人身分直接發出的暗示：「莫向東風怨別離」和「莫怨東風當自嗟」。後面這句中的「莫怨」和「自嗟」，顯然是一個對稱結構，具有反義性，這樣「自嗟」的本義歎息，就有自我埋怨的意思。這就最清楚不過地表明曹雪芹對林黛玉既十分同情又婉轉地批評她不該埋怨「東風」，應當對自己進行一些反省。而這個「自嗟」首先就是要埋怨自己的小性、多疑以致嚴重影響了自己的健康，而這些都源於她對賈寶玉的過於依賴。這句詩也證明曹雪芹並不認為是賈府的長輩們生生拆散了寶黛的婚姻。

黛玉的感覺與讀者的錯覺

總體說來，迄今為止林黛玉形象的思想評價被抬得過高了。這在二十世紀五〇年代以來一段特定的歷史時期是很難避免的。究其原因，從社會因素而言，是因為五〇年代和七〇年代的評紅運動定下了林黛玉由於「叛逆」不為封建家族所容的基調；從文本方面來看，主要是因為那個時代人們對後四十回的得失研究得還很不夠，對曹雪芹佚稿中寶黛愛情悲劇的構成與結局知之甚少，普遍將一百二十回本看作一個有機的整體，對曹雪芹的前八十回和高鶚續作的後四十回的重大差異缺乏了解。因此賈母、王熙鳳等人導演的調包計破壞了寶黛婚姻，導致黛玉慘死的說法，人們不但完全接受，沒有考慮是否符合曹雪芹佚稿的原意，而且很自然地從結局推導原因，認為是賈母、元春、王熙鳳等人出於家族與階級利益斷送了寶黛愛情和黛玉的性命。儘管高鶚續書的寶黛愛情悲劇是十分出色的藝術創作，且與前八十回基本合榫，使《紅樓夢》成為一部完整的作品問世。但正如許多專家早就指出的那樣，後四十回確實有不少重要內容不符合曹雪芹原意。由於曹雪芹後三十回的「迷失」不傳，我們不能確知他是如何將寶黛愛情寫得既纏綿動人又富有深刻意義的。但我們從前八十回的水準可以確信，曹雪芹肯定能達到這個程度，他本來要寫或已經寫出的稿子一定不會比今傳高鶚的後四十回差。不能認為高鶚續書的那個調包結局就是最好的。脂批透露的關於因家庭變故寶玉外出避禍，一年後回來時黛玉已淚盡而逝，可見「東風」並未拆散他們。現在關於這個問題的一些論著雖然未見有人明說，但給人這樣的印象：彷彿如果林黛玉和賈寶玉的婚姻不是被賈府長輩生生拆散，黛玉不是死於某種「陰謀」的摧殘，那麼小說的思想性就不夠強，人物命運的悲劇意義就不夠深刻，人物的鬥爭性也顯示不出來。如果真的按照「淚盡而逝」來寫，思想性就差了。而高鶚續書提供的調包計悲劇恰恰能表現上述叛逆者與封建勢力對立而受到迫害並犧牲的要求，符合那個時代意識形態的需要，因而被普遍接受了。實際上如果按照曹雪芹原來的思路，黛玉形象的思想性和整個作品的思想意義未必就會比現在差。現在的林黛玉形象是在特定的時代條件下被人為地拔高了的，主要是誇大了黛玉的叛逆性。

林黛玉確實有一些叛逆性，主要表現為她對科舉、仕途的淡漠，想實現自己的人生價值，有爭取愛情自由的想法，這在當時是十分進步的，可貴的，不過她也只是如此而已。林黛玉不是鬥士，她和賈寶玉很不一樣。當然賈寶玉也不是鬥士，但他有許多出格的言論和越軌的行為，而她基本沒有，公開的更少。這和兩人前身的差別有關。神瑛侍者是個不安分者，不在天上為神，偏偏思凡要下紅塵，由此可見賈寶玉「天生」具有「叛逆」基因，「叛逆性」與生俱來。而絳珠小草則一直作為一個被動的角色存在，絳珠仙子也是在神瑛侍者下凡後才跟著去的。她不是由於思凡（「叛逆」）而離開仙界，而是為了報恩才產生這種「叛逆」行為。所以林黛玉的思想高度和賈寶玉不可能一樣，當然也沒有必要一樣。我們在評價人物時不可忽略這個重要的區別。

既然林黛玉的「叛逆性」很強，那麼就必定要有相應的更為強大的對立面才是，她就必須受到這個對立面的代表人物的強烈壓制，於是一些情節就被誤讀了。有時不是從情節出發得出結論，而是根據意識形態作用下（這種作用在很長時期內已經化為人們的集體無意識）的結論來詮釋情節。其實有些結論很值得再重審一番。即以幾乎成為定論的「林黛玉寄人籬下」來說，就很值得重新研究。我們不能把林黛玉自己的某種感覺完全當成客觀事實，況且林黛玉在講這些話時，還有一些話卻被我們有意無意地忽視了。「寄人籬下」論最重要的根據是四十五回「金蘭契互剖金蘭語」中黛玉對寶釵的訴說：「每年犯這個病，也沒什麼要緊的去處。請大夫，熬藥，人參肉桂，已經鬧了個天翻地覆，這會子我又興出新文來熬什麼燕窩粥，老太太、太太、鳳姐姐這三個便沒話說，那些底下的婆子丫頭們，未免不嫌我太多事了。你看這裏這些人，因見老太太多疼了寶玉和鳳丫頭兩個，他們尚虎視眈眈，背地裏言三語四的，何況於我？況我又不是他們這裏正經主子，原是無依無靠投奔了來的，他們已經多嫌著我了……我是一無所有，吃穿用度，一草一紙，皆是和他們家的姑娘一樣，那起小人豈有不多嫌的？」

金蘭契互剖金蘭語

這段話其實恰恰證明黛玉不是「寄人籬下」，而是充分享受到了賈府小姐的一切正常待遇，並未受到什麼額外的「白眼」或「牙眼」。連賈府的命根子賈寶玉以及權傾榮府的王熙鳳尚且要被那些庸俗、勢利的婆子丫頭們「虎視眈眈，背地裏言三語四的」，那麼林黛玉被她們「嫌」豈不是十分正常的事麼！如果她們如此「虎視眈眈」地對寶玉、鳳姐，而對黛玉卻毫不嫌煩，非常親切，那就無法理解了。重要的是賈府的主子們並不嫌她，連黛玉自己也說「一樣」。其實第五回作者就有明確交代：「林黛玉自在賈府以來，賈母百般憐愛，寢食起居，一如寶玉，迎春、探春、惜春三個親孫女倒且靠後。」以後的文字中並無任何敘述表明這種高於三春的待遇有何降低，總是看到賈母格外疼愛黛玉。

黛玉在賈府「遭受迫害」論的另一個重要根據，是黛玉《葬花詩》中的詩句：

一年三百六十日，
風刀霜劍嚴相逼。

一些讀者由此認為，林黛玉在賈府的生活一年四季都處於這種「風刀霜劍嚴相逼」的情況下，至少是經常生活在這種境地。這恐怕是過於將詩詞中的描寫或比喻坐實了。《葬花詩》確實抒發了黛玉對自己命運的失望、頹喪和處境的不滿，但那是從總體而言，並非每一句話都能在她的生活中找到準確的對應點，有的只能是大體上對應，有的則不是事實上的對應，而是某種情緒導致的感覺。這裏就屬於這種情況。現在一些認識的混亂，一個重要原因是把高鶚續書與曹雪芹原意弄在一起了，變成了曹雪芹一貫的思想與做法。而實際上，曹雪芹和高鶚對寶黛悲劇的成因，對賈母、元春、王熙鳳在這個悲劇中的作用的寫法是大不相同的。從曹雪芹親自寫的前八十回實際情況來看，林黛玉在賈府受到的絕非什麼「冷遇」，更不是什麼「污辱」、「牙眼」，而是備受賈母的寵愛和王熙鳳的關照與保護。

埋香塚黛玉泣殘紅

前面舉到的一些例子已經可以證明此言不虛。林黛玉由於父母雙亡，寄居舅舅家，自然很容易產生孤獨、失落之感，稍有不如意便會感到究竟不是自己家，被人慢待、冷落，「不免常生寄人籬下之感」。假如本人心胸不開闊，就會更想不開，甚至感到「嚴相逼」。因此黛玉的感覺不等於事實，而這有時會給讀者造成錯覺。有些地方黛玉大為生氣是沒有道理的，純粹是她心胸狹窄之故。如第五回寶釵剛來不久，她「年歲雖大不多，然品格端方，容貌豐美，人多謂黛玉所不及。而且寶釵行為豁達，隨分從時，不比黛玉孤高自許，目下無塵，故比黛玉大得下人之心。便是那些小丫頭子們，亦多喜與寶釵去頑。因此黛玉心中便有些抑鬱不忿之意，寶釵卻渾然不覺」。黛玉的生氣顯然是出於某些女性的常見病、多發病——嫉妒。這種小心眼子經常給她自己帶來不快，寶玉也每每被她嘲笑。十九回寶玉想看她袖子為什麼這麼香，黛玉說：「人家有『冷香』，你就沒有『暖香』去配？」這裏己卯、王府等本有脂批道：「的是顰兒活畫。然這是阿顰一生心事，故每不禁自及之。」此說很是。曹雪芹要她「當自嗟」就包含這些方面的自省。但每個人自己的感覺畢竟與個人修養以及與對情況的了解程度有關，不等於是事實，究竟如何，還應視實際情況才能作出正確判斷。而從前八十回來看，黛玉在賈府確實備受禮遇，從未有何受傷害之事。被人們認為是黛玉受冷落的一些例子，有的事出有因，如寶釵生日，元春賜物；有的是友好的玩笑，如王熙鳳說「吃茶」；有的至多算是玩笑不當，如說她像小戲子；有的則是黛玉自己多心，小心眼兒，為小戲子的事生氣便是。所以在曹雪芹寫的前八十回寶黛愛情的問題上，並不存在什麼「強大黑暗勢力壓迫」的情況。林黛玉的一些言行不符合封建禮教的規範，但也還沒有構成「與封建禮教的尖銳對立」。因為她的言行真正觸犯封建禮教的成份並不多，也不嚴重。比如她對舉業固然有冷淡的一面，但遠遠沒有達到寶玉那種極度厭惡的地步。第九回寶玉去塾中讀書前來向黛玉話別，黛玉還笑道：「好，這一去，可定是要『蟾宮折桂』去了。我不能送你了。」可見對舉業並不厭惡。寶釵、湘雲和她在這個問題上不是熱衷與反對的本質不同，而是熱衷與有些淡漠的程度之別。當然這在當時也就很了不起了。

曹雪芹對林黛玉的熱愛並不僅僅表現在對人物品德、人格、才學、外貌等方面的描寫上，而且同樣重要的是體現在對這個人物的精心塑造上。曹雪芹和絕大多數作家包括像湯顯祖、蒲松齡這樣的大作家在人物命運的處理上的一個重大區別是，他並不將美好的結局與美好的人物劃上等號。中國古代小說中經常能夠見到的作者持褒揚態度的主人公死而復生、金榜題名、有情人終成眷屬等等，在曹雪芹的《紅樓夢》中看不到。這是他遠遠超過高鶚和其他續書作者的地方之一，是曹雪芹現實主義精神的重要表現。儘管林黛玉在高鶚筆下也以慘死告終，但「蘭桂齊芳」、「家道復初」之類卻不符合曹雪芹的原意。根據佚稿，林黛玉最後的「淚盡而逝」，其實「思想性」一點也不「弱」，而且非常符合曹雪芹小說的總體構思與原初設計。絳珠小草和絳珠仙子不論多麼可愛與值得同情，其致命弱點是對神瑛侍者的極度依賴。其生命的延續、小草成人以及追隨下凡等無不是神瑛侍者所給予的，因此當生活中的「神瑛」賈寶玉一旦離家避禍久久不歸，那麼「絳珠」的俗身林黛玉便失去了唯一的依賴，生命力自然就枯萎了。

由此我們還可以重新認識另一個問題，那就是究竟什麼（或者說究竟曹雪芹認為什麼）才是林黛玉的主要缺點？通常都認為是她的小性。現在看來似乎不盡如此，那至多只是表像而非本質。小性是後天的弱點，而對賈寶玉的極度依賴卻是先天的根本性問題。因此曹雪芹的「悼紅」主旨中還包含著對女性自我意識、自強意識的欠缺，將心愛的男人看成自己的一切的批評，這應當也是「當自嗟」的成份之一。這種具有超時空意義的內涵，其思想深度和能夠提供給讀者的思考都大大超過續書的以調包計為核心的封建家族破壞婚姻自主的故事。因為時至二十一世紀今日的中國，真正具有獨立意識的女性也還不是很多，女性對男性的過分依賴是一個世界性問題，再過一百年也未必能徹底解決。弄清這一點，那麼曹雪芹原設計結尾林黛玉淚盡而逝的思想性強弱就顯而易見了。

其實，曹雪芹對林黛玉「當自嗟」的委婉批評並非僅此一處。早在第三回林黛玉初入榮國府時，曹雪芹對她就有一句評語：「心較比干多一竅。」比干不惜以死相諫，觸怒紂王。紂王道：「吾聞聖人心有七竅。」結果「剖比干，觀其心」（《史記·殷本記》）。說林黛玉的心較比干的心竅還多，很明顯不是將她喻指聖人，而是說她多心，是貶義。類似批評還有一些：四十九回寶黛二人有一段對話頗

多情女情重愈斟情

可玩味。當時「黛玉因又說起寶琴來，想起自己沒有姊妹，不免又哭了。寶玉忙勸道：『你又自尋煩惱了。你瞧瞧，今年比舊年越發瘦了，你還不保養。每天好好的，你必是自尋煩惱，哭一會子，才算完了這一天的事。』黛玉拭淚道：『近來我只覺心酸，眼淚卻像比舊年少了些的。心裏只管酸痛，眼淚卻不多。』寶玉道：『這是你哭慣了心裏疑的，豈有眼淚會少的！』」寶玉這些話顯然不是平常的安慰解脫之語，他深深了解黛玉的性格為人，兩個「自尋煩惱」和「又、必、慣、疑」，道出了黛玉精神上的某種嚴重病態。正是這種性格上的根本弱點，導致她病情日益加重，有好幾次她生氣後嘔吐和發病便是證明。六十七回黛玉見到寶釵送來的故鄉之物又勾起心病，紫鵑勸道：「……再者這裏老太太們為姑娘的病體，千方百計請好大夫配藥診治，也為是姑娘的病好。這如今才好些，又這樣哭哭啼啼，豈不是自己糟蹋了自己身子，叫老太太看著添了愁煩了麼？況且姑娘這病，原是素日憂慮過度，傷了血氣……」可見大家都認為黛玉固然從小體弱多病，但她的病之所以越來越重，乃性格所致。顯然這也是曹雪芹認為她「當自嗟」之處。

總之，我們從林黛玉形象的塑造上，可以清楚地看到曹雪芹藝術創作的「玉、石」兩重性的原則與手法：只不過她不是由「石」變「玉」，身上既具有「石性」，又帶有「玉性」；而是由草變神（人），在她身上的人性同樣既有高尚的接近神性的一面，又保留著「草性」——「草」的生命力非常脆弱與過分依賴他人的弱點。

是是非非寶丫頭

從林黛玉形象塑造及其研究的分歧中，我們可以悟出曹雪芹在人物塑造上的一些寶貴經驗。其中包括：似是而非，似非而是；畫龍點睛式的提示；人物自身感覺與實際情況的出入等等。這些手法在塑造薛寶釵時運用得更加出神入化，從而使這個人物變得十分複雜和更為撲朔迷離，甚至連人物個性的基調都難以確定。和對林黛玉的思想評價過高正好相反，長期以來對薛寶釵的評價卻似乎過低了一些。當然，二十世紀七〇年代末以來，對薛寶釵形象的評判已經發生了很大的變化，至少對她全盤否定的意見難得聽見了，但對她的某些「誤會」仍然沒有完全消除。換句話說，從曹雪芹在《紅樓夢》中廣泛使用玉石兩重性創作方法來看，薛寶釵的某些「玉」成份依舊被認為是「石」，或者雖然確實是「石」，卻是特別差的「石」。

造成這種局面的原因有多種，或者說是曹雪芹以多種非常規手法塑造了薛寶釵的藝術形象，這是我們在解讀這個人物時需要特別注意的。

有些讀者認為薛姨媽在賈府故意賴著不走，在破壞寶玉和黛玉的婚姻上設置「陷阱」。但薛姨媽的打算不等於薛寶釵的想法，要把二者區別開來。

曹雪芹筆下的薛姨媽是一個十分成功的藝術形象。她屬於那種筆墨不多，地位微妙，一時很難說清楚而且容易引起爭議的人物。這個形象之所以經得起品味與咀嚼，關鍵在於曹雪芹牢牢把握住了刻畫人物的「度」。

「覬覦寶二奶奶寶座」是薛姨媽的一大罪狀。從薛姨媽久居賈府不走來看，想實現「金玉良緣」的想法很可能有。但是，曹雪芹寫得分寸適度，而且讓薛姨媽一開始就處於似是而非、似非而是的境地。其實薛姨媽一家住在賈府最初恰恰是賈家的人提出來的。先是賈政派人來對王夫人說：「姨太太已有了春秋，外甥年輕不知世路，在外住著恐有人生事。咱們東北角上梨香院一所十來間房，白空閒著，打掃了，請姨太太和姐兒哥兒住了甚好。」由於薛蟠是在金陵惹了人命官司來至都中的，賈政出於怕他再「生事」而勸他們同住於此，合情合理。當時賈母也派人來說：「請姨太太就在這裏住下，大家親密些。」因此並非僅僅是薛姨媽「正要同居一處，方可拘緊些兒子；若另居在外，又恐他縱性惹禍」。作為人母，為兒女的婚事操心本係分內大事，尤其是在封建社會，更成為寡母的首要心事。所以薛姨媽為女兒的婚事操心無可非議。作為借居於此的親戚，她從不介入賈府的任何紛爭，遇到問題要麼息事寧人，要麼索性迴避，如後來遷出大觀園。她看出黛玉深愛寶玉，五十七回她關於寶黛結合「四角俱全」的說法並非虛偽之論。五十八回賈母因給老太妃送靈，特別拜託薛姨媽照管黛玉，「薛姨媽素習也最憐愛他的，今既巧遇這事，便挪至瀟湘館來和黛玉同房，一應藥餌飲食十分經心」。這些地方正是她為人忠厚之處。她並沒有採取任何措施去為女兒爭奪這樁婚事，更沒有做任何傷害黛玉的事，看來她更多地是寄希望於事情的自然發展。應當說這樣並無不義、不妥之處。因為寶玉與黛玉並未結婚，甚至連起碼的名分都沒有，有的只是一些猜測（如興兒）。因此從當代觀念來看，固然沒有任何過錯；即使在當時，也無可厚非。

薛姨媽最遭非議的是，「有意散布」和尚說過有金鎖的寶釵將來要和一個有玉的男子結婚。從小說的構思與情節來看，求籤釋讖、和尚預言之類的事是完全可能的，未必是薛姨媽的造謠，她這樣說也很正常，不能看作陰謀。不必說十八世紀曹雪芹那個時代，如今都二十一世紀了，多少人，包括一些受過高等教育者，都傻乎乎地去找那些頂多只有初中的瞎眼說瞎話者算命，問婚姻，問財運，問禍福，問升學，燒香求籤的就更多了，大把大把地燒錢。他們不明白，那些籤詩和算命術語什麼的，多為模稜兩可之語。我有時候看到這類報導，不禁想，什麼時候我寫不了文章了，就掛牌算命，門口寫十三個大字：「大本以下文化者謝絕接待。」專蒙那些有錢的白領！

言歸正傳。薛姨媽另一條罪狀就是「賴著不走」。其實薛姨媽之所以願意住在賈府，目的是「可拘緊些兒子」。「寶釵日與黛玉迎春姐妹等一處，或看書下棋，或作針黹，倒也十分樂業」（四回）。以後

慈姨媽愛語慰癡顰

寶釵和姐妹們進了大觀園，如魚得水，薛姨媽自然更不想搬了。她是整部小說中幾乎沒有劣跡的極少數比較重要的人物之一，是一個封建社會典型的賢慧溫柔慈祥的中老年女性形象。和她姐姐王夫人有時過於操心和嚴厲得殘酷相比，給人的印象似乎善良得多，生活得也比較灑脫。她不是工於心計者。第八回她對黛玉說：「你這個多心的，有這樣想，我就沒這樣心。」確是實情。

因此，即使薛姨媽「故意散布」（這種詞語常常使我想起某個特定年代，不知憑什麼肯定說某些話就是「散布」，而且「故意」，這四個字就足以定性為陰謀家了）「金玉良緣」之論，在賈府「賴著不走」，「覬覦寶二奶奶的寶座」，也是她的想法，和薛寶釵是否一樣，要具體分析，不可一概而論。

對薛寶釵形象評價偏低的一個重要原因在於，人們往往不大注意到曹雪芹基本上是把她作為一個被動型人物來處理的，而不是林黛玉那樣經常處於主動狀態之中。在薛寶釵的全部活動中，極少有她主動發起的行為，她一般總是扮演參與者的角色。她從不爭當主角，不想壓倒別人。林黛玉就不。元春省親時她本想作詩「大展奇才，將眾人壓倒」，結果元春只命一人一首，黛玉「未得展其抱負，自是不快」。因此說薛寶釵「頑強地追求現實功利」，「多次勸諫賈寶玉『立身揚名』……顯示了寶釵醉心功名利祿『停機德』之頑強」等等，這些批評過重了。「『頑強』追求」、「『多次』勸諫」，實例不足。我以為「無限」上綱固然不可取，「有限」是否要「上綱」，也以慎重為好。無可否認，曹雪芹確實批評薛寶釵的封建正統觀念重，但他是抱著「可歎」的惋惜情感而非「可恨」的厭惡態度，這是我們萬不可忽視的。「可歎停機德」與「堪憐詠絮才」兩句緊接，就充分表明作者對她的深切同情與感慨。

另外，薛寶釵的封建意識並不一定和追求「金玉良緣」有必然聯繫，而一些讀者在薛寶釵形象分析上恰恰是從這裏進入了一個思維定勢區域，「寶釵在解決婚姻」，「寶釵有計劃地適應社會法則」，彷彿薛寶釵在賈府的一切行為都具有明確的目的，都是為了實現自己成為寶二奶奶的美夢。這種將寶釵過於功利化和過分老練的看法，實際上是把這個十分複雜、有味的藝術形象簡單化了。曹雪芹塑造的薛寶釵之所以能如此吸引人，引起那麼多人的好感——即使在那非常的年代，在她被報刊、小冊子「搞臭」的時候，許多人仍然恨不起她來。她確實在人格與道德高度上不如林黛玉，但在曹雪芹筆下，她仍然是一個非常可愛的少女。曹雪芹確實是將寶釵、黛玉作為某種對立形象來寫的，但不是階級對立，也不代表兩種社會勢力，而是某些氣質、個性、觀念上的差別。

作為一個進入青春期的少女，寶釵自然希望將來有一個能作為女人終身依靠的好男子作丈夫，若無此想法才不正常呢。而在一個不可能任意接觸男子的社會中，就在身邊的賈寶玉這樣一個出色的男性必定會得到寶釵的極大好感。但由於寶、黛從小一起長大，賈府上下關於他倆的說法寶釵不會無所聞。所以品格端方、為人忠厚、自律甚嚴

賈寶玉奇緣識金鎖

的寶釵從未有過任何破壞寶黛關係的言行，相反倒是一直很注意避嫌，有一次見黛玉去了寶玉那兒她故意避開。寶、黛特別親密，她並未有什麼不快或嫉妒的反應，寶釵並未去爭。

從文本來看，說她「千方百計想做寶二奶奶」，恐怕也是言重了。寶黛雖然有「前世因緣」，那畢竟是個神話，不必說按現代意識衡量不具備法律效力，即使在封建社會，由於寶黛從未訂婚，寶釵即使參與「角逐」，也無可非議。所以「爭寶二奶奶寶座」既無罪，也非過。我們在評論寶黛愛情婚姻悲劇時不能以封建觀念來批判封建主義。寶釵知道寶、黛從小青梅竹馬，而且老太太賈母格外喜歡二玉，因此她並沒有表現出任何非分之想。她待黛玉是真誠的，並不虛偽。寶釵的悲劇也正在於此。第八回黛玉去看寶釵——當時她和寶玉均住賈母處，按黛玉的小心眼子，有可能就是知道寶玉去了才去的——她見寶玉在，不冷不熱「半含酸」地說了些話，寶玉見「黛玉借此奚落他，也無回覆之詞，只嘻嘻的笑兩陣罷了。寶釵素知黛玉是如此慣了的，也不去睬他」。甲戌本在末句批道：「渾厚天成，這才是寶釵。」此論公允。寶釵確實比較忠厚，她的一些錯誤——包括三十四回她批評寶玉「素日不正，肯和那些人來往」，交友不慎；覺得他應「在外頭大事上做工夫，老爺（指賈政）也喜歡了」；以及勸他走讀經應舉之道等等都是——並不是品質惡劣造成的，也不是為了有朝一日成為「寶二奶奶」能使自己鳳冠霞帔，而是她真誠地信奉封建道德之故，更非偷奸耍猾。她十分真誠地為自己，同時客觀上也為別人製造著悲劇，這正是這個藝術典型的美學與社會學價值之所在，其思想深度遠遠超過為了「爭奪寶二奶奶寶座」的小女人意識。薛寶釵之所以令人懷疑甚至不滿卻又引起許多人的喜歡，正因為她並不虛偽。虛偽者通常都很淺薄，假情假意，比較容易識別。而薛寶釵則不論是勸戒寶玉還是黛玉，都直言不諱，毫不掩飾自己的觀點。她是把這些當作一個正派人、貴族公子或是大家閨秀的行為準則來宣揚的。她自己深信不疑，她也希望別人這樣。薛寶釵形象的悲劇意義，很值得那些自以為一片真誠好心為他人卻既為他人也為自己製造悲劇者深思。類似這種品質不壞（有些甚至很好），卻由於真誠地信奉並忠實實行某種當時看來絕對正確，其實極度錯誤的信念而做了壞事甚至害死人者，那些年我們見得還少嗎？薛寶釵形象的一大現實意義就在於此，而且這種啟示具有永恆價值。

寶釵除了在金釧之死和尤二姐自殺與柳湘蓮出家的事上確實表現了極不應該的冷漠外，主要罪狀是兩條：一是撲蝶「移禍」黛玉；二是在金釧死後的衣服問題上「想比下黛玉」。其實如果不帶先入之見，客觀地分析一下當時的情形，我們就會得出比較真實的結果。關於「撲蝶移禍」，從心理學角度分析，人們情急之下作出的反應往往與正在進行的事有關。她此行就是為找黛玉而來，因此說尋黛玉是最正常不過的。至於寶釵主動拿出自己新做未穿的衣服給金釧做壽衣，正反映出她為人豁達，不愛計較，思想也有比較開明的一面。其實寶釵並未爭「寶二奶奶」的寶座，反而從心底裏希望寶、黛事成。二十五回賈府老少得知寶玉、鳳姐甦醒過來，大家這才放心。「聞得吃了米湯，省了人事，別人未開口，林黛玉先就念了一聲『阿彌陀佛』。薛寶釵便回頭看了她半日，嗤的一聲笑。……我笑如來佛比人還忙，又要講經說法，又要普渡眾生；這如今寶玉、鳳姐姐病了，又燒香還願，賜福消災；今才好些，又管林姑娘的姻緣了。你說忙的可笑不可笑」。若是此例還不足以表明寶釵的真誠的話，那麼二十八回寶玉沒有應賈母之召隨黛玉同去而留在王夫人處吃飯，寶釵笑道：「你正經去罷。吃不吃，陪著林姑娘走一趟，他心裏打緊的不自在呢。」寶玉吃罷急於要茶漱口，探春等笑他成日瞎忙。寶釵笑道：「你叫他快吃了瞧林妹妹去罷，叫他在這裏胡羼些什麼。」薛寶釵若真有爭奪之意，絕對不會開這等玩笑，因為這樣的玩笑只能是促成寶、黛的好事。如果說寶釵這樣做是虛偽，那麼寶釵這個形象就不像是出於曹雪芹這樣的大手筆了。而且曹雪芹通過敘事人口氣也證明了寶釵的真誠：「薛寶釵因往日母親對王夫人等曾提過『金鎖是個和尚給的，等日後有玉的方可結為婚姻』等語，所以總遠著寶玉。昨兒見元春所賜的東西，獨他與寶玉一樣，心裏越發沒意思起來。幸虧寶玉被一個林黛玉纏綿住了，心心念念只記掛著林黛玉，並不理論這事。」這個細節準確地表現出封建正統意識比較濃厚的淑女薛寶釵的個性，她總是在封建禮教的範圍內循規蹈矩地生活，從不做非「禮」之事，也從無非「禮」之言。即使在十分生氣的時候「反擊」一兩句也不太直露。她總是抑制著自己的感情，以任意流露情感為不取——這從她批評黛玉引用《西廂記》曲語即可見出——因此，和林黛玉將她作為情敵對待相反，高度理智型的薛寶釵恰恰沒有這種敵對意識。這個少女之所以能引起廣大男性（甚至許多女性）的好感，正是由於她的基本品質是好的——當然不等於沒有錯誤，更非沒有缺點——性格則更好。

對薛寶釵形象的誤解還有一個原因是，將小說中人物對薛寶釵的議論和曹雪芹的看法等同了起來，或者忽略了這種看法的時間性。用小說中其他人物對某個重要人物進行評論，是小說家們常用的手法，本不稀罕。曹雪芹的高明在於，他總是真真假假、虛虛實實，有時評論得十分貼切，有時則顯然是故意誤導，以便讓讀者在深入閱讀中有所發現，得到更多的樂趣。《紅樓夢》之所以魅力無窮，與我們經常「上」曹雪芹的「當」大有關係。真正有本事的作家，就是能夠讓讀者甚至專業評論家「上當」者。當讀者終於明白來龍去脈，悟出個中奧妙，那才叫真正的藝術享受。而《紅樓夢》就是這樣一部你老想徹底弄明白卻又老弄不大明白餘味無窮的藝術巨著。人們對薛寶釵的評論就比較典型。第八回寫寶釵「罕言寡語，人謂藏愚；安分隨時，自云守拙」。有些讀者認為，這表明薛寶釵是個城府很深的少女。其實這是寶釵剛到賈府不久，人生地不熟，必定話少。時間一長就不然了。因而「罕言寡語，人謂藏愚」作為她性格的評語並不準確。事實上寶釵和女孩子們在一起時，話雖少於「極愛說話的」（四十九回）湘雲和嘴不饒人的黛玉，但卻絕不是「罕言寡語」，而是幽默風趣，有時甚至還要動手呢。如八回由於黛玉說話厲害，「寶釵也忍不住笑著，把黛玉腮上一擰」，說道：「真真這個顰丫頭的一張嘴，叫人恨又不是，喜歡又不是。」五十六回由於平兒說話滴水不漏，不卑不亢，「寶釵忙走過來，摸著他的臉笑道：『你張開嘴，我瞧瞧你的牙齒舌頭是什麼作的。從早起來到這會子，你說這些話，一套一個樣子……』」而寶釵在這裏卻說了長達字二百五十左右的一大套精采的話。包括王熙鳳對她的評論在內，也都未必全部正確。比如說她「拿定了主意，『不干己事不張口，一問搖頭三不知』」。從她協助李紈、探春管理大觀園來看，她是很敢發表自己見解的。平日作為親戚，她不宜對賈府的事說三道四，可以理解，也應該這樣。而此時她已從姨媽王夫人那裏正式領命

（「……不然，我也不該管這事；你們一般聽見，姨娘親口囑託我三五回……」），再不表態，就會有負長輩託付。她果然不辱使命，在協調園內各方面人士利益的難題上拿出了令人皆大歡喜的方案。所以人物評論不等於曹雪芹的看法。而在一般小說中，作家常常讓人物充當自己的傳聲筒，因而讀者已經習慣於將人物的評論看作是作者的見解。曹雪芹恰恰是利用人們的這一思維定勢，將讀者引入「歧途」，使薛寶釵這個形象變得更加複雜起來，創造出更多的美感，為讀者提供了更加廣闊的藝術再創作的空間。

造成對薛寶釵評價偏頗的還有三個文化心理因素：

一是沒有把寶釵的封建意識和品質問題區別開來，這是能否正確看待這個藝術形象的關鍵。寶釵真正的品質性缺陷只有對金釧之死和尤三姐之死柳湘蓮出走的冷漠，而這種冷漠又與她的封建正統觀念嚴重相關——儘管曹雪芹沒有在文字上明確表示，但恐怕薛寶釵認為金釧是個丫頭，尤三姐過去行為失檢，是她冷漠的根本原因。至於認為寶玉應專心學業，與人交往方面不夠謹慎等，前已述及，這是她從封建觀念出發，真誠地為寶玉考慮，促其「上進」的表現，畢竟不是品質問題，可歎可悲。研究薛寶釵要摒棄成見，不帶先入之見。薛寶釵封建意識重不假，但說她成了大觀園中的「封建衛道

滴翠亭寶釵戰彩蝶

士」，似乎有失偏頗，上綱過高。因為她雖然對賈寶玉等有所勸諫，但並無任何壓制「叛逆者」的行為。由於沒有將曹雪芹的前八十回和高鶚的後四十回區別開來，對林黛玉的叛逆性估計過高，成為反封建的「叛逆者」，而且說林黛玉受到「封建勢力的迫害」，於是林黛玉就必定要有一個對立面，結果寶釵和黛玉這兩個少女就成了大觀園中封建勢力和反封建勢力的代表。實際上從黛玉叫劉姥姥「母蝗蟲」來看，她對勞動人民的感情未必比寶釵強。當然，應當承認，薛寶釵的封建意識確實比林黛玉嚴重得多，這是這兩個人物思想評價的主要區別。在二十世紀五〇年代以後的相當長時期裏，這個區別被進一步誇大，作為「政治標準」壓倒了一切。於是本來在曹雪芹筆下寄予相當多的同情的薛寶釵——儘管同情的程度小於林黛玉——只能作為林黛玉的政治對立面出現在許多文章之中。其實她們的分歧和矛盾沒有那麼嚴重，「鬥爭」就更加談不上了。

二是人們過於喜愛林黛玉，於是殃及薛寶釵。從清代兩位好友為了爭論黛釵孰優孰劣幾動老拳等記載來看，人們也許對黛玉印象較好，但差別並不很大，因為畢竟也有人為「保衛」寶釵而揮拳呢。不過二十世紀五〇年代以來，由於紅學政治化的結果，對林黛玉的思想藝術評價急劇升溫，而對薛寶釵的評價相對大大下降，尤其是道德評價極低。兩位少女之間的差距幾乎成了正面人物與反面人物之別，各自成了對立階級或政治勢力的代表！造成林黛玉「悲劇」的相當一部分責任，被不公平地轉嫁到了薛寶釵身上。

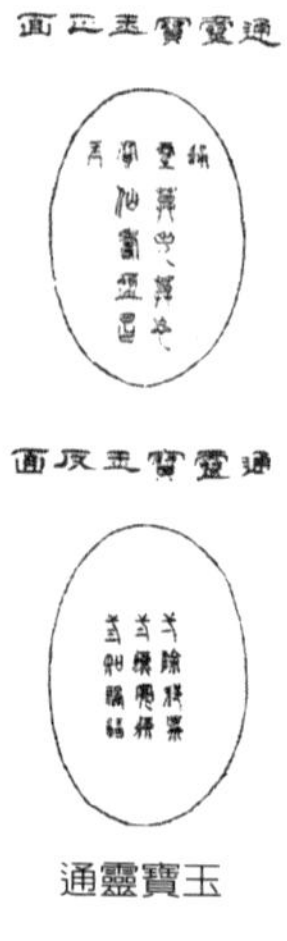

通靈寶玉

三是中國人的「有情人終成眷屬」的傳統文化心理和同情弱者的作用，使評價的天平向黛玉傾斜。在寶、黛、釵三角關係上，寶黛之間的刻骨銘心之愛得到人們深深的讚許與同情，結果未能如願結合，令所有的讀者為之扼腕歎息。寶釵雖然喪父，畢竟還有母、兄呵護，而且經濟條件優越，可以隨時離開賈府生活。而黛玉父母雙亡，寄居舅家，雖然受到很好的照顧，終不免時有孤寂隔膜之感。有一個現象也許有助於我們理解這個問題，即人們在擇妻或擇媳時多半都會選擇薛寶釵，但在寶黛未能結合上普遍持十分遺憾與同情黛玉的態度，而且在寶黛成婚還是金玉聯姻的問題上通常都主前者。這個矛盾現象，可以從文學、美學、心理學、社會學等多方面去解讀，很有意思。同一個或一組藝術形象居然能夠塑造到這種似乎矛盾而又有理還格外有味的程度，實在不能不佩服曹雪芹！

隨著社會、時代的變化，第一個因素的作用現在已經越來越小，人們會比較正確地認識薛寶釵封建意識的問題，不再將它看得太嚴重。第二個因素的作用也在縮小，因為在人們比較公平地重新評價薛寶釵的同時，也有更多的讀者會感到過去過於抬高了林黛玉的思想評價。不過第三個因素沒有什麼變化，還會長期起作用。

薛寶釵形象充滿著是是非非，似是而非，似非而是。其實何止薛寶釵，許多人物，不少描寫，都是這樣。這也正是《紅樓夢》充滿無窮藝術魅力的一大原因。

辟邪金鎖正面

辟邪金鎖反面

辟邪金鎖

孰優孰劣話黛釵

對文學藝術作品中的人物形象有不同的理解和好惡，十分尋常。一般都不至於產生嚴重爭執，無非是各執己見便罷了。但《紅樓夢》卻不然，其涉及爭論話題之多，程度之激烈，關注者介入者之普遍，是任何其他作品所沒有的。

林黛玉和薛寶釵究竟誰優誰劣，自《紅樓夢》誕生以來一直就是一個爭論不休的話題。前文說過，清代同（治）光（緒）年間有兩個文人鄒弢和許伯謙是朋友，鄒弢擁林貶薛，而許伯謙尊薛貶林，兩人自然各有一套理論和根據。有一年春天，兩人談起《紅樓夢》，「一言不合，遂相齟齬（意見不合而爭執），幾揮老拳，而毓仙（他們的一個朋友）排解之。」於是兩人誓不共談《紅樓》。秋試同舟，許伯謙對鄒弢說：「君何泥（頑固）而不化耶？」鄒弢說：「子亦何為窒（不開竅）而不通耶？」兩人「一笑而罷。嗣後放談，終不及此」。一部小說的藝術形象居然能讓人爭論到這種程度，何況還不止爭論黛、釵二人，古今中外，聞所未聞，可謂千古佳話。這正是《紅樓夢》藝術魅力無窮的表現之一，是曹雪芹的偉大之處。

象徵之物不同決定了文化基因

黛玉和寶釵誰優誰劣，我們可以從她們兩人的象徵之物入手，看看她們各自的價值觀、愛情觀，為人處世怎麼樣。

林黛玉的前身或者說其象徵之物，是長在西方靈河岸邊三生石上的絳珠小草，所以她也帶有某些神性。這是黛玉和寶玉能夠形成「木石前盟」的根本原因，也是曹雪芹在小說一開始就設計好了的黛玉和寶釵在價值觀、愛情觀、性格、命運、健康上文化基因的根本區別。林黛玉性格的率真，她的美麗、多情、才華橫溢（這是帶有天才式而非後天苦學式的），對愛情的執著追求，都和這個文化基因密切相關。

絳珠小草是受了神瑛侍者每日澆灌的甘露才得以久延歲月，修成女體，所以黛玉自稱是「草木之人」，《紅樓夢曲．終身誤》說：「都道是金玉良緣，俺只念木石前盟。」在中國傳統文化中，男女之間的「雨露」往往暗示著性關係。雖然受惠於神瑛侍者每日澆灌甘露的花草絕非絳珠這一株，但是只有它修成了女體，因此也就只有她和神瑛侍者之間存在這種緣分。小草的這個特殊身世，決定了林黛玉生命力非常脆弱，所以自幼體弱多病。因為絳珠的生命是神瑛侍者給的，所以林黛玉對賈寶玉極度依賴，唯恐失去他。寶玉是黛玉生命的一切，她的多疑、小性就根源於此。當絳珠仙子得知恩人下凡，便決定追隨而去，要用一生的眼淚償還他的甘露之恩。所以黛玉愛哭。神瑛侍者不滿於天堂生活下凡，是具有叛逆性的行為，而絳珠仙子也不願在天堂為仙，情願下凡為人，主要是出於報恩。這種將恩情看得比為仙在天堂生活還重的觀念，是很了不起的，這是林黛玉身上具有某些高貴品格即神性的先天依據。所以林黛玉和賈寶玉在叛逆性上有共同之處。不過神瑛侍者是對天堂不滿並且要受享人的基本權利而下凡，這比絳珠仙子的報恩在層次、程度上要高得多。這也就是二人在叛逆性上的差別。中國古代文藝作品中神仙下凡者並不少見，絳珠仙子的特別，主要不在於下凡，那不過是一個引子；也不在於她對情感的渴望和至死不渝的追求，因為這對許多青年男女來說都一樣，古代文藝作品中這樣的例子俯拾即是，如孟姜女、杜麗娘、白娘子等很多。但是林黛玉和賈寶玉的愛情不是古代小說、戲曲中常見的一見鍾情，不是一般的對愛情的堅貞，他倆的愛情是志同道合、情趣相投，這是那個時代所沒有的或剛萌芽的，至今依舊具有現代性。林黛玉和薛寶釵、史湘雲、襲人等女孩不一樣，從來不對賈寶玉說那些讓他讀經中舉之類的「混帳話」，只有她才能和賈寶玉分享心中所有的秘密。絳珠小草生命的延續，絳珠仙子生命的獲得，以「還淚」報恩的方式，都具有濃厚的浪漫主義和象徵主義色彩。

曹雪芹除了用小草來象徵林黛玉外，還用竹子來象徵她的性格與命運。

青梗峰石絳珠仙草

林黛玉住在瀟湘館。一進院子，「有千百竿翠竹遮映……後院牆下，得泉一派，開溝僅尺許，灌入牆內，繞階緣屋至前院，盤旋竹下而出」。院子裏有這麼多竹子，在大觀園所有院子裏是獨一無二的。竹子在中國傳統文化中象徵人品高潔，剛直不阿，有節氣。瀟湘館的竹子不是粗大的毛竹，而是細竹，象徵帶有女性的意味。

「水」這個意象在《紅樓夢》中代表少女。值得注意的是，在大觀園所有院子裏，只有瀟湘館有水。曹雪芹顯然是把林黛玉作為這些傑出少女的突出代表來寫的。而且這水溝很淺，水很少，暗示院子的主人生命力的脆弱。這水「盤旋竹下而出」，可見水和竹具有重要的關聯。尤其是竹子長在瀟湘館，就和舜帝南巡不歸，他的妻子娥皇、女英千里尋夫，知道丈夫已死，淚灑竹上，成了斑竹，最後投水自盡的傳說聯繫起來，暗示了林黛玉的愛情悲劇。瀟湘館中的竹子和水生動地表明，曹雪芹在《紅樓夢》所有女兒身上傾注愛心最多的是林黛玉。

曹雪芹在黛玉身上注入了一些當時具有超前意義的品格：那種想要掙脫封建禮教束縛的願望，追求自我價值實現的獨立的文人氣質。最典型的就是元春省親那晚，黛玉本來想「大展奇才，將眾人壓倒」。我們知道，中國傳統文化的一大弱點是缺乏競爭意識，只求中庸，反對冒尖，所以中國自古以來競技體育很不發達。這是中國文明和希臘文明的一大區別，也是中國文明在十六世紀後走向衰落的一個重要原因。曹雪芹在林黛玉身上注入了這種競爭意識。遺憾的是元春只讓每人作一首。黛玉「胡亂作一首五言律（詩）應景」，得了個並列冠軍。「胡亂」二字充分顯示出黛玉才華出眾，而且絲毫沒有因為貴妃在場就小心翼翼誠惶誠恐。實際上大家都看得出來，寶釵那首是標準的應制詩，幾乎句句歌功頌德，毫無詩味可言。而黛玉那首起碼有「借得山川秀」一句詩味十足，氣魄宏大。元春之所以裁判「不公」，顯然是考慮到寶釵是親戚，故意給個高分。而寶玉奉命作四首，元春認為最好的那首「杏簾在望」，實際上是黛玉替寶玉「作弊」的假冒之作。女性的這種想要主動展示才幹的願望在黛玉身上很突出，這在那個時代是違反封建禮教的，因此非常了不起。

和黛玉想趁機「大展奇才，將眾人壓倒」，表現一下自己的才華，圖個自己高興形成鮮明對比，寶釵則顯得處處小心謹慎，唯恐貴妃元春不高興。寶釵看見寶玉有一首詩用了「綠玉」二字，就悄悄提醒他：「他（元春）因不喜『紅香綠玉』四字，改了『怡紅快綠』；你這回子偏用『綠玉』二字，豈不是有意和他爭馳了……」由於寶釵給他救了急，寶玉就說：「從此以後，我只叫你師父，再不叫姐姐了。」寶釵卻說：「……誰是你姐姐？那上頭穿黃袍的才是你姐姐！你又認我這姐姐來了。」由此可見，寶釵缺乏的正是黛玉這種自我意識，對自我價值的肯定和追求。後四十回高鶚寫的以寶釵裝作黛玉欺騙寶玉成婚的調包計，寶釵默然接受，這倒確實符合她的性格邏輯。如果換了黛玉，她是絕對不會答應的。

《紅樓夢》裏有兩個人物的象徵是石頭，一個是賈寶玉，另一個就是薛寶釵。她住的院子，「……步入門時，忽迎面突出插天的大玲瓏山石來，四面群繞著各式石塊，竟把裏面所有房屋悉皆遮住，而且一株花木也無。只見許多異草……」賈寶玉的石頭和薛寶釵的石塊區別是什麼呢？是對生命價值態度的截然不同。在無生命的石頭被女媧鍛煉之後已經有生命了、人格化了，所以有自己的思想、感情，不「安分守己」了，有了人的物質需求和精神需求、情感需求，所以才主動要求下凡「受享」。而薛寶釵住的蘅蕪苑裏，石塊上沒有花木，那些「異草」並不是石塊主動要求而長出來美化自己的，而是「異草」們攀緣在山石和石塊上的，石頭本身只是被動接受而已，它們象徵著為寶釵服務的許多等級、稟性不同的丫頭。所以山石本身上面什麼都沒有，因此這是無生命的石頭。賈寶玉「無事忙」和「富貴閒人」這兩個別號，都是薛寶釵提出來的，這個現象很值得深思。也就是說，薛寶釵認為賈寶玉既然富貴就應該刻苦攻讀，卻閒得瞎忙，盡忙些非正經之事。從這裏就足以看出，薛寶釵和賈寶玉有著兩種截然不同的價值觀。賈寶玉這塊有生命的石頭碰上薛寶釵這塊無生命的石頭，當然就沒有緣分了，所以薛寶釵住的院子名叫蘅蕪苑，「恨無緣」嘛！

榮國府歸省慶元宵

蘅蕪苑山石的象徵意義主要表現在兩個方面：一個是山石本身沒有生命，也就是說薛寶釵對自己缺乏生命意識，典型地反映出一個恪守封建禮教的少女的價值觀和愛情觀。這種女子在未嫁前將自己的生命完全看成屬於父母，而出嫁後則完全屬於丈夫。總之是沒有自己。蘅蕪苑石頭的另一方面的象徵意義是，薛寶釵對別的生命有時候也有些鐵石心腸，主要表現在對待金釧之死的態度上。此外，六十七回尤三姐死後柳湘蓮出家，別人都很悲傷、同情、惋惜，寶釵卻「並不在意」。因為那些「異草」本來就不是她（石頭）的一部分，是攀附它的，或者根本就與自己無關，所以對她來說，失去並不可惜。經過女媧以火來鍛煉而成的有生命的石頭已經成為熱血奔騰的賈寶玉，而薛寶釵雖然也是血肉之軀，卻依然不失石頭的冰冷。怪不得薛寶釵吃的藥是冷香丸，她是個冷美人。

林黛玉對愛情的執著追求和薛寶釵形成了鮮明的對比。林黛玉是唯恐失去賈寶玉，就怕這個多情公子移情別戀。聽說張道士給了寶玉一個麒麟，而有麒麟的史湘雲來了，她趕緊到怡紅院去，生怕也像戲曲、故事、詩詞寫的那樣，因為一樣小玩意兒，兩個人好了起來。有時候她為了賈寶玉而生氣、流淚，說話尖刻，大發脾氣，不顧場合，根本不顧忌「群眾影響」，甚至驚動了老祖宗賈母她也不在乎。林黛玉任性、多疑，看起來確實是缺點；但反過來看，又覺得其真率非常可貴。林黛玉個性中最可貴的就是，毫無顧忌地對志同道合的愛情執著追求，這在封建社會十分難得。而薛寶釵則相反，她處處顧忌別人說三道四，想盡辦法掩飾自己對賈寶玉的感情。

在一個很難與男性接觸的社會，賈寶玉如此出類拔萃，寶釵愛上寶玉是很自然的。如前文已述，「木石前盟」是神話，只是黛玉的心理活動；榮國府上上下下認為將來寶玉肯定會娶黛玉為妻，也只不過是看法而已。寶玉和黛玉連訂婚都沒有，賈府也沒有任何一位長輩表示過。因此在寶黛釵的關係中，並不存在任何具有約束力的因素，無論是法律的、道德的、宗法的，都沒有。所以即使在當時寶釵積極參與「爭奪寶二奶奶的寶座」，也毫不為過。薛寶釵的悲劇恰恰是缺乏「爭奪」的勇氣，她根本沒有去追求自己幸福的想法，這是她最不如黛玉的地方。因為在她看來，女孩子的婚姻要靠父母、兄長作主，爭奪不符合禮教、丟人。二十七回芒種節那日，迎春三姐妹、李紈、鳳姐等都到園子裏來玩，連文官等十二個女孩也來了。由於不見黛玉，寶釵就去瀟湘館找她。忽見賈寶玉進去了，「寶釵便站住低頭想了想：寶玉和林黛玉是從小兒一處長大，他兄妹間多有不避嫌疑之處，嘲笑喜怒無常；況且林黛玉素習猜忌，好弄小性兒的。此刻自己也跟了進去，一則寶玉不便，二則黛玉嫌疑。罷了，倒是回來的妙。想畢抽身回來。」薛寶釵這段心理活動中兩次提到「嫌疑」，恰好反映了薛寶釵的一個重要的性格弱點，她總是顧忌別人會對自己有什麼看法。完全以自我為中心者固然不可取，但是像寶釵這樣缺乏自我意識，也並不是為了別人的利益和幸福自覺去作出奉獻，只不過是把自己包裹起來罷了。寶釵是個理智型少女，她極少有主動行為，無論是出於情感驅使還是年輕人的聚會，她幾乎都是被動的，和黛玉的處處主動很不一樣。寶釵為了避免別人對自己和寶玉的關係產生「嫌疑」，還不止一次地對黛玉或寶玉開寶黛兩人關係的玩笑。寶釵心裏不可能不喜歡寶玉，但是她首先不是缺乏爭取愛情的勇氣，顧忌別人的議論，要掩飾自己的感情；而是由於「石頭」冰冷的天性而缺乏對愛情的熱烈渴望。自覺地以封建道德規範自己的薛寶釵，無論是言行還是潛意識都已經把少女的正常情感需求壓抑到了最低程度。而薛寶釵對林黛玉的這種玩笑恰恰在促進寶黛的愛情，為自己的悲劇增添砝碼。蘅蕪苑進門大石頭擋住了院子裏的房屋，是一種暗示，是象徵主義寫法，暗示寶釵常常掩飾自己的願望和感情。這種掩飾就像這個院子建造時就安排好了那樣，不是「石頭」自己決定的，而是長輩們規劃、要求的。神瑛侍者和絳珠仙子都是情感型的，而薛寶釵過於理智型了，理智到了對別人、對自己都冷漠的地步，於是曹雪芹只好讓她住在「蘅蕪苑」裏「恨無緣」到底了。

詩歌觀念的差異導致詩歌風格迥異

黛玉和寶釵都是寫詩高手，在寫詩上我們不但可以看出她倆藝術觀、人生觀的鮮明區別，而且還顯示了個性、情感的類型是多麼不同。

我們將這兩個都是詩詞高手的少女寫的詩詞，從形式的角度來做個小小的比較，會發現一個有趣的現象：

寶釵寫了七律、五（言）排（句）、七絕和詞四種體裁，九首詩詞，共計六十七句（行），四百四十四個字。

黛玉寫了五律、七絕、四言、七律、歌行、五排、集句、詞八種體裁，二十五首詩詞，共計二百五十六句（行），一千六百五十九個字。

在詩詞體裁上，黛玉比寶釵多出一倍。首數幾乎多兩倍，句（行）和字數幾乎多三倍。黛玉有三首歌行體長詩，寶釵沒有。光是一首《葬花詩》就有五十二句三百六十一字之多，接近寶釵句行字數的總和。

黛玉有超過百分之四十的十一首是獨自抒情之作，即「自由活動」；而寶釵的都是參加集體活動的作品。

造成如此明顯的差別是因為兩人有著截然不同的詩歌觀念。寶釵視詩詞為小道，說：「自古道『女子無才便是德』，總以貞靜為主，女工還是第二件。其餘詩詞，不過是閨中遊戲，原可以會可以不會。」（六十四回）又說：「咱們女孩兒家不認字的倒好。男人們讀書不明理，尚且不如不讀書的好，何況你我。就連作詩寫字等事，原不是女人分內之事……你我只該做些針黹紡織的事才是，偏又認得了字。既認得了字，不過揀那正經書看也罷了，最怕見了些雜書，移了性情，就不可救了。」（四十二回）她認為女孩如果太重視作詩，「只管拿著詩作正經事講起來，叫有學問的人聽了，反笑話說不守本分的。」（四十九回）所以寶釵是個自覺地遵守封建道德規範並且以此規範別人的女孩。在情感上她是自覺地壓抑自己。而黛玉不然，她要抒發情感，所以不但寫的多，而且有時感情奔湧，絕句、律詩格律嚴格，索性就用句數不限、形式比較自由的歌行，有時一氣寫三首。

在內容上也能夠看出兩人在詩歌中的情感差異極大。寶釵都是應景之作，即使流露真情，也很隱晦含蓄。而黛玉則是不時和著血淚在寫詩詞。我們只要看看她們所用的字就明白了：

黛玉詩詞一千六百五十九個字中出現的表示流淚的字眼，如淚、珠、泣、玉、拋、灑、點點、斑斑、拭淚痕等有四十四字，寶釵一個也沒有。

黛玉詩詞中表示死亡的字，如死、亡、喪、葬、老等有十一字，寶釵一個都沒有。

表示悲愁的字，如哀、愁、恨、惱、憐、無言、無情、無釋、無語、傷神、傷情、漂泊、憔悴、淒涼、寂寞、悶殺、命薄、蕭條、離人、傷悲等字，黛玉詩詞中多達一百個，寶釵只有十八個，在總字數中的比例低得多。

如果加上秋、何、誰、難等，不知、幾時、那堪、孤忍等表示愁緒和不確定情緒的字眼，黛玉總計多達二百二十三字之多，大大超過寶釵。這種表示悲傷情緒的字眼，我姑且把它稱作「悲字」。黛玉還有易於宣洩情感的問句十五個，歎句七個，共二十二句，而寶釵僅各二句。

值得注意的還有，同樣是使用悲字，兩個少女在文字中傳達的情緒差別很大。黛玉表達的是鬱悶於心的苦惱，而寶釵則是一般文人騷客於良辰美景對酒賞花之際的應景慣用之辭。比如寶釵用悲字最多的一首《憶菊》，用了十一個，佔其所用悲字總數二十四個的百分之四十六，因此有必要錄出考察一番：

悵望西風抱悶思，蓼紅葦白斷腸時。
空籬舊圃秋無跡，冷月清霜夢有知。
念念心隨歸雁遠，寥寥坐聽晚砧遲。
誰憐我為黃花瘦，慰語重陽會有期。

這首七律雖然表達了某種沉重的離愁別緒和思歸之情，但是以「會有期」結尾，仍然對重逢充滿期待

蘅蕪院夜擬菊花題

和信心，絲毫沒有黛玉那種總是對前途渺茫甚至命運悲慘的擔憂。

為什麼要對詩詞文字的使用特別關注呢？因為有些比較情緒化的人和其他人相比，在賦詩填詞時由於性格、情緒甚至潛意識的影響，對不同條件固然會有不同反應，而且在相同條件下作出的反應也會留下自己獨特的心理指紋。表現在文字上就是對語區、語料的選擇、組合與節奏會產生特定指向。黛玉在幾次受到強烈的情感震顫時，都寫出長篇歌行或三首以上的詩篇，並在語詞組合上有明顯的悲字大量使用，重點悲字高頻連用，節奏變化快，問句、歎句多等特點。最典型的是佔黛玉詩作全部字數五分之一強的《葬花詩》，是她去怡紅院時晴雯誤會不開門引起她的懷疑、擔心和悲傷時所寫。全詩悲字多達七十四個，佔百分之二十。其中表示死亡的就有十個，最後八句五十六字中就集中了八個，還有「未卜儂身何日喪」，「他年葬儂知是誰」，「花落人亡兩不知」三個充滿強烈哀傷情緒的問句和歎句，真是字字泣血，句句啼淚。寶玉被父親毒打後讓晴雯贈帕傳情，黛玉雖然深為感動，卻又擔心寶玉的真情未必能夠得到家長認可。在這種複雜情緒下，她連寫了三首絕句，八十四字中竟用了二十三個「淚、泣」以及和流淚相關的字，加上「傷悲」等總共達二十八個。再如由於說起自己「無依無靠投奔了來」，下人們「未免不嫌我太多事」等，這種痛苦的情緒就集中表現在了《秋窗風雨夕》中，二十行一百四十字，用了十五個「秋」，常常是一句兩個，一聯四個，造成一種十分濃重的悲涼肅殺淒厲的氣氛。全詩悲字多達四十一個，佔總字數三分之一。同一悲字的大量複用，高頻迭用，從而大大加重了某詞表達的中心情緒。這已經成為黛玉詩詞的突出風格。有時候雖然沒有發生什麼特別讓她心酸之事，但由於這種情緒已經變成了心理積澱，凝固成了某種心理圖式，詩詞語言便會出現慣性指向。

不過要論詩詞水準的高下，林黛玉和薛寶釵很難說誰更高一些。比如寶釵的《螃蟹詠》，堪稱千古絕唱。她們的主要區別是詩歌觀念不同，詩歌風格迥異。由於黛玉在詩詞中傾注的是滿含血淚的真情，因此更加動人，一些名句也比較易於為讀者所記住。如果給她倆出詩集，那麼《林黛玉詩集》的銷路肯定比《薛寶釵詩集》好得多。當然啦，林黛玉也罷，薛寶釵也罷，她們的詩詞都是曹雪芹寫的，著作權可不能弄錯了。曹雪芹能夠把不同人物的詩詞寫得水準、風格都不一樣，而且還都暗示了她們各自的命運，真是奇蹟。普天下豈有第二人哉！

作為藝術形象與生活人物的比較

在賈府，連賈母的命根子寶玉和榮國府執掌大權的王熙鳳別人尚且「虎視眈眈」，別人對黛玉說個閒話什麼的就很自然了。而她由於父母雙亡，所以心理上特別容易受到傷害。這種脆弱心理必定愛生氣，多疑，不容易處理好與他人的關係，容易自我孤立。這是黛玉不如寶釵之處。

薛蘅蕪諷和螃蟹詠

從性格上來說，黛玉是情感型、外向型的，率真；寶釵則是理智型、比較內向，不是一眼就能看透的。但是自清代以來，一直就有人認為寶釵奸詐虛偽。我覺得，這正是曹雪芹運用真真假假、似是而非、似非而是的寫作手法的成功之處。有時候是咱們讀者自己誤讀，有時候可能是作者有意識地將讀者引入誤區，慢慢讓讀者自己再走出誤區，從而得到更多的審美情趣。王熙鳳對她的評論「不干己事不開口，一問搖頭三不知」，常常被用來證明寶釵虛偽，會做人。寶釵在賈府是親戚，是客，所以她對賈府的事輕易不表示意見是可以理解的，這是封建道德規範的要求，並不虛偽。而在她姨媽王夫人讓她和探春、李紈共同管理大觀園時，薛寶釵接著探春的話侃侃而談，對那些負責承包的婆子、媳婦們指出，為什麼應當拿出一部分收入來與院子內外左鄰右舍們分享的道理，兩段話說了幾乎有一千字！如果說探春表現出一個大經濟學家的水準，提出了承包制（當然這是曹雪芹的思想，當時這種思想在西方也剛剛興起），那麼薛寶釵就表現出一個大政治家的風度。她提出的主張，用現在的話說，就是在實行承包制這種財產再分配的情況下，如何照顧到左鄰右舍，保持大觀園下層社會的和諧。要論管理才幹，林黛玉就不如薛寶釵了，再說她也沒有興趣呀。要不是有紫鵑，恐怕她連瀟湘館都管不好。

薛寶釵在「壽怡紅群芳開夜宴」中抽到的詩籤「任是無情也動人」，她雖然有時無情，卻也有十分動人的一面，這不僅是指她美麗、博學、多才，還有其他一些優點。在群體中生活，善於處理人際關係，是一種很重要的修養與能力。薛寶釵的「會做人」，常常被認為是虛偽，我不認為是這樣。薛寶釵的悲劇恰恰在於她極其真誠地信奉封建禮教，並且也真誠地勸別人這樣做。她批評黛玉在行酒令時引用《牡丹亭》、《西廂記》的詞語，說什麼「咱們女孩兒家不認得字的倒好」等等，恰好證明她真誠。有些人是被迫作為犧牲，而薛寶釵是自覺地把自己放在祭壇上作為犧牲，這正是她的悲劇性的深刻所在。

黛玉和寶釵究竟誰優誰劣，除了對這兩個藝術形象作客觀的具體分析外，關鍵在於要考慮到藝術欣賞和生活兩個方面的區別。以不同的標準衡量，黛、釵各有短長。

西廂記妙詞通戲語

從藝術創作的角度來說，黛玉和寶釵都是非常成功的藝術形象，很難分出高下。「林妹妹」博得那麼多人的好感與同情，甚至成為某些長得美麗瘦弱、愛哭、愛耍點小脾氣少女的代名詞。不過從某種意義上來說，薛寶釵形象的刻畫難度更大，因為她很難看清楚，說清楚，有更多的讓人反覆琢磨的東西。就像達·芬奇的那幅名畫《蒙娜麗莎》（又名「永恆的微笑」）一樣，蒙娜麗莎在笑麼？沒有。仔細看看，彷彿是在笑，有那麼一丁點兒笑意。是什麼樣的笑？冷笑？譏笑？惡毒的笑？還是發自內心快樂而有所克制的笑？每個不同教養，不同心情的人，會有大不一樣的看法，永遠不會有一個標準答案，也不需要。薛寶釵就屬於這種仁者見仁，智者見智的藝術形象。

從道德評價上來說，黛玉顯得格外清純、率真，對愛情追求的執著，對自我價值實現的自覺，對封建禮教的某些反抗，都比寶釵強得多。寶釵最大的缺點就是有些冷酷無情，有點過於世故，封建意識濃厚，缺乏自我意識，她的悲劇很大程度上是她自己釀成的。因此在道德評判上寶釵不如黛玉。

儘管從藝術評判來說，許多人可能更喜歡黛玉一些，但是作為生活人物，人們往往更傾向於寶釵。這是為什麼呢？

這是因為藝術欣賞可以保持距離，審美客體（藝術品）和審美主體（藝術欣賞者）之間沒有功利關係。因此藝術形象的缺點並不會轉化為審美主體實際上遇到的麻煩，有時候這種缺點還會給人們的審美帶來快樂。但是作為生活人物，比如找對象，讓一個女孩成為自己的妻子或兒媳婦，成為生活中的實際存在，那麼雙方就時刻存在著功利關係。黛玉是詩人氣質，只會做詩，不擅做人。她健康狀況欠佳，愛生氣，不善於處理人際關係，也缺乏管理才幹。而這些正是寶釵的長處和優勢。尤其是到了現代，封建道德觀念已經不成為現代女性的問題，因此寶釵身上不可接受的東西相對比較少。相反，善於處理人際關係，為人寬容，會關心人，善於持家，比較健康，這些都是男子擇偶必定會考慮的因素。

黛玉和寶釵都是曹雪芹傾注了極大愛心的少女，對黛玉更多一些。她們各有所長，也各有所短。而二人所長相加則是曹雪芹理想中的少女，所以「釵黛合一」既反映了曹雪芹的願望，也表明了他的無奈。

五辣俱全鳳辣子

並列「女一號」

《紅樓夢》數以百計的人物中，賈寶玉自然是無可爭議的「男一號」，那麼誰是「女一號」呢？從和賈寶玉的關係來看，當然非林黛玉莫屬。但是從在整部小說中所佔的比重來看，王熙鳳要略大於林黛玉。這是因為，《紅樓夢》的故事情節有兩條主要線索，一條是以寶黛釵感情糾葛為中心的愛情線，這是明線；另一條是以賈府為代表的家族敗落和社會衰落線，乍一看不那麼明顯，所以是暗線。站在兩條主線聯結點上的重要人物有不少，如賈母、王夫人等都是。但最重要的是三個人，男的當然是賈寶玉，女的就是林黛玉和王熙鳳。

在前八十回的前半部分，林黛玉在進府、含酸、葬花等回中處於顯著地位，在寶、黛、釵三角關係中總是扮演著一個主動者的角色，她和男一號賈寶玉的對手戲也加重了她的女主角地位，因此女一號的位置十分明顯。但是王熙鳳在進府、懲瑞、理寧、出殯等多回中有大量的戲，也經常處於中心位置，人物性格十分鮮明、豐滿。從總體上看來，戲分不下於林黛玉，如果不說是並列女一號，也相差

無幾。但是四十五回林黛玉和薛寶釵剖心交談，解釋疑團之後，二人的疙瘩基本解開了。寶、黛、釵三角關係構成的矛盾雖然沒有徹底消解，不過在前八十回的後三十五回裏已經不尖銳，不明顯。小說的這條主要線索大為削弱，而家族敗落線則變得明顯起來。五十九至六十一回由於丟失茉（莉粉）、薔（薇硝）、玫（瑰露）、茯（苓霜）引起的小廚房風波；六十五至六十九回二尤事件和七十三至七十四回抄檢大觀園，是後面這三十五回中的三大高潮。前兩個重大事件和林黛玉毫無關係，第三個除了到瀟湘館去抄了一回，基本上也沒有關係，而在這三大高潮中，王熙鳳要麼是主角，要麼通過授權平兒，在背後發揮著重要影響。

茉莉粉替去薔薇硝

我曾經對《紅樓夢》前八十回做過一個統計，按照林黛玉和王熙鳳在每一回中出場篇幅的多少和內容的重要性，劃分為六個檔次：無，極少或帶過，少，少而重要，多，多而重要。結果發現，在這八十回中，黛玉的戲頭重腳輕，鳳姐的戲則多而平衡。其中第四十五回是黛玉故事的明顯轉捩點。到此為止，黛玉有十七個「多而重要」，另有八個「少而重要」，由於十七、十八按兩回算，所以總共在二十六個回次中有重要情節。而王熙鳳在這四十五回中，有十八個「多而重要」，七個「少而重要」，總共二十五個。大體上與黛玉相當。但是第四十六回以後的三十五回中，黛玉僅有四個「多而重要」，一個「少而重要」，有十三回中完全沒有戲，另有六回中「極少」或「帶過」。也就是說，在後面的三十五回中幾乎有十九回基本上沒有黛玉的活動，從而表明林黛玉已經不是第一女主角。她只是在一些詩詞活動中才回到舞臺中央。她的四個「多而重要」有三個是詩詞活動：第四十八回教香菱學詩。六十三回則是由於她掣到詩籤「莫怨東風當自嗟」，體現了曹雪芹對她悲劇命運的設計和評價。七十回是詠桃花詩和柳絮詞。五十回和七十回的「多」也是聯詩。很明顯，從第四十六回開始，林黛玉已經不處於小說的矛盾中心。而王熙鳳則不然，她在四十六回以後有八個「多而重要」，三個「少而重要」，比黛玉多出一倍。而且害死尤二姐、抄檢大觀園都是賈府的重大事件。另外一些事情，我們可以從賈璉和平兒等人身上看到鳳姐的影子，她雖然沒有直接出場，但是她的「場效應」在發揮作用，而黛玉就缺乏這樣的場效應。也就是說，從第四十六回開始，王熙鳳的戲份要比林黛玉的多而且更加重要。因此至少從前八十回來看，王熙鳳是《紅樓夢》中的「並列女一號」。

在人類發展的階梯上，獸性、人性和神性是三個主要階段。曹雪芹在塑造王熙鳳時，給她的定位和賈寶玉、林黛玉有明顯的不同。賈寶玉的前身是神瑛侍者，儘管在天堂地位卑微，畢竟也屬於神。他落草時與生俱來的那塊晶瑩美玉，乃女媧補天所煉已通人性之石所變，也是神物。因此賈寶玉身上有一些一般人沒有的高貴品格，就是人性中非常高尚的那種達到了神性的東西。林黛玉之所以有一些超凡脫俗的觀念和情感，和她在西方靈河岸邊的前身也有關。她由絳珠小草而為絳珠仙子，也是神。

所以曹雪芹著重表現賈寶玉和林黛玉美好的人性和某些常人所無的高尚神性。王熙鳳則不然，曹雪芹給她的定位是「凡鳥」（第五回判詞「凡鳥偏從末世來，都知愛慕此生才」），暗示她是個十足的凡人。但她畢竟是人中之鳳，無論相貌、才幹、言語都是女性中的佼佼者。

如前文所說，《紅樓夢》的人物群體中從性別上看有一個值得注意的現象，在同輩中男性一律不如女性：史太君賈母是賈府第二代碩果僅存者，三十五回她自己說，當年她像王熙鳳那麼大的時候，比王熙鳳還要能幹呢。作者暗示我們，當年的史太君比她丈夫那一輩的男子要強得多。賈府第三代文字輩，賈敬一心煉丹成仙，所以寧國府才會烏七八糟。第五回《紅樓夢曲‧好事終》明確指出：「箕裘頹墮皆從敬，家事消亡首罪寧。」賈敬是寧國府敗落子孫不肖的罪魁禍首。賈赦既不思守業，也不知養身，已然一把年紀而且姬妾成群，卻依然好色無度。賈政思想僵化，內不懂教子持家，動不動就訓斥寶玉，甚至毒打，差一點把他打死；外不能知人善任，將賈雨村這種小人舉薦上去，而且交往密切。而王夫人卻含而不露，小事不問，全交給了鳳姐；自己特別善於抓大事，兩眼緊緊盯住寶玉身邊的少女，尤其是丫頭們，致有金釧之死、晴雯之死和司棋被逐。第四代玉字輩，賈珍身為族長，不僅不能為族中子弟表率，反而淫亂兒媳，調戲小姨。賈璉貪戀女色男風，糜爛不堪。賈寶玉和這幾位兄長相比固然卓然不群，但在黛玉、寶釵、湘雲們面前不時總要出一些小洋相，多次要姐姐妹妹們相助才能擺脫困境，僥倖過關。元春省親時他就是靠兩位姐妹「作弊」才蒙混過關的。第五代草字輩代表人物賈蓉不幹正事，盡走邪門，不僅與嬸母王熙鳳不乾不淨，還為叔叔賈璉偷置外室，和秦可卿的遠見卓識相比，真有天壤之別。因此在曹雪芹筆下，鬚眉男子基本上都不如脂粉裙釵。未婚少女，那是寶珠；結了婚的少婦也還行，雖然是死珠子，總比魚眼睛好。

用秦可卿的話來說，王熙鳳是「脂粉隊裏的英雄」，她的出色是不言而喻的。可是話又要說回來，與寶、黛身上所表現出的神性相比，鳳不論多麼高貴，也只能算是「凡鳥」。我們時常「鳥獸」連用，無非是飛禽與走獸之別而已。何況這隻鳳又「偏從末世來」，其獸性有時就更加突出。因此王熙鳳身上既有人性中普通而出色的一面，也有鳥獸的獸性。

香麻潑酸毒五辣俱全

第三回黛玉進府時賈母對王熙鳳有一個極為形象的介紹：「她是我們這裏有名的一個潑皮破落戶兒，南省俗謂作『辣子』，你只叫他『鳳辣子』就是了。」很顯然，這「辣」不是辣椒的辣，而是「厲害」，不過主要也不是「聲色俱厲」和「嚴厲」的那個「厲害」，而是既作為形容詞又表示程度副詞的那個意思。那麼，這鳳辣子怎麼個「辣」法呢？簡單地說，王熙鳳是香辣、麻辣、潑辣、酸辣和毒辣五辣俱全。

香辣　王熙鳳能說會道，見機行事，《紅樓夢》中的任何人物都無出其右。第二回「冷子興演說榮國府」時談到王熙鳳時：「說（可見冷子興沒有見過鳳姐本人）模樣又極標緻，言談又爽利，心機又極深細，竟是個男人萬不及一的。」用周瑞家的話來說：「要賭口齒，十個會說話的男人也說他不過。」王熙鳳的口才自然賈府第一，但是她最大的特點是冷子興說的那個「心機又極深細」，任何男人之所以不及，主要在此。而王熙鳳的口才，反映了她的思維敏捷而嚴密，不能簡單地看作是個說話技術問題。

鳳姐最善於揣摩長輩心理，哄長輩，最懂得何時、何地、對何人說何等樣話，做何等樣事，最能討賈母、王夫人等長輩的歡心，讓弟、妹們高興。為鳳姐「攢金慶壽」中她對尤氏說的一句話道出了她自己說話、行事的奧秘：「你只看老太太的眼色行事就完了。」（四十三回）黛玉來京的一個重要原因是賈母思念，所以王熙鳳一舉一動，處處都在討賈母的歡心。她一見黛玉，「攜著黛玉的手，上下細細打量了一回，仍送至賈母身邊坐下，因笑道：『天下真有這樣標緻的人物，我今兒才算見了！況且這通身的氣派，竟不像老祖宗的外孫女兒，竟是個嫡親的孫女，怨不得老祖宗天天口頭心頭一時不忘。』」接著就說黛玉命苦，偏偏母親去世，「便用帕拭淚」。賈母笑道：「我才好了，你倒來招我。」「這熙鳳聽了，忙轉悲為喜道：『正是呢！我一見了妹妹，一心都在他身上了，又是喜歡，又是傷心，竟忘記了老祖宗。該打，該打！』」於是又立即拉著黛玉的手，從問年齡到是否上過學，吃什麼藥，說了一大通好話，又吩咐婆子們幾件事，顯得對黛玉的關懷無微不至，辦事周到之極，讓老的少

閒取樂偶攢金慶壽

的，尤其是賈母，聽了無比舒服。這裏「忙轉悲為喜」五字，生動地寫出了她的香辣中有欠真誠的演戲一面，而那個「忙」字則表現出王熙鳳對於這種表演已經熟練到了出神入化的境界。曹雪芹往往是在讀者不經意處點一筆，入木三分地活畫出人物真實的內心世界。

麻辣　鳳姐之辣，不僅讓別人辣得麻酥酥的舒服，而且還讓別人辣得麻痹、輕信。在「攢金慶壽」時，賈母說李紈「寡婦失業的」，要替她出那十二兩的份子。王熙鳳當即表示由她替李紈出，還似乎處處替賈母著想。賈母高興地說：「倒是我的鳳姐兒向著我。」結果次日交銀時沒有李紈的那份。正如尤氏所言，王熙鳳專會在賈母等長輩「跟前作人」，因此她深得賈母和王夫人的信任。賈母、王夫人經常扮演上當受騙的角色。

王熙鳳的香辣麻辣之所以屢試不爽，就是她琢磨透了別人的心理，這就是「心機極深細」之故。四十六回賈赦看上了鴛鴦，讓邢夫人出面去向賈母把她要來做妾。邢夫人找王熙鳳幫忙。王熙鳳一開始力陳賈母絕不會答應，被邢夫人搶白了幾句。王熙鳳馬上明白，邢夫人「稟性愚弱，只知承順賈赦以自保」，「勸了不中用」，便立即改口說：「太太這話說的極是。我能活了多大，知道什麼輕重？……到底是太太有智謀，這是千妥萬妥的。別說是鴛鴦，憑他是誰，那一個不想巴高望上，不想出頭的？」一番自我檢討，加上連連奉承，果然使本來不滿的婆婆邢夫人頓時心花怒放。其實王熙鳳深知鴛鴦為人，絕不會答應為妾，於是找了個藉口先躲開，結果邢夫人在鴛鴦那裏碰了個軟釘子。王熙鳳的「腦筋急轉彎」令人叫絕。

潑辣　如果說在表現王熙鳳的香辣、麻辣時曹雪芹著重於展示她的伶俐口才，那麼治理寧國府則重在表現她的潑辣一面。這個潑辣，不是敢於耍橫叉腰罵街的潑婦之潑，也不是蠻不講理裝瘋耍賴的撒潑之潑——雖然王熙鳳有時也有這類精采演出——而是指她遇事果決，辦事幹練，有章法，講效率，大刀闊斧的果斷作風。十三回「王熙鳳協理寧國府」堪稱她潑辣的經典之作，成為整個前八十回中王熙鳳最精采的一場戲，是這個形象最有光彩之處。

令人讚歎的是，曹雪芹沒有立即寫她如何對寧國府「殺伐決斷」地治理整頓，而是先作一番鋪墊。在合族內眷聞報賈珍到時「呼的一聲，往後藏之不迭」之際，「獨鳳姐款款站了起來」，真可謂鶴「站」雞群，不愧為人中之鳳，脂粉隊裏的英雄。接著主動表示願去，充滿信心地說：「有什麼不能的。」而且還要繼續管理榮國府，「那邊也離不得我」。確實是「最喜攬事辦，好賣弄才幹」。在這裏鳳姐固然有攬權、賣弄的一面，寧可兩頭兼顧忙得不可開交，對榮國府大權也不肯須臾撒手。但是我認為，更要看到鳳姐願意表現自己才幹，顯示自我價值的一面。這種意識在當時那個社會，尤其在女性中是極其超前與罕見的。曹雪芹之所以王鳳姐弄權鐵檻寺將她比作脂粉隊裏的英雄，首先著眼的是這種重視實現自我價值的膽識與氣魄。

在正式受命之後，王熙鳳沒有馬上就去寧府，而是覺得自己「須得先理出一個頭緒來」。於是來至一個安靜環境，細細思考，很快就歸納出寧府五大積弊：「頭一件是人口混雜，遺失東西；第二件，事無專執，臨期推諉；第三件，需用過費，濫支冒領；第四件，任無大小，苦樂不均；第五件，家人豪縱，有臉者不服鈐束，無臉者不能上進。」（十三回）王熙鳳是榮國府人，居然對寧國府積弊如此清楚，固然有寧、榮一家之故，但主要是因為她平時在榮府的管理中積累了豐富的經驗，明白哪些事情影響最大。我們從她協理寧國府中就可以看出她平時是怎麼管理榮國府的。關於寧府的一些情形，她肯定早有所知，所以一下子就抓住了關鍵。這五件事，分別從總體、職責、浪費、賞罰、特權等方面反映了寧府的重要問題。正因為王熙鳳胸有成竹，所以上任伊始首先從清點人員、整頓紀律入手，「即命彩明釘造簿冊。即時傳來升媳婦（總管來升之妻），兼要家口花名冊來查看，又限於明日一早傳齊家人媳婦進來聽差等語」。次日起每日卯正二刻即早晨六時整她就來寧府「點卯」。公開表示，「既託了我，我就說不得要討你們嫌了」。強調今後「可要依著我行」，如有半點差錯，不論何人，一律「清白處治」。接著親自分派任務，職責分明，一切「都有定規」，即使有「三四輩子的老臉」的有身分的奴僕，凡有偷懶、違規、賭錢、損物、徇私者，皆罰不論。一日有個迎送親客的僕人遲到，立即被鳳姐當眾下令打二十板子，革去一月銀米。鳳姐威重令行，寧國府「眾人不敢偷懶，自此兢兢業業，執事保全」。本來這寧國府亂得真夠可以的，正如冷子興所言，被賈珍弄得「翻了過來」，以至於寧府都總管來升傳齊各方面僕役頭領說：「那是個有名的烈貨，臉酸心硬，一時惱了，不認人的。」有一個就說：「論理，我們裏面也須得他來整治整治，都忒不像（話）了。」但就是如此之亂的寧國府，經過王熙鳳三下五除二這麼一整頓，沒幾天，借用一個現代術語來說就是，迅速由大亂到了初步大治。

我之所以說「迅速」，是因為王熙鳳並非秦可卿剛死就來協理寧國府的，而是過了好些日子以後。我們不妨將王熙鳳來寧國府的時間做個小小的考證。由於尤氏託病不出，本來就亂的寧府，遇到這種大事，內務自然就更亂，賈珍實在招架不住了，受到賈寶玉的啟發，才來請鳳姐出馬。那是什麼時候呢？十四回寧國府都總管來升要求大家寧可辛苦這一個月，不要在鳳姐面前丟了老臉。從前喪事都要辦「七七」，總共四十九天。因此王熙鳳走馬上任應當是秦可卿去世後十九天左右。十四回寫到的一個細節十分耐人尋味：那日是五七正五之日，也就是王熙鳳上任大約十四日。她卯正二刻又準時來到寧府，一切都按部就班地進行著。鳳姐直接走入會芳園中的登仙閣靈前，小廝及各色人等燒紙、鑼鳴、奏樂。「早有人端過一張大圈椅來，放在靈前，鳳姐坐了，放聲大哭。於是裏外男女上下，見鳳姐出聲，都忙忙接聲嚎哭」。這裏外上下的男女僕役，喪事已經經過個把月了，即使真正熱愛秦可卿者也未必還能夠馬上被鳳姐的大哭感染而真哭。但是不管真哭假哭，鳳姐大哭，誰也不敢不哭，而且個個不敢耽誤片刻，都「忙忙接聲」哭，而且還是大聲喊著的「嚎哭」。鳳姐之威，由此可見一斑。

酸鳳姐大鬧寧國府

王熙鳳整頓寧國府成功的關鍵在於，她主要不是靠厲害，而是進行制度化管理。她上任伊始就指出了寧府混亂是由於尤氏「好性兒，由著你們去」。接著頒布了一系列規定，職責明確，賞罰分明，不講情面，自己身體力行。這種管理方法與現代管理具有本質上的共同性，在當時是非常先進的。在協理寧國府這件事上，王熙鳳充分顯示出其「辣」的潑辣，其果斷、幹練、嚴格、雷厲風行，實屬罕見。

酸辣、毒辣　六十五回興兒對尤二姐有一段話很生動：「人家是醋罐子，他是醋缸醋甕。凡丫頭們二爺多看一眼，他有本事當著二爺打個爛羊頭。」四十四回「變生不測鳳姐潑醋」自然是表現她酸辣的一面。由於賈璉和鮑二家的通姦，鳳姐之酸固然情有可原，但是她兩掌就打得小丫頭「兩腮紫漲起來」，用簪子向那丫頭嘴上亂戳，威脅要「燒了紅烙鐵來烙嘴」，還遷怒大打平兒。這樣，王熙鳳的酸辣就由通常的吃醋變為行事的狠毒。六十八回「酸鳳姐大鬧寧國府」前後的一系列事件，就是這樣一個由酸辣變為毒辣的典型。

心機深細，五辣並用

五辣俱全的王熙鳳常常是數辣並用，這才叫真正的厲害。酸辣在心，毒辣暗藏，香辣開路，麻辣迷人，潑辣行事，最後是置對手於死地。按理說，在賈璉偷娶尤二姐事件中，鳳姐本來是受損害者，值得同情，其「酸」可以理解。但是王熙鳳費盡心機，買通衙門，巧設陷阱，以花言巧語哄騙尤二姐步步上鉤。又借秋桐之手，對尤二姐橫加迫害，使她求生不得，求死不能，陷於極端痛苦境地的尤二姐最後只能吞金自盡。王熙鳳怕張華萬一將她怎樣買通官府讓他索要原妻之事說出去，便「悄命旺兒遣人尋著了他，或訛他作賊，和他打官司，將他治死，或暗中使人算計，務將張華治死，方剪草除根，保住自己的名譽」。在這些事件中，王熙鳳的毒辣、陰狠可謂無所不用其極，這隻「凡鳥」的鳥獸之性即獸性，得到了最充分的展示。在這次五辣俱全的狠毒表演中，曹雪芹著重寫出王熙鳳「心機又極深細」的可怕。她的厲害在於，不僅要狠狠報復懲治對方，又要做得滴水不漏，還要讓人感到她是受害者，似乎對損害她的尤二姐「仁至義盡」。總之，她既要惡事做絕，還要好名盡得。

她在得到風聲，立即審問旺兒和興兒弄清真相之後，沒有趁賈璉出差在外，馬上興師動眾，置孤立無援的尤二姐於死地。她「心下早已算定」，一步一步將尤二姐引入陷阱。先是「傳各色匠役，收拾東廂房三間，照依自己正室一樣裝飾陳設」。然後素衣素蓋，帶了幾個親信來拜訪尤二姐。王熙鳳巧舌如簧，一口一個「姐姐」，將自己打扮成早就勸賈璉納妾生子的賢慧大婦，解除了尤二姐心中最大的顧慮。然後懇求尤二姐立即遷入府內居住，「你我姐妹同居同處，彼此合心諫勸二爺，慎重世務，保養身體」。還說：「今日二爺私娶姐姐在外，若別人則怒，我則以為幸。正是天地神佛不忍我

苦尤娘賺入大觀園

被小人們誹謗，故生此事。我今來求姐姐進去和我一樣同居同處，同分（名分）同例（待遇），同侍公婆，同諫丈夫。喜則同喜，悲則同悲；情似親妹，和比骨肉。」說尤二姐「竟是我的大恩人」，一段長達五六百字比肺腑之言還要懇切的話，和隨之而來的哭泣，徹底摧毀了尤二姐的心理防線。王熙鳳又呈上許多金銀簪環和上等綢帛等「拜禮」，加上周瑞家的等在一旁煽動，於是尤二姐就跟著鳳姐上車，從後門進了府，落入虎口，直到被迫自殺。王熙鳳可謂心狠手毒，機關算盡。

我們回顧一下王熙鳳害死尤二姐的全過程，倒是可以從王熙鳳的手腕與尤二姐的悲劇中汲取一些有益的教訓。一是善良忠厚處於弱勢者往往希望得到強勢力量的理解與支持，在這種情況下，強勢方的善意最容易使弱勢方麻痺並接受。王熙鳳正是利用這種心理，充分發揮香辣、麻辣的能耐，以甜言蜜語哄騙麻痹尤二姐，並將自己打扮成為一個需要尤二姐進府才能擺脫困境者，使她喪失警惕，信以為真，跟隨進府。二是每個環節安排得滴水不漏，欺騙或是博取盡可能多的人的同情，從而使自己的陰謀能夠順利實現。王熙鳳做事確實心機深細，她先將尤二姐暫時安頓在李紈身邊小住，在大觀園上下人們中造成假像，都奇怪王熙鳳怎麼忽然「賢慧」起來了，因此都沒有進一步懷疑其真正用心。三是嚴密封鎖消息，幾個步驟同時進行，按部就班地實行自己的既定計劃。她牢牢控制住手下男女僕役，時機成熟時再親自帶尤二姐見過賈母，一番假話使賈母也以為她果然「賢良」。於是她便名正言順地將尤二姐遷入她自己院子裏的東廂房，從而使尤二姐直接在她的控制之下，失去了擺脫悲劇命運的最後機會。四是利用有利於自己的形勢，鑽法律的漏洞。王熙鳳讓旺兒出面，讓已經由賈珍花銀子退了親的張華，以所謂「國孝家孝之中，背旨瞞親，仗財依勢，強逼退親，停妻再娶」為由，將賈璉等告到都察院。因此在整個過程中，王熙鳳始終處於主動地位，表面上合情、合理、合法，即使後來別人看出王熙鳳十分無情，也已經拿她毫無辦法。

在尤二姐事件中，王熙鳳的毒辣實在是太過分，到了傷天害理的地步，不過畢竟一開始她還處於受損害的位置。但王熙鳳在許多一般事件中也心狠手毒，會想出各種厲害、兇狠、殘酷的手段來。簡單地說，王熙鳳是個不能得罪的人，若有誰使她不快，那麼她就會狠狠地報復。這一點在懲罰賈瑞（十一回）中表現得十分突出。

人們在賈瑞對鳳姐存非分之想導致身亡的事情上，往往對賈瑞的「淫心」譴責較多，而對王熙鳳應負的責任關注不足，容易忽略賈瑞之所以敢於向她示愛的前提，是鳳姐自己在這些方面比較隨便，小說中也暗示她與賈蓉也許有些不乾不淨。再說，賈璉在男女關係上表現也不好。即使以封建時代觀念衡量，二十歲左右尚未娶妻的賈瑞此舉，一開始也沒有出什麼大格。鳳姐若對他比較冷淡，或者訓斥幾句，本來事情就不會繼續發展。但是王熙鳳十一回兩個「假意」，一個「故意」，已經顯露了殺機：「幾時叫他死

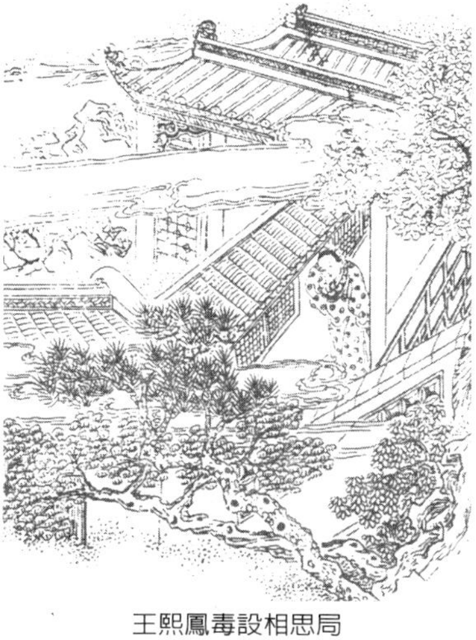

王熙鳳毒設相思局

在我的手裏，他才知道我的手段！」正是由於鳳姐的故意挑逗，賈瑞誤以為對他有意。尤其是十二回他來到鳳姐屋裏時，鳳姐挑逗的話語已經非常明顯，要他「天天過來替嫂子解解閒悶」，而且居然表示賈瑞「比賈蓉兩個強遠了。我看他們那樣清秀，只當他們心裏明白，誰知竟是兩個糊塗蟲，一點不知人心」。因此賈瑞「心內以為得手」，以致進一步上當。雖然曹雪芹寫道，王熙鳳此舉是「捉弄」他，但是賈瑞再來找她時，她卻「故意抱怨他失信」。雖說「再尋別計令他知改」，但是讓賈瑞夜裏在後面小屋子等她，會給賈瑞什麼樣的信號？他怎麼可能「知改」？因此賈瑞喪命之禍，雖然有他自己行為不檢點之故，但是王熙鳳的屢次故意引誘，起了關鍵性作用。賈瑞被迫寫下五十兩銀子的欠契，又被澆了渾身屎尿，雖然是賈蓉、賈薔出面做的，但王熙鳳顯然「負有領導責任」。

更有甚者，在茉（莉粉）、薔（薇硝）、玫（瑰露）、茯（苓霜）事件中，平兒經過調查，平反冤屈，息事寧人。本來都是些芝麻綠豆的瑣屑小事，而王熙鳳則主張：「只叫他們墊著磁瓦子跪在太陽地下，茶飯也別給吃。一日不說跪一日，便是鐵打的，一日也管招了。」六十一回平兒勸她「得放手時須放手」，「縱在這屋裏操上一百分的心，終究咱們是那邊（賈赦、邢夫人）屋裏去的。沒的結些小人仇恨，使人含怨。」鳳姐正是在錢、權上從不放手，「機關算盡太聰明，反算了卿卿性命」，最終害了賈府，也害了自己。

王熙鳳的結局

從寫法上來看，王熙鳳給人留下的印象特別深刻的一個重要原因是，曹雪芹對王熙鳳的出場下了很大的功夫。大凡與王熙鳳有關的重大事件發生之初，曹雪芹總要通過人物之眼、之口對她作一番評述，然後在以後的情節中加以印證。尤其是小說開頭的十幾回，她的幾次出場都不同凡響。黛玉進府時王熙鳳是先聲奪人，立刻成為全場的中心人物。劉姥姥一進榮國府時則通過周瑞家的口述，使讀者對她超凡的機敏、能力與口才以及厲害有了一個初步和概括的了解。第十四回王熙鳳正式協理寧國府的開頭也起了很好的鋪墊作用。寧國府都總管來升聽說賈珍請了王熙鳳來協理治喪大事，就把僕人中的重要人物召集來警告道：「我們須要比往日小心些。」在賈璉偷娶尤二姐事件之初，六十五回曹雪芹通過小廝興兒對王熙鳳有一大段絕妙的評論，其中有幾句堪稱經典性結論：「嘴甜心苦，兩面三刀；上頭一臉笑，腳下使絆子；明是一盆火，暗是一把刀：都佔全了。」這幾句話雖然出自一個小廝之口，卻是曹雪芹對王熙鳳五辣俱全的形象性總結。

由於王熙鳳事情做得太絕，連對她忠心耿耿的平兒有時都容不下，為害死尤二姐之事，恨得賈璉咬牙切齒，發誓要為尤二姐報仇。正如興兒所說：「如今闔家大小除了老太太、太太兩個人，沒有不恨他的，只不過面子情兒怕他。」

我們現在看不到曹雪芹原稿中具體怎麼寫王熙鳳的結局，但是從判詞與《紅樓夢曲》以及脂批透露的細節來看，應該和今通行本高鶚所續的大不相同。判詞說：「一從二令三人木，哭向金陵事更哀。」而《紅樓夢曲》則說，王熙鳳「機關算盡太聰明，反算了卿卿性命」。對此紅學界有各種不同看法。我傾向於認為，由於王熙鳳壞事做絕，賈府被抄及她本人的結局都和她平時的作為有關，所以說「反算」。尤其值得注意的是，《紅樓夢曲．收尾．飛鳥各投林》中對王熙鳳的命運結局的暗示比較明顯：

> 為官的，家業凋零；富貴的，金銀散盡；有恩的，死裏逃生；無情的，分明報應。欠命的，命已還；欠淚的，淚已盡。冤冤相報實非輕，分離聚合皆前定。欲知命短問前生，老來富貴也真僥倖。看破的，遁入空門；癡迷的，枉送了性命。好一似食盡鳥投林，落了片白茫茫大地真乾淨！

王熙鳳歷劫返金陵

這個《收尾》是將《紅樓夢》中以賈府抄沒後的幾種不同類型主要人物的結局歸類說明，所以不限於金陵十二釵和賈寶玉，也包括其他男人，這從「為官的，家業凋零」可以看出。我懷疑，有的人物雖非賈府中人，因與賈府有些瓜葛，在小說中比較重要，也包括在內。如「無情的，分明報應」，就恐怕也有賈雨村的份。因此不能句句坐實為某人，有的可能是指一類。有的很明顯此句指誰，如「欠淚的，淚已盡」，非黛玉莫屬。有的則一人不盡於一句，如「看破的，遁入空門」，不僅指賈寶玉最後對這個社會和家庭徹底失望，出家為僧，恐怕也含有惜春的結局在內。當然，這兩個人出家的目的和思想層次是很不一樣的。薛寶釵在小說中地位重要，曹雪芹不可能不為她的「收尾」交代清楚，看來「無情的，分明報應」應當指她。她雖然「任是無情也動人」，但「無情」所能夠「動人」的程度與範圍有限，而最不為她所「動」的人卻正是她最想也最需要「動」的賈寶玉。因此寶玉最終出家為僧，客觀上是命運對寶釵的懲罰，是她無情所得的「報應」。不過此句似乎不限於寶釵一人，涉及王熙鳳的有好幾句，除了這句「無情的，分明報應」她肯定有份之外，「欠命的，命已還」，「冤冤相報」等都和她有關。有幾句與鳳姐看似無關，仔細琢磨，也有間接聯繫：「有恩的，死裏逃生」，當指巧姐被劉姥姥所救。是否還有別人，由於曹雪芹後三十回無存，不能確知。而「癡迷的，枉送了性命」，尤二姐甚至恐怕連尤三姐也在內。我懷疑還包括賈瑞，他比前兩位更加符合「癡迷」的條件。王熙鳳把所有的人都得罪遍了，在賈母死後，王家敗落，失去靠山，她被賈璉休了，在京師無法生存，只好悲切地回金陵投奔親人，也許未及回鄉就悲慘地死去了。

對「一從二令三人木」等等有不同看法，盡可存疑，各執己見，沒有必要沒完沒了地爭論。實際上由於《紅樓夢》成書的特殊性，有些問題永遠不會有結論，更不會有定論。這也是《紅樓夢》的魅力之一。

錦心繡口瘋湘雲

史湘雲通常被認為是《紅樓夢》中能夠與黛玉、寶釵相媲美的最出色的少女形象之一。史湘雲判詞之好在眾少女中是少有的：「英豪闊大寬宏量。」（五回）美貌、多才固然是她的基本特點，但絕非這個藝術形象最重要的特徵。史湘雲和其他少女的最大區別就在於她那在一般女性身上罕見的英氣豪情和她那在真誠、善良、單純中顯示出來的有些男性化的大度。連她有時候的打扮都略有男性色彩，或者索性穿上寶玉的袍靴，淘氣而更顯嫵媚。「偏他只愛打扮成個小子的樣兒，原比他打扮女兒更俏麗了些」。因此黛玉索性叫她「孫行者」，說她「故意裝出個小騷達子來」（四十九回）。所有這些美好的東西集於一身，使她變得格外可愛。黛玉、寶釵等秀美的少女、少婦總有一些人不大喜歡，但是湘雲幾乎得到所有讀者的好感，這個現象很值得注意。湘雲雖然偶爾也說點「混帳話」，惹寶玉生氣，但是讀者並不將這看得很重，畢竟這在當時太正常了。湘雲偶爾也會為一點小事生氣，但是很快就會過去，心胸之開闊豪爽，討人喜歡。史湘雲這樣的少女在現代社會比較多見，但在女性受到嚴重禁錮的封建社會末期則極為罕見。在史湘雲身上表現了曹雪芹心目中的某種理想女性的形象。她說自己「錦心繡口」，十分貼切。

錦心繡口瘋湘雲四十九回寶釵有個評論：「呆香菱之心苦（指學詩），瘋湘雲之話多。」這個「瘋」字用得實在傳神。寶釵點評人物之準確，無人可及，只有王熙鳳差可比肩。

心無點塵，口無遮攔，史湘雲是個典型的性情中人。二十二回「聽曲文寶玉悟禪機」一節，鳳姐首先說演小旦的活像一個人，寶釵也已看出，「便只一笑不肯說」，寶玉則「不敢說」，湘雲卻說像黛玉的模樣兒。寶玉趕忙給湘雲「使個眼色」，但為時已晚，眾人「聽了這話，留神細看，都笑起來了，說果然不錯」。結果黛玉生氣了。這裏有一條脂批：「口直心快，無有不可說之事。」這「無有不可說」五字真正把湘雲說話的特點概括準了。湘雲之「瘋」，其實不是話多，而是她話無顧忌。但湘雲即使生氣之「瘋」，也不往心裏去。就是為了說那小旦像黛玉而寶玉對她使眼色那事，湘雲也很生氣，當晚命丫鬟翠縷收拾衣物明日回家，對寶玉來賠禮也不買賬，摔開寶玉的手，說話氣很大，然後「一徑至賈母裏間，忿忿的躺著去了」。這麼大氣，第二天就沒事了。

湘雲「瘋」之二，是敢言他人所不敢言，做他人所不敢做。

脂粉香娃割腥啖膻

「是真名士自風流」，為湘雲名言。從她的一些活動來看，曹雪芹確實是在有意識地寫出她的名

憨湘雲醉眠芍藥茵

士風流氣派。四十九回湘雲聽賈母說有鹿肉，留著晚上給他們吃，就和寶玉悄悄商議，趁新鮮弄一塊來自己弄了吃。大家以為她倆要吃生鹿肉，原來是燒烤。「湘雲一面吃，一面說道：『我吃這個方愛吃酒，吃了酒才有詩。若不是這鹿肉，今日斷不能作詩。』」見寶琴站著觀看，她笑道：「傻子，過來嘗嘗。」寶琴說：「怪髒的。」由於湘雲帶頭大吃大嚼，寶琴等先後加入啖鹿肉行列。林黛玉笑說：「那裏找這一群花子去！罷了，罷了，今日蘆雪庵遭劫，生生被雲丫頭作踐了。我為蘆雪庵一大哭！」湘雲立即猛烈反擊：「你知道什麼！『是真名士自風流』，你們都是假清高，最可厭的。我們這會子腥膻大吃大嚼，回來卻是錦心繡口。」不拘禮法，率真隨意，坦蕩豪放，性格極其鮮明可愛。

湘雲之「瘋」不但是說話直率，毫無顧忌，而且行事也格外活潑、隨便，喜歡做爽快的事，有男兒氣。六十二回「憨湘雲醉眠芍藥茵」一節，眾人給寶玉和平兒等過生日開懷飲酒時，先是拈了一個「射覆」，這是令中最難的。後來拈了一個「拇戰」，即划拳，湘雲高興地說：「這個簡斷爽利，合了我的脾氣。我不行這個射覆，沒的垂頭喪氣悶人，我只划拳去了。」其實以湘雲的才學，射覆豈能難倒她？只不過她不願玩這種有些拘束的遊戲罷了。結果由於還是玩射覆，香菱一時射不著，湘雲就悄悄告訴她。黛玉「揭發」湘雲和香菱射覆時「私相傳遞」作弊，說是要罰。「恨的湘雲拿筷子敲黛玉的手」。她覺得射覆還不過癮，「湘雲等不得，早和寶玉『三』『五』亂叫」，划起拳來。玩著玩著她又想出新點子來：「酒面要一句古文，一句舊詩，一句骨牌名，一句曲牌名，還要一句時憲書（曆書）上的話，共總湊成一句話。酒底要關人事的果菜名。」她限的酒底酒面格外複雜，顯示出湘雲的博學多才和貪玩天性。眾人都說：「唯有她的令也比人嘮叨，倒也有意思。」因為她主意多，話也多，所以受罰飲酒也多。結果「吃醉了圖涼快，在山子後頭一塊青板石凳上睡著了……四面芍藥花飛了一身，滿頭臉衣襟上皆是紅香散亂，手中的扇子在地上，也半被落花埋了，一群蜂蝶鬧穰穰的圍著他，又用鮫帕包了一包芍藥花瓣枕著……口內猶作睡語說酒令」。在大觀園的所有少女、少婦中，也只有湘雲才會躺在青石板凳上，而且睡著了，沒有絲毫貴族小姐的拘束忸怩，其豪爽隨意，令人驚歎。在這裏，曹雪芹不僅為我們刻畫了一個性格憨直可愛的少女，而且描繪了一幅嫵媚嬌美的畫圖，難怪幾乎所有的繡像本、插圖本《紅樓夢》都有「憨湘雲醉眠芍藥茵」之圖。

曹雪芹在寫史湘雲說話時往往同時寫她的動作，她的動作格外多。如果別人也有類似動作，那麼湘雲的動作必有新鮮之處，或者幅度更大，別具一股豪氣。因此湘雲雖然出場不多，但是畫面感特別強。六十三回「壽怡紅群芳開夜宴」，大家掣詩籤。寶釵說她先抓。「說著，將筒搖了一搖，伸手掣出一根」。接著芳官應邀唱一支曲子助興。小說寫道，「寶玉卻只管拿著那籤，口裏顛來倒去念『任是無情也動人』，聽了這曲子，眼看著芳官不語。湘雲忙一手奪了，擲與寶釵」。寶釵擲點後數到探春抽籤了，「伸手掣了一根出來」，原來是「日邊紅杏倚雲栽」，不好意思，將籤「擲在地上」。大家說她有王妃之福，一齊敬酒。探春不肯，結果湘雲帶頭，和「香菱、李紈三四個人強死強活灌了下去」。接著李紈「搖了一搖，掣出一根來一看」。至此我們可以看出，別人都是伸手抽籤而已。可是輪到湘雲，她「揎拳擄袖的伸手掣了一根」。曹雪芹沒有寫湘雲的表情，但當時湘雲捋起袖子，露出手臂，我們彷彿看到她那一副志在必得的架勢。

六十二回的畫面更妙。當時湘雲與寶琴划拳輸了，要按她方才說的什麼古文、舊詩、骨牌名、曲牌名、曆書話、果菜名等等請酒面酒底。寶琴說了個語帶雙關的「請君入甕」，意思是她自作自受。眾人不禁大笑，說「這個典用的當」。湘雲張嘴就說：「奔騰而砰湃，江間波浪兼天湧，須要鐵索纜孤舟，既遇著一江風，不宜出行。」這裏有歐陽修賦和杜甫詩句，一應俱全。眾人笑讚不絕，要聽她說酒底。小說接著寫道：「湘雲吃了酒，揀了一塊鴨肉呷口，忽見碗內有半個鴨頭，遂揀了出來吃腦子。眾人催他：『別只顧吃，到底快說了。』湘雲便用箸子舉著說：『這鴨頭不是那丫頭，頭上那討桂花油。』」湘雲本來就有點大舌頭，我們可以設想一下，她此刻正嚼著鴨肉，舉著夾著半個鴨頭的筷子現編現說的情形，是多麼富於喜劇效果。

湘雲之「瘋」也表現在她對抒寫詩詞愛好得像發瘋一樣上。四十九回寫到，「如今香菱正滿心滿意只想作詩，又不敢十分羅唣寶釵，可巧來了個史湘雲。那史湘雲又是極愛說話的，哪裏禁得起香菱又請教他談詩，越發高了興，沒晝沒夜高談闊論起來」。大家到了詩社社長李紈的稻香村，都興高采烈地在議論湘雲的穿戴，湘雲卻等不及了，說：「快商議作詩！我聽聽是誰的東家？」要論詩才、詩興，大觀園眾少女中只有湘雲可與黛玉匹敵。寶釵雖然也是詩賦高手，博學多才，但她視詩詞為小道，除參加集體活動外，從無單獨的創作行為。而黛玉將吟詩填詞作為施展才幹、宣洩感情的生命存在形式。這只有湘雲與她相似。湘雲將作詩當做生活的一大樂事，因此她在家聽說大觀園起了詩社，「急的了不的」。寶玉也覺得「這詩社裏若少了他還有什麼意思」。湘雲來後立即表示，只要「容我入社，掃地焚香我也情願」。本來只需作一首，她卻興烈才高，「等不得推敲刪改，一面只管和人說著話，心內早已和成，即用隨便的紙筆錄出」。別人都是一首，她卻一氣來了兩首，不但兩首俱佳，「眾人看一句，驚訝一句」，湘雲還主動要求受罰，讓她明日先做個東道，「先邀一社」，實際上是想再過一把詩癮。當晚她就在燈下與寶釵「計議如何設東擬題」（三十七回）。蘆雪庵聯詩，湘雲老是搶先，小說寫道：「湘雲哪裏肯讓人，且別人也不如她敏捷。」而且她聯句時還「揚眉挺身」，格外來勁，結果寶釵、寶琴、黛玉三人共戰湘雲，引得寶玉都看呆了，聯上的詩句水準也一般。「湘雲笑道：『你快下去！你不中用，倒耽擱了我。』」曹雪芹在敘述眾人聯詩時，只有湘雲用了八個「忙」字，一個「忙忙」，總計十個，而其他十

蘆雪庵爭聯即景詩

個人的「忙」總共才八個。因此惹得別人都笑她，她自己也說：「我也不是作詩，竟是搶命呢。」結果自然是「獨湘雲的多」。曹雪芹如此刻意突出湘雲在聯詩時的「搶命」式作風，不僅僅是顯示她對作詩的熱愛，更重要的是她想要表現一下自己的才幹，體現一下自我價值。這種意識和黛玉在元春省親時想要「壓倒眾人」是同一類心理，在當時具有極大的進步性。七十六回湘雲和黛玉凹晶館聯詩，可謂旗鼓相當，珠聯璧合。尤其是「寒塘度鶴影」一句，意境清新優美，將杜甫的詩句點化得自然而頗有新意，難怪黛玉聽了要「又叫好，又跺足」了。湘雲的生命因詩而更加充滿活力，她的個性因詩而別具光彩。

但和黛玉、寶釵、王熙鳳、襲人、平兒等形象相比較，史湘雲這個形象雖然十分鮮明可愛卻顯得略微有些單薄。這是因為她在小說的寶黛釵愛情線及以賈府為代表的家族沒落線這兩條主線上，和別人都沒有構成明顯的矛盾，她沒有明顯地介入作品的任何其他矛盾中去。三十二回規勸寶玉關注仕途經濟，被寶玉頂撞了幾句，本來似乎有那麼一點意思了，結果不了了之。這固然有助於表現湘雲的大度和單純，卻減少了人物性格的層次。有的紅學家認為，史湘雲原來的故事要比現在多。那麼現在她的戲分較少，我想很可能和小說的修改有關。從判詞與《紅樓夢曲》來看，「廝配得才貌仙郎，博得個地久天長，準折得幼年時坎坷形狀。終久是雲散高唐，水涸湘江……」暗示湘雲婚姻相當美滿，可惜婚後不久就夫妻離散，生活淒涼。究竟是什麼原因，由於曹雪芹的後三十回迷失，成了個疑案。從藝術形象的多層次與豐富性來說，後三十回的迷失對史湘雲的損失也許更大。

《紅樓夢》中多處寫到湘雲在家經濟的窘迫與委屈，她每次離開大觀園都依依不捨，總叮囑多將她接來。其實曹雪芹這樣寫，主要不是著眼於湘雲由於自幼失去父母寄居叔叔家經濟上的困境，而是在那裏她沒有知心朋友，可以一起談心、作詩，開懷大笑，隨意談論。也就是說，在那裏她人性上受到壓抑，她天性中開闊豪爽的情懷無法釋放，她的自我價值（尤其是在表現詩才上）無法展示。而只有在理想世界大觀園中，這個可愛的少女才能恢復她美麗動人的天性。從而表明，環境對於人的天性的保存、展示與發揮是多麼重要。我想，曹雪芹塑造史湘雲這個藝術形象的主要價值可能就在於此。

槁木死灰非李紈

《紅樓夢》第四回對李紈有一個簡單卻十分重要的介紹：「這李紈雖青春喪偶，居家處膏粱錦繡之中，竟如槁木死灰一般，一概無見無聞，唯知侍親養子，外則陪小姑等針黹誦讀而已。」因此讀者普遍將「槁木死灰一般，一概無見無聞」十二字作為解讀李紈形象的基調，即「冷」。但是如果不存先入之見，而是完全從小說的情節出發，那麼我們就不難發現，李紈似乎和「槁木死灰」相去甚遠。實際上她在大觀園中也還相當活躍，說話風趣，時開玩笑，絕不下於探春，比迎春、惜春強得多。

我們很容易忽視曹雪芹（他本人或通過其他人物之口）對人物的點評與人物在作品中的實際表現的矛盾。以為曹雪芹本人這樣介紹人物，那還有錯？錯自然不會錯。但是人的性格是發展的，在不同的時空條件下不是一成不變，而是會有不同表現。由於我們忽略了這個特點，有時就不免「上當受騙」。等到發現「原來如此」，而且感受到了許多新的審美趣味，才嘆服曹雪芹的天才。

李紈原來確實像曹雪芹說的那樣，這與她從小所受的教育和後來的經歷有關。「這李氏亦係金陵名宦之女，父名李守中，曾為國子監祭酒，族中男女無有不誦詩讀書者。至李守中承繼以來，便說

『女子無才便有德』，故生了李氏時，便不十分令其讀書，只不過將些《女四書》、《列女傳》、《賢媛集》等三四種書，使他認得幾個字，記得前朝這幾個賢女便罷了，卻只以紡績井臼為要，因取名為李紈，字宮裁。」這段文字中最容易被我們忽略的是，李紈的父親李守中身為國家最高學府首腦國子監祭酒，觀念卻比他的祖輩、父輩要落後。因為以前該族中的女子還可以和男子一樣「誦詩讀書」，但是到了李守中時卻來了個大倒退。李紈從小所受的教育，具有更加森嚴的封建禮教色彩。因此她喪夫之後「竟如槁木死灰一般，一概無見無聞」，也就十分自然了。其實小說中提到這幾句話時，李紈也就是二十五歲左右。

她的轉變在於進入大觀園之後。二十三回入園是她第一個轉捩點，因為從此她成了大觀園的「園長」，負責管教這些弟、妹。此前的二十二回中，她只被偶然提及，僅有個別地方說話，也極為簡短。因為在那種場合，往往總有長輩在，還可能不止一位。而進入大觀園之後，長輩們輕易不進來，她就成為最年長和地位最高者，說話的機會就多了。園子外面的主子進來較多的只有王熙鳳，那也要叫李紈「嫂子」。因此李紈地位的相對提升，引起了心情、個性的變化。而和年輕活潑的弟弟妹妹們在一起，她必定受到感染。於是變化就開始了。二十五回鳳姐以「吃茶」對黛玉開玩笑時，李紈「笑向寶釵道：『真正我們二嬸子的詼諧是好的。』」這話已經和前二十二回中偶爾應答的口氣不同，表示獨立判斷了。不過在稱呼王熙鳳時，還依著孩子叫「二嬸子」。到二十七回，就顯示出她性格中的活潑和直率開始復蘇了。當時小紅對鳳姐彙報「說奶奶」時，李紈在場。當鳳姐說起當年她是如何調理平兒時，李紈笑著打趣道：「都像你潑皮破落戶才好。」當鳳姐有點怪罪林之孝家的不聽她的吩咐好好為她挑兩個丫頭，卻將女兒送入怡紅院，李紈又說：「你可是又多心了。他進來在先，你說話在後，怎麼怨的他媽！」從稱呼王熙鳳「二嬸子」到「潑皮破落戶」，證明李紈搬進大觀園確實是枯（槁）木逢春，死灰復燃了。當然這有一個逐漸發展的過程，也有一定的限度，不過這種變化是帶有本質性的。

真正使李紈個性得到比較充分的表現，是從三十七回「秋爽齋偶結海棠社」開始的。這是李紈個性變化的第二個轉捩點。如果說第一個轉捩點遷入大觀園是人性開始復蘇，那麼這第二個階段就是人性的全面復蘇，她的行為已經由被動變為主動。

起詩社固然出自探春的建議，寶玉也大力支持，說：「可惜遲了，早該起個社的。」但是最積極的卻是李紈。按說結詩社之類的事，是違反賈政指示的，因為賈政在寶玉去家塾讀書時明確表示過唯讀《四書》就可以了；也不符合李紈管教弟妹的任務，她應該「帶著念書學規矩針線的」（四十五回）。但她一開始就大力支持此事。她應探春之邀，「進門笑道：『雅的緊！要起詩社，我自薦我掌壇。前兒春天我原有這個

秋爽齋偶結海棠社

意思的。我想了一想，我又不會作詩，瞎亂些什麼，因而也忘了，就沒有說得。既是三妹妹高興，我就幫你作興起來。』」接著黛玉建議，既然起了詩社，就把姐妹叔嫂這些稱呼改了才不俗。又是首先得到了李紈的支持：「極是，何不大家起個別號，彼此稱呼則雅。」並且立即自稱「稻香老農」。她不僅開了個好頭，而且積極為別人的雅號出謀劃策。薛寶釵的「蘅蕪君」就出自於李紈之口，而且說是「封他」，已經顯示出壇主、社長的「威風」和詼諧了。在眾人議論寶玉的號時，李紈不失風趣地補充說：「你還是你的舊號，『絳洞花主』就好。」當她發現大家都在為寶玉的號爭議取笑時，她提醒大家給迎春、惜春取個號，表現出她這個大嫂的細心關懷，不要冷落了這兩個妹妹。

值得我們特別注意的是，李紈不僅立即主動成為中心人物，十分積極，而且一開始就有意識地樹立自己的詩社社長權威。她提出，由於「序齒我大，你們都要依我的主意，管情說了大家合意」。並立即聲明，「立定了社，再定罰約。我那裏地方大，竟在我那裏作社」。不僅以法治社，而且提供場地，早就把長輩們的囑咐忘到九霄雲外去了。有意思的是，李紈說，「若是要推我作社長」，可見她方才「我自薦我掌壇」還沒有被大家認可，再次毛遂自薦，而且緊接著說，「我一個社長自然不夠」，提出由迎春、惜春二人出任副社長，給她倆分了工，又在必作與免作上作了規定。李紈大包大攬，簡直有點「獨裁」了，積極性之高超過任何人。以致發起成立詩社的探春「也不好強，只得依了」。探春感慨地說：「好好的我起了個主意，反叫你們三個管起我來了。」李紈主意之多、之大，實在驚人，第一社的時間和以詠白海棠為題也出於她的提議。總之十分活躍、主動。她對海棠詩的點評不但很有水準，而且在寶玉對黛玉之作被評為第二提出「還要斟酌」時，李紈立即聲明：「原是依我評論，不與你們相干，再有多說者必罰。」還規定今後每月初二、十六開社，「出題限韻都要依我」，風趣、「嚴厲」，充分使用社長權威，哪裏有「竟如槁木死灰一般，一概無見無聞」的樣子！李紈變化真大！

如果說在起詩社中李紈表現出來的是長嫂對弟妹們的熱心，那麼三十九回李紈對平兒所表現的則是姐妹般的親切關愛和熱情。李紈拉著她說「偏要你坐」，「拉著他身旁坐下，端了一杯酒送到他嘴邊」。平兒喝完馬上就要走。她說：「偏不許你去。顯見得只有鳳丫頭，就不聽我的話了。」對平兒一會兒是「拉著」，一會兒又是「攬著」，疼愛有加，而且敢於做主，叫嬤嬤們將裝了十個螃蟹的盒子先給鳳姐送去，「就說我留下平兒了」。李紈關於平兒是王熙鳳的一把「總鑰匙」的評論極其形象、準確，對鴛鴦、襲人的評價，也都是她主動發言，而且都很精當。這些地方都顯出李紈的不凡見識和伶俐口才。最重要的是，她已經完全恢復了常態，過上了正常少婦的生活。這時候她在心理上、行為上和別的少女少婦已經沒有什麼區別了。當然，如果要求李紈在愛情上有什麼表現，是不現實的。槁木發出新綠，死灰重新燃燒，這就很了不起了。這是大觀園的特殊環境和李紈地位改變的結果。

讀者在四十九回看到的則是李紈這位長嫂兼詩社社長處事的細緻和對弟妹們無微不至的關心。她見雪景極佳，又可為寶琴等接風，就決定在蘆雪庵開社作詩，擁爐賞雪。雅興之高，不下寶黛湘雲。聽說寶玉、湘雲要生吃鹿肉，李紈急忙將他倆找來道：「你們兩個要吃生的，我送你們到老太太那裏吃去。那怕吃一隻生鹿，撐病了不與我相干。這麼大雪，怪冷的，替我作禍呢。」她擬題限韻，多捐銀兩，關照寶玉、湘雲小心割手，別人忙於聯詩時她卻去為大家「看熱酒去」，長嫂慈愛熱心之情可掬。聯詩之後她的評點很有意思。除了寶玉外都是少女，李紈深知寶玉在姐妹們面前歷來作小伏低，好說話，絕不會生氣，所以就拿他當「犧牲品」。首次海棠詩李紈就評他「壓尾」，還問他「你服不服」，寶玉豈有不服之理！這次李紈說「寶玉又落了第了」，罰他去櫳翠庵取一支紅梅來。看來李紈很有領導水準，做事能夠做得大家高興，把大家的積極性都調動起來了，確實有賢嫂之風。值得注意的是，李紈當眾說：「可厭妙玉為人，我不理他。」如此直率，絕無一點「槁木死灰」的影子。

琉璃世界白雪紅梅

四十五回李紈和王熙鳳的一段對話，最能反映出她的活潑個性和流利口才。枯木逢春之後已經綠葉滿樹了。當時探春等將鳳姐請來，要她出任詩社的「監社御史」。鳳姐一聽就明白，這是陰謀詭計，「想出這個法子來拗了我去，好和我要錢」。李紈笑說她是個「水晶心肝玻璃人」。鳳姐就對她開玩笑，說她不好好帶著弟妹們「念書學規矩針線」，弄什麼詩社，她又不是沒錢。然後當眾給她算了一大筆賬，說李紈很有錢，還「調唆他們來鬧我（要錢）」。王熙鳳果然能說會道，腦子好，賬算得精，一席話非常生動。李紈也毫不遜色，立即猛烈反擊，笑道：「你們聽聽，我說了一句，他就瘋了，說了兩車無賴泥腿市俗專會打細算盤分斤撥兩的話出來。這東西虧他托生在詩書大宦名門之家做小姐……若是生在貧寒小戶人家，作個小子，還不知怎麼下作貧嘴惡舌呢！天下人都被你算計了去！」接著她又為那日鳳姐吃醋打平兒的事大打抱不平，說鳳姐「那黃湯難道灌喪了狗肚子裏去了」。這還不夠，又說：「你今兒又招我來了。給平兒拾鞋也不要，你們兩個只該換一個過子才是。」這最後一句話是說，你倆主子奴才應當對調，多厲害！這一大通精采出氣的話，將包括鳳姐在內的眾人全都逗樂了。鳳姐立即表示要當眾向平兒賠不是。「李紈笑問平兒道：『如何？我說必定要給你爭氣才罷。』」平兒表示「禁不起」，李紈道：「什麼禁不起，有我呢。」李紈的仗義執言，能說會道，話語的市俗、痛快，探春也不及，黛玉、寶釵就更不行了。在前八十回中王熙鳳挨「罵」最厲害、最長的就是這次，而且王熙鳳都服了。能哉，李紈！

由於鳳姐有病，李紈和探春、寶釵奉王夫人之命管理大觀園，在顯示李紈「厚道多恩無罰」的同時，也表現出她負責任的工作態度和對探春的改革計畫的全力支持。用現在的話來說，李紈是「第一把手」，探春是副手，執行總監，所以李紈的支持至關重要。在探春提出「承包制」時，李紈說：「好主意……省錢事小，第一有人打掃，專司其職，又許他們去賣錢。使之以權，動之以利，再無不盡職的。」一席話，簡明扼要，幾個要點都概括進去了，表明李紈很有頭腦，思路清晰，說得很有水準。

六十三回「壽怡紅群芳開夜宴」，李紈活潑、開朗的少婦天性終於得到了充分的釋放。黛玉開玩笑地對當時正掌管大觀園管理大權的李紈、寶釵、探春道：「你們日日說人夜聚飲博，今兒我們自己也如此，以後怎麼說人。」李紈卻笑道：「這有何妨。一年之中不過生日節間如此，並無夜夜如此，這倒也不怕。」當探春掣的詩籤上寫著「日邊紅杏倚雲栽」，眾人說「我們家已有了個王妃，難道你也是王妃不成。大喜，大喜。」說著大家給探春敬酒，「探春哪裏肯飲，卻被史湘雲、香菱、李紈等三四個人強死強活灌了下去」。李紈當時開心、活躍到了什麼程度，這「強死強活灌」五個字已經為讀者提供了充分的想像空間。正因為李紈也參加了「灌」，而且還是「強死強活灌」，所以當襲人掣籤後要與眾人同飲時，黛玉對探春開玩笑說「命中該著招貴婿的」快喝，探春才會說，「大嫂子順手給她一下子」。李紈笑道：「人家不得貴婿反挨打，我也不忍的。」足見她的隨便和風趣。這時候的李紈在心理、行為上已經和眾姐妹沒有兩樣了。

我們現在回到第五回李紈判詞和《紅樓夢曲・晚韶華》：「桃李春風結子完，到頭誰似一盆蘭。如冰水好空相妒，枉與他人作笑談。」「鏡裏恩情，更那堪夢裏功名！那美韶華去之何迅！再休提繡帳鴛衾。只這戴珠冠，披鳳襖，也抵不了無常性命。雖說是，人生莫受老來貧，也須要陰騭積兒孫。氣

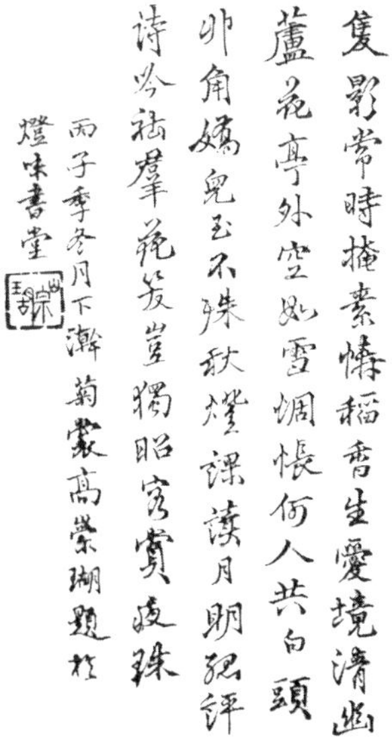

清人為李紈題詩

昂昂頭戴簪纓，光燦燦胸懸金印，威赫赫爵祿高登，昏慘慘黃泉路近。問古來將相可還存？也只是虛名兒與後人欽敬。」很明顯，判詞和《紅樓夢曲》對李紈的設計和我們如今在小說中看到的李紈形象有很大出入。

我認為，在曹雪芹原來的構思中，李紈就是一直「槁木死灰」，等到兒子高中，自己鳳冠霞帔成為誥命夫人，不久就死了。但是曹雪芹在小說創作過程中有了重要改變，李紈形象的思想藝術內涵大大豐富了。這種情形在規模巨集大人物眾多的長篇小說創作中很容易發生。造成對李紈形象的誤解的另外兩個原因：一是「槁木死灰一般，一概無見無聞」十二字出現在小說開始時的第四回，而非後來。在黛玉、寶釵進府以前和進府以後這段時間，尤其是眾姐妹和寶玉沒有進大觀園之前，李紈確實就是這樣。在寶玉和眾姐妹遷入大觀園之後，李紈生活環境發生變化，又受到弟妹們的影響，恢復了人性中的許多品格，於是才出現了許多不符「槁木死灰」的情形。二是真真假假、虛虛實實、似非而是、似是而非是曹雪芹在《紅樓夢》中慣用的寫作方法，讓讀者在閱讀中慢慢不斷有所發現，增加閱讀趣味。我懷疑曹雪芹之所以保留判詞和《紅樓夢曲》，不加修改，就是要取得這種效果。十二回跋足道人叮囑賈瑞「千萬不可照正面」處，有一條脂批：「觀者記之，不要看這書正面，方是會看。」無論是曹雪芹還是書中人物對他人的評論，都不可盡信。某個人物的形象究竟如何，歸根結底還是要從人物在作品中的全部表現來判斷。

李紈之父李守中按說起碼應該維持家族長久以來對子女讀書方面的慣例，但是他卻大大倒退。而意味深長的是，他是全國唯一的國立大學校長，是朝廷培養官員的搖籃國子監祭酒。因此他的態度的轉變意味著朝廷態度的變化。從而從一個家庭的角度也證明了那個所謂「盛世」，實際上就是以嚴酷的文字獄為代表的思想鉗制更加嚴厲的「末世」。

李紈之所以住入大觀園，其使命是管束這些弟弟妹妹，是要將他們納入封建禮教的軌道，用封建禮教規範他們任何一點越軌言行。結果恰恰相反，被「改造」的不是那些弟妹，而是李紈自己。這是李守中、賈政們絕對想不到的。李紈也是一個有才而無命補天者。曹雪芹顯然想要表達，人性的損害是可以在一個好的環境中修復的。枯木只要逢春就能夠再發綠枝，死灰只要不再潑水就可以復燃烈火。曹雪芹顯然是強調改變現實環境的重要，實際上也就是否定這個「末世」。

反庶期男賈探春

探春在與李紈、寶釵一起暫管大觀園中雖然顯示出非凡的能力，但是總體說來，留給許多讀者的印象都不是很好，總覺得她太勢利，甚至連親舅舅都不認，幾乎也不想認親娘了。但是探春的結局在金陵十二釵中卻是最好的：黛玉淚盡而亡；寶釵得到的是一個沒有愛情的婚姻，寶玉出家後獨守空房；元春不能獨得一個男子的全部之愛而且早夭；湘雲早寡；妙玉結局悲慘；迎春婚後僅一年便被丈夫迫害致死；惜春出家；鳳姐被休；巧姐被賣，得救後淪為農婦；李紈守寡多年，好不容易熬到兒子出息了，不久便死去；秦可卿自盡。探春雖然遠嫁，不能經常與父母兄弟姐妹相見，畢竟躲過了賈府抄沒之禍，有一個相對較好的歸宿。這個安排不會是偶然的。探春是賈府四位小姐中曹雪芹最用力刻畫的。在她身上，曹雪芹注入了自己的某些理念，從而使探春成為《紅樓夢》眾多藝術形象中塑造得最成功者之一。強烈的反庶心理和期男意識的生動表現，使探春成為中國古代文學中的一個十分獨特的藝術典型。

中國封建宗法社會講究嫡庶之別。因為宗法制度的基本原則是，按照血緣關係將弟兄分為嫡長子

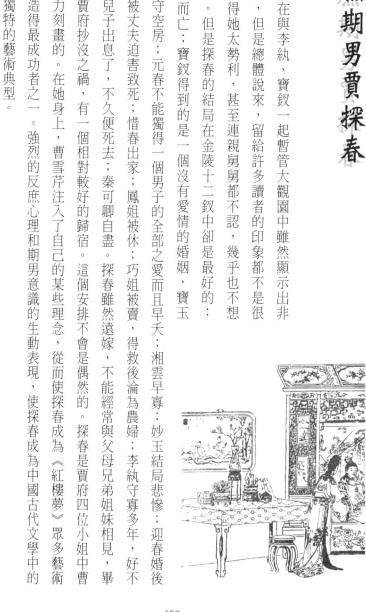

的繼承制和餘子的分封制。嫡庶界限對女性更加明顯。五十五回鳳姐對平兒道：「雖然庶出一樣，女兒卻比不得男人，將來攀親時，如今有一種輕狂人，先要打聽姑娘是正出庶出，多有為庶出不要的。」因此庶出往往成為一些女孩子的嚴重心病，而探春在這個問題上特別突出，從而構成了她和其他藝術形象的首要區別。

曹雪芹處處突出探春自己竭力迴避、淡化這個嫡庶之別，以及一旦涉及庶出時的強烈反應。但庶出畢竟是不可改變的事實，而她的母親趙姨娘恰恰最不理解探春的心思，錙銖必較，總認為她沒有給自己這個親媽和親弟弟賈環好處，胳膊肘往外拐，因此不時揭開這個庶出的傷疤，從而使探春非常氣憤。因此探春的主要矛盾對立面竟然是她的母親。這種奇特的人物關係使得探春的勢利與反庶心理、期男意識巧妙地結合在一起。二十七回寶玉提起有一次探春給他做了一雙鞋，趙姨娘知道後就怪她沒給親弟弟賈環做。這話傳到探春耳朵裏，她氣得「登時沉下臉來，道：『這話糊塗到什麼田地！怎麼我該是做鞋的人麼？環兒難道沒有分例的，沒有人的？一般的衣裳是衣裳，鞋襪是鞋襪，丫頭老婆一屋子，怎麼抱怨這些話！給誰聽呢！我不過是閒著沒事兒，作一雙半雙，愛給那個哥哥兄弟，隨我的心。誰敢管我不成！這也是白氣。』」探春這段話的要害在於「我該是做鞋的人麼」和「誰敢管我不成」兩句，這是她要強調自己的主子身分，不是該做鞋的奴才。潛臺詞是，作為半個主子的母親趙姨娘是沒有資格來管她的。因此探春勢利是現象，其實質是嚴格的封建等級制度與觀念已經深深地在探春心中紮根，毒害之深，很少有其他「釵」能與之相比。「主子——半個主子——奴才」的界限，在她心目中極其分明。這個主子身分，曹雪芹在五十五回「辱親女愚妾爭閒氣，欺幼主刁奴蓄險心」中有一段描寫，將探春的這種心理生動地外化了：「因探春才哭了，便有三四個小丫鬟捧了沐盆、巾帕、靶鏡等物來。此時探春因盤膝坐在矮板榻上，那捧盆的丫鬟走至跟前，便雙膝跪下，高捧沐盆；那兩個小丫鬟，也都在旁屈膝捧著巾帕並靶鏡脂粉之飾。平兒見侍書（探春的首席大丫鬟）不在，便忙上來與探春挽袖卸鐲，又接過一條大手巾來，將探春面前衣襟掩了。探春方伸手向面盆中盥沐。」人人都要盥洗，《紅樓夢》中也不止一處寫到，但是精細如此，如果我沒有記錯的話，這裏堪稱第一。探春顯示了什麼呢？不僅僅是主子架子，更重要的是主子心理的滿足，尤其是坦然接受平兒的伺候。也就是這位探春才會如此心安理得，換了任何一位小姐，都不會等平兒下手才洗。平兒可是鳳姐的重要助手，是賈璉的通房大丫鬟。但是探春要的就是這個氣派。

這樣，我們就不難理解，為什麼二十七回為了做鞋的事，探春會聲明：「我只管認得老爺、太太兩個人，別人我一概不管……什麼偏的庶的，我也不知道。」其實探春豈是不知，正因為清清楚楚地知道其中的利害，所以，總是千方百計抹平這個界限，突出自己心中只有賈政和王夫人。「我只管認

辱親女愚妾爭閒氣

得」、「別人我一概不管」這幾個字，足見她是多麼忌諱這個庶出，以致顯得實在是太勢利了。五十五回她和李紈、寶釵管理大觀園時，適逢其舅趙國基死，管事的來回發放喪葬費事宜，探春依例辦事。趙姨娘覺得探春對自己的親舅舅連襲人之母都不如，當眾責備她「忘了根本，只揀高枝兒飛」。「探春沒聽完，已氣的臉白氣噎，抽抽噎噎的一面哭，一面問道：『誰是我舅舅？我舅舅（按，指王夫人之弟王子騰）年下才升了九省檢點，哪裏又跑出一個舅舅來？……何苦來，誰不知道我是姨娘養的，必要過兩三個月尋出由頭來，徹底來翻騰一陣，生怕人不知道，故意的表白表白，也不知誰給誰沒臉？幸虧我還明白，但凡糊塗不知理的，早急了。」探春公事公辦，不徇私枉「制」，雖然不錯，在這個問題上的反應之激烈，話說得如此絕情，表現得勢利和不近情理。

　　但是如果以為探春只認得父親賈政和太太王夫人，於是就巴結，在他們和賈母等長輩面前就小心謹慎，事事討好，那就錯了。曹雪芹自然不會如此簡單化來處理。探春這個形象經得起琢磨，原因之一就是她在關鍵時刻表現得有膽識，有水準。四十六回當鴛鴦當眾以利剪鉸髮誓死不做賈赦之妾，氣得賈母「渾身亂戰」，嚴厲責備王夫人，「你們原來都是哄我的，外頭孝敬，暗地裏盤算我」，想把鴛鴦弄走，「好擺弄我」。「王夫人忙站起來，不敢還一言」。薛姨媽不便勸，李紈則趕緊將女孩子們都帶出屋子去。這時探春見「王夫人雖有委屈，如何敢辯」，薛姨媽「不好辯」，寶釵「不便辯」，李紈、鳳姐、寶玉「一概不敢辯」，迎春老實惜春小，更不必說了。於是她進來直截了當地對賈母說：「這事與太太什麼相干？老太太想一想，也有大伯子要收屋裏的人，小嬸子如何知道？便知道，也推不知道。」連鳳姐這麼會說話的，此刻都不敢言，而探春幾句話就把賈母說得眉開眼笑，自認「老糊塗了」，「委屈」了王夫人，要寶玉替她向王夫人賠不是。探春明辨是非，分寸拿捏得準，確有不同凡響之處。

金陵十二釵中探春的判詞具有特別重要的意義。其他諸釵在各自的《紅樓夢曲》中都對判詞作了重要補充，加進不少新內容。唯獨探春的性格、才華、命運全都包括在判詞之中了：「才自精明志自高，生於末世運偏消。清明涕送江邊望，千里東風一夢遙。」曹雪芹對探春形象的設計基調是才精志高，顯然也是個被末世耽誤了的有才而無命補天的少女。探春的志高在眾少女中十分突出，倒有些和王熙鳳相似。強烈的期男意識是探春的一個重要特徵，也是曹雪芹讚她「志自高」之「志」所在。在大觀園的眾多少女中，探春是罕見的有抱負者。她說：「我但凡是個男人，可以出得去，我必早走了。立一番事業，那時自有我一番道理。偏我是女孩兒家，一句多話也沒有我亂說的。」（五十五回）但是她仍然心有不甘。論詩才她遠不及黛玉、寶釵、湘雲、寶玉，之所以發起組織詩社，主要是為了滿足期男心理：「孰謂蓮社之雄才，獨許鬚眉；直以東山之雅會，讓余脂粉。」（三十七回）頗有點子「誰說女子不如男」的氣概。在封建社會中，女性有這種意識，不甘心永遠生活在男子的陰影下，在當時是一種超前意識，具有相當大的進步性。即使在二十一世紀的當今，有些女性也還未必有這個氣魄。探春在信箋開頭和信中，三次用到「娣」字，值得注意。「娣」義雖與「妹」同，但卻也略有區別，強調的是「女弟」，隱約中流露出期男意識來。

曹雪芹在判詞中說探春「才自精明」，主要不是指詩才文才，而是管理能力，這在她和李紈、寶釵三駕馬車治理大觀園期間得到了充分的表現。而這種精明的奇「才」，一方面固然顯示出探春的不凡見識與才幹，另一方面它也正是其高遠之「志」的生動表現。探春指出有些開支「重重疊疊」，「錢費兩起，東西又白丟一半」（五十六回），決心革除積弊。曹雪芹說探春「精明」，因為她是個「有心的人」（四十六回）。其中的一個往往不為人們注意的細節是，榮國府總管賴大的兒子得官，賴嬤嬤來請賈府主子們去賴家花園喝酒聽戲。探春注意到賴家的花園還不到大觀園一半大，「因和他家女兒說閒話兒」，得知賴家的花園「有人包了去」，除去吃的魚蝦等外，「年終足有二百兩銀子剩」。從而啟發了她在管理大觀園中進行改革，足見她的細心觀察、善於思考和能力的不凡。

探春關於大觀園中兩件事和四則改革意見的核心是以實行承包制來開源節流。二十世紀七〇年代的那次評紅運動中，有些人嘲諷探春在大觀園中「搞改良主義」。那個年代，中國政治家和經濟學家，除了極少數幾個人敢於提出類似承包制的思想外，都在苦苦探索如何使中國經濟走出困境。而在十八世紀中期，曹雪芹已經通過探春之口，將承包制的思想提了出來，這即使在當時的歐洲也是很先進的。在探春的那

敏探春興利除宿弊

些話中，我們很容易聯想到二十世紀七〇年代末以後流行起來的「聯產承包責任制」、「定人定崗」、「除了上繳的，都是自己的」，「富了國家集體，也富了自己」、「雙贏」等等的影子。探春果然有所「探」索！此名不虛。

通過作品中的人物對其他人物的議論，是曹雪芹塑造藝術形象的一個常用的手法。它既可以節省筆墨，又使這種評論帶有個性化色彩，比直接由作者出面說話容易令人接受。當然，讀者也需要注意，這種某個人物對另一個人物的評論，由於受到話語主體身分的局限——認識、利害等——有時往往帶有自身文化素養與觀察角度的局限，未必完整和正確。比如六十五回興兒對外來的林黛玉和薛寶釵的點評就限於沒有接觸機會，連名字都拿不準叫什麼。不過他對探春的評論卻說到點子上：「三姑娘的諢名是『玫瑰花』，……又紅又香，無人不愛的，只是刺戳手。也是一位神道，可惜不是太太養的，『老鴰窩裏出鳳凰』。」這就把探春的漂亮、能幹、厲害和庶出都準確地概括出來了，而且有下層社會人物語言的特點。小說中王熙鳳對各色人等的評論基本上都正確，而且絕大多數都相當精采。王熙鳳是個極有眼力的人，在聽平兒說探春如何處理那些婆子媳婦來請示的事後，連聲讚歎道：「好，好，好，好個三姑娘！我說她不錯……將來不知哪個沒造化的挑庶正誤了事呢，也不知哪個有造化的不挑庶正的得了去！」王熙鳳這話可謂知人之論，也顯示出她觀念上確有比一般人先進之處，她重能力不重出身。我們有些人至今只看重這「士」那「士」，對至關重要的能不能「幹事」倒忽視了，一些人也熱衷於拿這「士」那「士」，不在提高自己的能力上下苦功，鳳姐之論實在值得深思。

抄檢大觀園時探春的出色表現，是曹雪芹在塑造這個藝術形象中最濃墨重彩的一筆。探春「命眾丫鬟秉燭開門而待」於先，將箱櫃奩盒包袱等「若大若小之物一齊打開」於後；既而縱論「可知這樣大族人家，若從外頭殺來，一時是殺不死的，這是古人曾說的『百足之蟲，死而不僵』，必須先從家裏自殺自滅起來，才能一敗塗地」；最後飛起一掌，扇得「狗仗人勢」的王善保家的臉面丟盡而結束。好一個探春，講得深刻，打得漂亮！膽識非凡，果真不負曹雪芹「才自精明志自高」的超群讚語。「大族滅亡」首先在於自身的腐敗，外部原因是第二位的，多麼符合「內因是變化的根據，外因是變化的條件」的哲學名言！除了個別例外，如賈雨村對冷子興大談正邪二氣，黛玉、寶釵偶爾說話有點理論色彩，整個《紅樓夢》有思想沒有理論。曹雪芹的許多超前意識和充滿睿智的思想，都是通過人物活動以符合人物身分修養的個性化語言表現出來的，其深刻性絕不下於任何理論，而由於其通俗生動，更容易為讀者接受。

當然，我們也不能忽略，探春之所以敢於毫不猶豫地飛掌扇邢夫人的陪房王善保家的，也是出於這個婆子背景再硬，畢竟也還是奴才，而自己是主子！這個奴才竟敢公然冒犯她這個主子的尊嚴，這是她最不能容忍的。

妙不可言言妙玉

在曹雪芹筆下，幾乎人人都有不同程度的玉石兩重性的特點，而妙玉藝術形象的矛盾複合體現象之突出，超過任何人。妙玉的戲很少，主要就是四十一回「櫳翠庵茶品梅花雪」那半回，其餘都是一帶而過，直到七十六回「凹晶館聯詩悲寂寞」有不到四分之一回。但是妙玉給大家留下了非常深刻的印象，大大超過迎春與惜春，形象比李紈和尤氏還鮮明。曹雪芹如何用極少的筆墨就將一個人物寫得令人難以忘懷，很值得我們學習。他為什麼要在這人間天堂般的大觀園中安排這樣一個少女，他想表現什麼，實在值得我們深入思考。妙玉身上的矛盾太突出，而且太多了：

她出身仕宦之家卻不為權勢所容。為什麼？

她出家為尼卻帶髮修行。為什麼？

她身為尼姑卻非常有錢。為什麼？

她久入空門卻不能免俗。為什麼？

她是方外之人，按說脾氣應該很好。為什麼很多人都不喜歡她？

在大觀園的所有住戶中，妙玉是其中最特殊的一位。因為除她之外，餘者都是賈府的少爺、小姐、外孫女（林黛玉）或是少奶奶，最遠的薛寶釵也是榮國府二老爺賈政的內侄女。只有妙玉與賈府毫無瓜葛。

人們在分析妙玉這個藝術形象時往往較多地關注她在園子裏的表現，忽略了對她入園前的那些至關重要的介紹。其實正確解讀妙玉形象的鑰匙正是這幾句文字：

妙玉出身讀書仕宦之家，由於「自小多病，買了許多替身兒皆不中用」，直到「親自入了空門，方才好了，所以帶髮修行，今年才十八歲」（十七至十八回）。因此她是被迫出家的。這不僅是她雖入空門卻始終不落髮的原因，也是她怪脾氣的根由。因此妙玉實際上不是一個真正完整意義上的尼姑，她始終沒有將自己的心完全交給佛門。

妙玉去年來京前父母均已亡故，而去年冬天師父圓寂前有遺言，說她「衣食起居不宜回鄉」。六十三回邢岫煙說過去曾和她做過十年鄰居，租的就是妙玉修行的蟠香寺的房子，所認的字都是她傳授的。由此可見，妙玉被迫出家時還不到十歲。妙玉之所以「不宜回鄉」，據邢岫煙說是由於「不合時宜，權勢不容」。所以清高，不同流俗，不趨權勢。大觀園剛剛建造完畢，採訪聘買得十個小尼姑、小道姑，林之孝家的請她時，她說：「侯門公府，必以貴勢壓人，我再不去的。」是王夫人命人下了帖子備車轎去請，她這才來的。她的仕宦家庭出身和被迫出家，是帶髮而不是落髮修行，以及兩個「不宜」所反映的個性，這三個方面是我們解讀妙玉藝術形象的三把鑰匙。

我們要從妙玉的心理創傷的角度去看待她的脾氣。她之所以怪僻如此，是三個因素造成的：一是從小多病且嬌生慣養，二是被迫出家，三是不能還鄉。

正因為她自己出身於官宦之家，家中非常有錢，因此很可能嬌縱任性，又兼自幼多病，脾氣就比較大。她又格外有才，所以一般人就不入她的眼目。

一般說女子「才貌雙全」，表示條件優越。而妙玉則是「才財貌三全」：她除了容貌美麗，才華橫溢，還廣有錢財。這從「櫳翠庵茶品梅花雪」中她拿出來招待賈母等一大批客人的茶具就足以看出。這些連賈府也未必拿得出來的希世珍品絕不會是她的師傅傳給她的，而是她家中原有之物，父母雙亡後她帶來的。

為什麼妙玉「不宜」回故鄉蘇州去？她究竟因為什麼原因為「權勢不容」？事情發生在什麼時候？這個問題看來需要做一點小小的考證。

人們各有自己的個性，大觀園的住戶們自然也不會例外。不過妙玉的個性，用北京話來說就是有些「個色」，太特別而且不大討人喜歡。在金陵十二釵中，妙玉也是唯一和賈府沒有血緣關係的人。但是在判詞和《紅樓夢曲》顯示的十二釵的位置上，她卻相當靠前，在黛玉、寶釵、元春、探春、湘

凹晶館聯詩悲寂寞

雲之後居第六位，正好在中間，甚至在王熙鳳和李紈之前。由此可見曹雪芹對這個人物的重視和喜愛。在《紅樓夢曲．世難容》中，曹雪芹對妙玉的評價很高：「氣質美如蘭，才華馥比仙。」如果孤立地看這兩句，只有黛玉堪與媲美。妙玉的氣質和才華確實非凡。從她落款為連寶玉都不知所云的「檻外人」（六十三回），到為凹晶館黛玉、湘雲聯詩的點評及續詩（七十六回），文才的確很好。

正像妙玉所處的位置居中一樣，她在判詞和《紅樓夢曲》中也是十二釵中受到作者批評的第一人：「欲潔何曾潔，云空未必空。」「天生成孤僻人皆罕……卻不知太高人愈妒，過潔世同嫌。」高、潔本為品性之大美，問題在於妙玉之「太」和「過」。這是因為妙玉雖「欲潔」實際上卻「何（不）曾潔」，雖「云空」實際上卻「未必空」，沒有真的將世界看破看「空」。這種充滿矛盾的現象構成了妙玉形象的基本特點，歸根結底是妙玉的被迫出家和被迫不能還鄉這兩個被迫的特殊經歷造成的。前者是身體原因，後者則是社會環境不容，想必當地有很大權勢者使她不能回鄉。她之所以說「侯門公府，必以貴勢壓人，我再不去的」，若無切身感受，不會說得如此決絕。

佛教將人的眼、耳、鼻、舌、身、意稱為六根，意思是對色、聲等外界刺激能夠產生感覺。佛教認為出家人對物欲、色欲等應當沒有任何興趣，這就是所謂做到六根清淨。但是妙玉雖然遁入空門修煉多年，仍然是六根未淨。她自稱「檻外人」，據邢岫煙說有時也自稱「畸人」，都是以超脫塵世俗務禮儀者自許。其實細察妙玉為人，她也並不是真的徹底超凡脫俗，反倒在某些場合透露出一些帶有個性色彩的世俗之情來。出家人雖然喜靜，卻通常是十分隨和的。但是妙玉性格孤僻，極不合群，簡直出了名。「黛玉知他天性怪僻，不好多話，亦不好多坐，吃完茶，便約著寶釵走了出來」（四十一回）。寶玉說：「他為人孤僻，不合時宜，萬人不入他目。」（六十三回）而妙玉可能多年前就已是這種性格，「他這脾氣竟不能改，竟是生成這等放誕詭僻了」（邢岫煙語）。可見妙玉的「太高」和「過潔」到了什麼程度。最能表現妙玉「過潔」和「太高」以及實際上並不「空」的，莫過於四十一回「櫳翠庵茶品梅花雪」那節。當時賈母為首的大隊人馬來到櫳翠庵，連一向隨意慣了的賈寶玉都要「留神看他是怎麼行事」。「只見妙玉親自捧了一個海棠花式雕漆填金雲龍獻壽的小茶盤，裏面放著一個成窯五彩小蓋鐘，捧與賈母」。茶具之珍貴，兩個「捧」字透出的殷勤，妙玉的確已經不那麼「空」了。而賈母吃了半盞便讓劉姥姥嘗嘗，結果妙玉就因嫌髒不要那只極其珍貴的成窯五彩小蓋鐘。當寶玉建議她將杯子賞給貧窮的劉姥姥，「他賣了也可以度日」，妙玉說：「幸而那杯子是我沒吃過的，若我使過，我就砸碎了也不能給他。」這種看似頗「潔」的行為，反映了她內心深處對窮人的鄙視與厭惡，實為精神領域中的大不潔，也不符合「世法平等」的佛訓。當寶玉「抗議」給他喝茶的杯子太平常是「俗器」時，她對寶玉道：「這是俗器？不是我說狂話，只怕你家裏未必找的出這麼一個俗器來

賈寶玉品茶櫳翠庵

呢。」當黛玉問她是否也是舊年的雨水時，妙玉竟對這位小姐道：「你這麼個人，竟是大俗人，連水也嘗不出來……」這兩次說話的口氣都相當厲害，全無出家人的謙和，連普通人的禮儀都欠缺，只有在非常熟悉的朋友之間才能如此隨便。可見妙玉之「空」確實很成問題。當然最能反映妙玉不「空」的是，她竟「將前番自己常日吃茶的那只綠玉斗來斟與寶玉」。一個年輕尼姑不經意地將自己平日用的茶杯給一個年輕男子用，反映了妙玉潛意識中的人性火苗始終沒有熄滅，表現出妙玉多年來在封建禮教（「天理」）和佛門戒律雙重壓力之下，人性中追求情感的欲望並沒有完全被摧毀。它顯示出人性的偉大力量與不可戰勝，是曹雪芹對「存天理，滅人欲」的嘲諷。這些地方正是《紅樓夢》在思想意義上遠遠超過同時代作品之處。因此妙玉的判詞「云空未必空」不能簡單地看作只是批評。至於妙玉還對寶玉正色道：「你這遭吃的茶是托他兩個福，獨你來了，我是不給你吃的。」正是她意識到上述行為的出格而作為掩飾、彌補的托辭罷了。這種心理描寫的細膩是很值得注意的。

活冤孽妙尼遭大劫

一個與世無爭的尼姑，不論多麼清高，又不會侵犯「權勢」的利益，怎麼會弄到「不合時宜，權勢不容」以致「不宜回鄉」的地步呢?她之所以不能回鄉，看來主要問題出在她「模樣兒又極好」

上，也可能由於她脾氣大，當地權貴來蟠香寺進香或者要請她們師徒去家中做法事，她得罪了這些人。從她出家以後未見異常來看，她不為權勢所容顯然是在她隨師父來京前不久，而且一開始可能她自己並不清楚此事，因為師父去世後她本來是準備扶靈回鄉的，說明她並不了解問題的嚴重性。說不定當初師父帶她來京實際上是避禍，而不是為了什麼經文。

妙玉既然拿得出那麼多的希世珍品來招待客人，有的茶具，她說，連賈府也未必有。那麼她家肯定是富甲一方，又是官宦之家，在蘇州也應當有些地位與勢力。這樣家庭的小姐居然也不為權勢所容，可見當時這個世道已經黑暗到了何等地步。

正因為她是被迫出家的，一直帶髮修行而不落髮，那麼這數以千計的滿頭青絲之「髮」就具有了明顯的象徵意義，表明她六根不淨，甚至很不淨。這也是判詞說她不「潔」的重要原因。這位身為尼姑的妙齡少女內心深處其實依然存留著對愛情的渴望。妙玉給寶玉生日送賀帖，給黛玉、湘雲續詩時說，不能「失了咱們的閨閣面目」，詩中透露的某些情緒和使用的與愛情、婚姻相關的詞語，「簫增嫠婦泣，衾倩侍兒溫。空帳懸文鳳，閑屏掩彩鴛」以及「芳情只自遣」等，都表現出她潛意識中對世俗生活的嚮往和對愛情的渴求，明顯有悖於出家人的戒律。

其實我們不能將妙玉看作完整意義上的尼姑，因為妙玉並沒有將自己當作真正的出家人，否則她不會依舊帶著兩個老嬤嬤和一個小丫鬟在庵裏。她是一位身穿法衣手拿拂塵將櫳翠庵當作「閨閣」的大家閨秀。

位極人女賈元春

元春這個藝術形象最令人感興趣的是，她是為什麼死的？她的死與賈府敗落有多大關係？她死在京師還是外地？

元春的判詞是：「二十年來辨是非，榴花開處照宮闈。三春爭及初春景，虎兕相逢大夢歸。」《紅樓夢曲．恨無常》：「喜榮華正好，恨無常又到。眼睜睜，把萬事全拋。蕩悠悠，芳魂消耗。望家鄉，路遠山高。故向爹娘夢裏相尋告：兒命已入黃泉，天倫啊，須要退步抽身早！」

有幾個問題是紅學家、紅學愛好者爭議較多的：

一是「二十年來」的那個「二十年」究竟指什麼，是指元春入宮時的年齡？現在的年齡？入宮至今的時間？還是有所影射？

有幾個座標有助於我們確定這個問題。

第二回「冷子興演說榮國府」，說到當時寶玉七八歲，而元春「現因賢孝才德，選入宮中作女史去了」。這個「現」應當是不久前的事，時間不會超過一年，否則就會說「去年」或某年。因此，這時元春應在十五六歲左右，太小了她不可能參加秀女的選拔。這從第四回寶釵進京為了「備選為公主郡主入學陪侍，充為才人贊善之職」可以看出。次年寶釵及笄，那個生日特別，引起了不少誤會。若是元春二十歲才入宮，在當時這樣的「晚婚」不大可能。因為元春非常美麗，才華洋溢，出身貴族之家。這樣的女孩，往往不到及笄之年就被人看中，來論婚嫁。因此不可能到二十歲還待字閨中。所以元春二十歲入宮說難以成立。

如果說，是指元春入宮已經二十年了，所以深知宮廷鬥爭之複雜。此說更加難以圓到。如果元春入宮已經二十年，那麼元春省親時就應當三十五六歲了。三十三回賈政毒打寶玉，王夫人哭求丈夫別打了時說，「我如今已將五十歲的人」。而在元春之前王夫人還生了賈珠，王夫人不可能有這麼大的女兒。所以進宮二十年和王夫人的年齡對不上。而且更加矛盾的是，十七、十八回省親時交代得清清楚楚：「當日這賈妃未入宮時，自幼亦係賈母教養。後來添了寶玉，賈妃乃長姐，寶玉為弱弟。賈妃之心上念母年將邁，始得此弟，是以憐愛寶玉，與諸弟待之不同。且同隨祖母，刻未暫離。那寶玉未入學堂之先，三四歲時，已得賈妃手引口傳，教授了幾本書，數千字在腹內了。」省親時寶玉十二

賈元春才選鳳藻宮

三歲，如果元春入宮二十年了，那麼寶玉還沒有出世，自然不能教他識字。所以入宮已經二十年不可能。

有的認為影射歷史上的某件對賈府敗落影響深遠的事，如康熙第六次即最後一次南巡也是曹寅第四次接駕，到曹家被抄，正好是二十年。但這與「辨是非」的主體不接。

我認為是指元春年齡，否則「辨是非」不可解。「二十年來辨是非」是指她二十歲了，對宮廷及社會問題已經看得很清楚了，深知自己活著時賈府有大樹可靠，一旦死去，就會「樹倒猢猻散」。而自己二十左右時正是賈府最興旺之際，這就是所謂「榴花開處照宮闈」，另外「三春」（迎春、探春、惜春）自然不及她這個「初（元）春」。「二十」是虛指，並非剛剛二十歲。元春應當是十五六歲被選入宮，回來省親時約二十一二歲，賈府出事時她大約二十四五歲。

二是「虎兕相逢」指什麼？

脂本系統中只有己卯本與夢稿本是「虎兕」，庚辰本及其他脂本和原來通行的程本都是「虎兔」，因此就出現了大不相同的理解。「兕」是犀牛類的猛獸，虎為獸中之王。因此有的主「虎兕」說者認為，賈府本來因為有元春在，依靠皇家，所以顯赫無比。但在宮廷鬥爭中，象徵覬覦「虎」位的政治集團與象徵「兕」的政治集團相鬥，結果禍及賈府。其原因與皇帝去世或元春去世有關。

主「虎兔」說者有多種意見看法。有的認為，康熙死於一七二二（壬寅，虎）年，而雍正正式即位為一七二三（癸卯，兔）年。因此暗示康熙死與雍正繼承皇位引起的政局變動，使曹家命運發生巨大變化。有的則認為，「虎兔相逢」是指卯年寅月或寅年卯月。也有的認為指皇帝生肖或元春生肖。還有其他說法，恕不一一贅述。

不過有一點大家是一致的，即「虎兕（兔）相逢大夢歸」這句話裏隱藏著賈府敗落與宮廷有關的原因。

我對《紅樓夢》的版本毫無研究，所以不知究竟「虎兕」對還是「虎兔」對。我也同意此話暗示賈府敗落是因為元春一死賈府就失去靠山，「樹倒猢猻散」。這裏確實與康熙去世後曹家不久就敗落有關，這是曹寅生前最擔心的，所以多次提到「樹倒猢猻散」。不過我不大贊成把小說佚稿中的元春之死想得太複雜，以為影射這個，影射那個。重要的不是死在宮中或外地，而是是否正常死亡。我認為元春就是死在宮中，屬於正常死亡，如病死之類。清史中關於后妃、皇子因病早夭的記載比比皆是。若是非正常死亡，那麼賈府遭到的打擊將不僅僅是抄家了。二十二回「制燈謎賈政悲讖語」中有一個燈謎是：「能使妖魔膽盡摧，身如束帛氣如雷。一聲震得人方恐，回首相看已成灰。」賈政說謎底是炮竹。脂批在「成灰」句後說：「此元春之謎。才得僥倖，奈壽不長，可悲哉。」脂硯齋是深知曹雪芹及其家事者，從這條批語我們可以知道，元春絕不會直到三十多歲當時已屬半老時才得寵，而是二十左右；但得寵沒幾年就夭折，是壽終正寢，而不是死於非命。所以才說「奈壽不長」。從判詞和《紅樓夢曲》中我們可以看出，元春有一個從「眼睜睜」即還活著到死亡「已入黃泉」的過程，陰陽間隔，所以才說「望家鄉，路遠山高」，並非死在外地。曹雪芹在撰寫《紅樓夢》時確實使用了一些他家的素材，其中有些內容和人物有比較明顯的原型。但是《紅樓夢》是小說，不是傳記。所以總體說來，我不贊成過多地猜測。推論的結論至多只能再用一次進行新的推理，但不能將結果建立在沒完沒了的推理和推測上，那樣不符合學術研究規範。當然，作為自娛娛人，多作些推測也無妨。

元春是曹雪芹按照理想后妃的形象來塑造的。這個人物在小說中僅十七至十八回正式出場一次，加上二十二回自宮中傳出燈謎，二十三回提到她在宮中將那天遊幸大觀園時的題詠編次和降諭讓寶、黛、釵等進園居住，二十八回賞賜的端午節禮等各幾行，也不過三四次而已，但是給讀者留下了良好而深刻的印象：她對弟、妹的慈愛，對祖母、父母的孝順，都令人感動。最重要的是，小說多次寫到她對這次接待奢華的不安：「賈妃在轎內看此園內外如此豪華，因慢慢歎息奢華過費」；在遊園時又關照「以後不可太奢，此皆過分之極」。臨別前又殷殷叮囑：「倘明歲天恩仍許歸省，萬不可如此奢華靡費了！」曹雪芹如此突出元春對「奢華」的不安，除了她本人的修養比較崇尚節儉外，也表現出她確實明「辨是非」的一面。她明白，僅靠自家的俸祿與其他收入是很難短時間修建這麼大的園子並維持這麼大的開支的，萬一有其他問題，就麻煩了。自己得寵時還好辦，而一旦有不測，那就難以收拾。所以才托夢爹娘及早抽身退步。

富有才學是曹雪芹賦予元春形象的一個重要方面。元春將「有鳳來儀」和「紅香綠玉」分別改為「瀟湘館」和「怡紅快綠」，又將後者改為「怡紅院」，都更加高雅。她點評眾姐妹之詩說：「終是薛林二妹之作與眾不同，非愚姐妹可同列者。」十分正確。而說實際上是黛玉為寶玉捉刀的那首《杏簾在望》為寶玉所作幾首之冠，更是眼力非凡。

就藝術形象本身的思想意義來說，元春的作用主要表現在對宮廷生活的否定，和對妃嬪制度扼殺人性的嚴厲批判。乍一看，賈府出了個貴妃，榮耀無及；元春身為貴妃，位極人女，都是無數人家羡慕不已的。只要看看元春省親活動本身之隆重，之顯赫，就足以令人讚歎豔羨了，更何況還為此專門建了一個大觀園呢。可是我們變換一個視角，仔細想想，就會發現事情並不這樣簡單。大觀園耗資鉅萬不必說了（當然，這是曹雪芹借機為寶玉等創造一個活動舞臺），只要看看如此興師動眾地折騰了幾個月，貴妃元春在家待了多長時間就可以了。十四日，包括賈政在內多少人，「這一夜，上下通不曾睡」。到了第二天，「至十五日五鼓（即凌晨三至五時），自賈母等有爵者，皆按品服大妝」，可以想見他們要幾點起來。「賈赦等在西街門外，賈母等在榮府大門外」。足足等了幾個時辰，好不容易來了一個太監，一問，說：「早多著呢！未（十三——十五時）初刻（一晝夜共一百刻，一刻約十四分半鐘）用過晚膳，未正二刻還到寶靈宮拜佛，酉（十七——十九時）初刻進大明宮領宴看燈方請旨，只怕戌（十九——二十一時）初才起身呢。」總算到了晚上，來了。在這闊別多年的家和為她專門修建的大觀園待了多久呢，太監說：「時已丑（凌晨一——三時）正三刻，請駕回鑾。」也就是說，元春在家的時間是從晚上七點多到半夜兩點半的樣子，總共七個多小時。她說的話不多，卻有幾句堪稱名言，意味深長。一句是祖孫、母女見面時「三個人滿心思皆有許多話，只是俱說不出，只管嗚咽對泣」。邢夫人、李紈、鳳姐和迎探惜三姐妹也都在一旁「垂淚無言」。「半日，賈妃方忍悲強笑」，安慰祖母和母親說：「當日既送我到那不得見人的去處，好容易今日回家娘兒們一會，不說說笑笑，反倒哭起來，一會子我去了，又不知多早晚才來！」而父親賈政只能在「簾外問安，賈妃垂簾行參等事。又隔簾含淚謂其父曰：『田舍之家，雖齏鹽（齏，切碎的醃菜，泛指生活貧苦）布帛，終能聚天倫之樂；今雖富貴已極，骨肉各方，然終無意趣！』」元春話雖不多，卻極其深刻。「那不得見人的去處」一句，就將宮廷禮法森嚴到不近情理至極的殘忍寫了出來。要知道，受這種嚴厲禮法限制的絕不僅僅是貴妃一人或是妃嬪，還有數以千計的宮女！而且父女相見還要隔著簾子，令人感慨不已。享受天倫之樂本是人之常情，但是身為貴妃，竟不可得！曹雪芹的《紅樓夢》最看重的是人間真情，而皇家禮制竟連最起碼的家人天倫之樂都不顧，曹雪芹的批判矛頭所向，就可以想見了。

元春這個人物出場雖少，但是在整部作品中的作用不小。我們可以從中看出一些曹雪芹創作的獨具匠心，學習如何用盡可能少的筆墨表現盡可能豐富深刻的內容。首先，元春形象使賈府生活與宮廷相連，為宮廷鬥爭與賈府敗落的牽連創造了條件，從而很大程度上擴大了作品的社會意義。其次，元春省親為大觀園這個必不可少的場景出現提供了可能並成為現實。因為這些少男少女只能活動在一個基本封閉卻又十分

因訛成實元妃薨逝

巨大的優美環境之中，這個環境只能由專門為貴妃元春省親而建的大觀園來承擔。否則建這麼大的園子就是嚴重違制，要問罪的，而且是「僭越」的大罪。再說也不可能建成這種格局的園子（詳見本書《大觀園沒有原型》）。再次，形象本身具有重要的象徵意義。天子被認為是天之元子，即長子。賈府四位小姐皆以「春」名，元春之名雖因生在大年初一而取，且在女孩大排行中又最長，但更重要的是，她貴為帝妃，位極人女，可謂天下第一女人（元女）。連她都未能避免悲劇命運，足見普天下的女性確實都「原應歎息」了。

穿針引線劉姥姥

結構宏大的長篇小說往往是用好幾條主線副線把一個個大故事、小故事串連交織在一起的，這樣才能故事好看，結構緊湊。劉姥姥的活動就是其中的一條重要副線，從她三次與王熙鳳打交道，正好生動地表現出賈府盛極而衰的過程。

劉姥姥在《紅樓夢》幾百個人物中，論地位，當然只能說是個小人物。但是若論戲分多少，給大家留下的印象深刻，那麼將她放入二等人物中也未嘗不可。劉姥姥不僅是出場最早者之一，也是最引人注目者之一。「劉姥姥進大觀園——眼花繚亂」，甚至成了歇後語。

《紅樓夢》結構宏大，人物眾多，情節複雜，寓意深邃，因此曹雪芹大大突破了傳統小說開頭簡單的「楔子」的形式，或是採取常用的效果不錯的開門見山，而是匠心獨運地安排了開頭整整五回來作交代和鋪墊。到第五回，原在外地的林黛玉、薛寶釵等都已聚集賈府，整個故事矛盾展開的神話基礎、命運預示、人物關係、情節起點、環境條件等等，也就是一部結構龐大的小說的基本元素都已具備。相當於咱們現在建設一個大工程之前，不僅要挖好地基，而且地下的各種各樣的管線，什麼上水、下水、照明、電話、有線電視、供暖、煤氣等等管線都要做到幾通一平，總之要完成大量的前期工作。第六回開始，故事就正式集中在賈府主要是榮國府進行。按照作者的說法，光是榮府上上下下就有三四百人，每天的事「也有一二十件，竟如亂麻一般，並無個頭緒可作綱領」。於是就挑選了劉姥姥來提綱挈領。

劉姥姥這個七十多歲（這在當時之「稀」相當於現在的九十多歲）的農村老太太為什麼能夠承擔這個重任呢？她有三個條件：一，她和榮國府「略有些瓜葛」。「有些瓜葛」這才進得府去，扯得上話，從而引起別人的話來。可是又僅僅是「略有些」，所以才這麼難進門。而劉姥姥不但進去了，還獲得特大豐收，這才顯出劉姥姥的能耐。二，劉姥姥是個局外人。她既不是賈府奴僕，又與賈府多年沒有來往，所以才處處覺得新奇，從而能夠起仔細觀察並向陌生的讀者介紹賈府的作用。三，她是個小人物，小到「芥豆之微」，地位低得連賈府任何一個僕人都不如，所以才能起別人難以起到的陪襯作用。通過劉姥姥的眼睛，進一步向讀者具體介紹榮府。第二回「冷子興演說榮國府」中冷子興已經對榮寧二府著重從人物關係作了介紹，那是總體性敘述，而現在則是通過劉姥姥的直接接觸寫出榮府僕人、丫鬟，特別介紹

劉姥姥一進榮國府

了小說的並列女一號王熙鳳。曹雪芹以劉姥姥這樣一個角色穿針引線，實在出人意外，高明得令人嘆服。

其實這劉姥姥還沒去賈府，在她自己家裏一出場就顯得見識不凡，比那務農為業只會唉聲歎氣的女婿狗兒強得多了。劉姥姥不但給狗兒鼓勁打氣，說什麼「謀事在人，成事在天」啦，還提供了一條重要線索：當初狗兒的父親和金陵王家如何連宗，她二十年前去過王家的情形記得一清二楚。當初的王家二小姐即今榮國府賈二老爺的夫人，即王夫人，就從這裏打開缺口，說得挺有道理，既務虛，又務實。要不是這麼有見識，能說會道，怎麼能一進、二進榮國府，贏得賈府上上下下的喜歡？而且在賈府敗落之後，還千方百計地去把王熙鳳的女兒巧姐找回來呢？曹雪芹很重視也很善於寫人物的出場，劉姥姥的這個出場寫得很有光彩。

巧姐

劉姥姥沒進榮國府之前的這個出場，還有一個作用，就是又一次表現了曹雪芹歌頌女性和對於男性為中心的社會失望的理念。在整部小說中，同一輩分的，同一家庭的，男的一律不如女的。在王狗兒家，狗兒無論是見識、口才、魄力、心計，都遠不如他老岳母劉姥姥。

第二回曹雪芹通過賈雨村之口簡單描述了對寧榮二府的外部印象：「去歲……從他老宅門前經

過。街東是寧國府，街西是榮國府，二宅相連，竟將大半條街佔了。」賈府很大，東西佔了大半條街，這是從東到西作了個大致介紹。現在曹雪芹讓劉姥姥一進榮國府起的第一個作用，就是通過她的眼睛和活動比較具體地寫出賈府（榮國府）之大、之顯赫、之奢華。劉姥姥「找至寧榮街。來至榮府大門石獅子前，只見簇簇轎馬」。可見來榮府拜會的盡是達官貴人，而且很多，以至於轎馬都一堆一堆的了。官轎一般都是四人抬，大的那就要「八抬大轎」。二十九回賈母率領賈府女眷去清虛觀打醮，「賈母坐一乘八人大轎，李氏、鳳姐、薛姨媽每人一乘四人轎」，就可見劉姥姥來的這天，榮府門口光是轎夫、馬夫、隨從少說也有一二十個。這還不算榮府大門前自己的僕人。曹雪芹沒寫多少，但是我們從後面角門的敘述中可以推論出不會少於五個。這種以不寫來讓讀者自己體會的手法，既節省筆墨，又增添了閱讀空間與趣味，很值得學習。劉姥姥一看這架勢，「便不敢過去」。她下意識地有些自慚形穢，「且撣了撣衣服，又教了板兒幾句話，然後蹭到角門前」。這個「蹭」字用得實在傳神，是說劉姥姥貼著牆根很慢地走，寫出了她的自卑心理和小心翼翼。角門的地位自然遠遠不如大門，但這角門前也很不簡單，不僅有好幾個僕人，而且個個「挺胸疊肚，指手畫腳……坐在大板凳上，說東談西」。這些豪僕的數量和氣勢再次襯托出榮府的威風與奢華。劉姥姥稱呼那些僕人不是「大爺」或者「老爺」，而是「太爺」！封建社會百姓稱縣令為「縣太爺」，可見劉姥姥陪盡小心。她要找周瑞，說是「太太的陪房周大爺」，「煩哪位太爺替我請他老出來」。而那些「太爺」很不耐煩，勢利得很。幸虧一個忠厚老僕告訴她，「從這邊繞到後街上後門上去問」，劉姥姥終於「繞到後門上」。寧榮二府前面（東西）佔了半條街，讀者現在明白了，南北佔了整整一條街！加上兩個「繞」字而不是「來」字，就寫出了榮府之大，要走一會兒呢。繞到後門上了，劉姥姥「只見門前歇著些生意擔子，也有賣吃的，也有賣頑耍東西的，鬧吵吵三二十個小孩子在那裏廝鬧」。要知道這些生意擔子不是來做賈府主子們的生意的，而都是來做住在後門上的僕人們的生意的，這三二十個小孩子應當主要是他們的子女。果然榮府僕婦奇多，一問，光是姓周的成年老年女僕（大娘、奶奶）就有五個。至此，劉姥姥還沒有邁進榮府大院一步，還沒見到榮府一個主子，甚至還沒有接觸到一個有點身分的僕人，這榮國府之大，賓客之貴，僕人之多，已經充分顯示了出來。真是談笑皆豪僕，往來盡顯貴。

劉姥姥一進榮國府的第二個作用就是通過她的活動介紹王熙鳳。如前文所述，《紅樓夢》的故事有兩條交叉的主線，一條是寶黛釵愛情為代表的青年男女悲劇線，另一條是以賈府由盛轉衰為代表的社會沒落線。賈寶玉和王熙鳳都處於這兩條線的主要位置上，不過賈寶玉偏重青年男女悲劇線而王熙鳳更偏重社會沒落線。前五回對賈寶玉作了大量的渲染，第六回就著重描寫王熙鳳了。正因為王熙鳳的作用如此重要，所以在展開她的故事之前，曹雪芹通過三個人之口介紹她。第一次是冷子興說她「模樣」、「言談」、「心機」都極其出眾，「竟是個男人萬不及一的」。不過由於冷子興當時要介紹的人很多，所以只能說得比較籠統。第二次是第三回黛玉進府時寫了一個廣為人們稱道的鳳姐出場，著重表現王熙鳳的能說會道和善於逢迎。不過當時在場的還有賈母等許多人，還不能充分展示王熙鳳的風采。所以第六回脂批者說，「此回借劉嫗，卻是寫阿鳳正傳」。意思是借劉姥姥的活動和眼光，實際上是在寫王熙鳳。

曹雪芹寫王熙鳳極其巧妙地運用了步步陪襯的手法。劉姥姥已經出場多時了，曹雪芹卻遲遲不讓王熙鳳亮相，但是又讓人感到她無所不在。第一個陪襯的人物是周瑞家的。周瑞家的之所以願意幫劉姥姥見王熙鳳，其中一個原因是當年周瑞爭買田地時「其中多得狗兒之力」。我們要注意，這是賈府的僕人買地，而不是賈府買地。賈府買地狗兒就幫不上什麼忙了，有官府幫忙呢。賈府有點地位的奴僕都買地，賈府佔有的土地之多就不必說了。而且通過周瑞家的口，交代了他們夫婦都做些什麼。周瑞「只管春秋兩季地租子，閒時只帶著小爺們出門子就完了（五十二回寶玉出門，跟著的十幾個僕人中就有周瑞）。我只管跟太太奶奶們出門的事」。這樣我們就明白了，為什麼榮國府總共十幾個主子，要有三四百個僕人了。王熙鳳的陪房夫婦都如此不簡單，外面有地，家裏有丫頭，那主子的顯赫就可想而知了。第二個陪襯的人物是平兒，因為從未見過，瞧這容貌、打扮、派頭，劉姥姥一開始以為她就是王熙鳳，「才要稱姑奶奶，忽見周瑞家的稱他為平姑娘，又見平兒趕著周瑞家的叫周大娘，方知不過是個有些體面的丫頭了」。這是用她的眼睛介紹出平兒，並用平兒來對鳳姐作了有力的再陪襯。王府本在劉姥姥剛見到平兒時有一個夾批：「三等奴僕，第次不亂。」有些讀者不大明白，平兒是王熙鳳的陪嫁過來的首席大丫頭，而且是賈璉的通房大丫頭，地位與妾差不多，差點就成了「半個主子」了，怎麼還是個「三等奴僕」呢？因為平兒畢竟還不是妾，在寧榮二府各有奴僕好幾百人中，她上面還有賴大之母、賴大家的、寧國府都總管來升、大總管賴二等一些有地位的總管夫婦和伺候過賈母等老一輩的奴僕。比如賴大家就有一個很大的院子，還有一個規模可觀的花園呢，這種奴僕就是一等的了。像林之孝夫婦恐怕就算二等的了。周瑞家的是王熙鳳的陪房，有自己雇的丫頭，平兒叫她「周大娘」，夠不夠二等的都難說。平兒自然只能算三等。不過到此為止還都是鋪墊。

然後通過劉姥姥和周瑞家的對話，很自然地由周瑞家的把鳳姐的身分、小名、容貌、年齡、權威、個性、口才、心計、能力、口碑等作了全面具體生動的介紹和描述。其中很重要的一點就是她「待下人未免太嚴些個」。周瑞家的是王熙鳳的陪房，心腹，在她身邊多年，居然都忍不住對多年不見本來就沒多少交情的劉姥姥說了出來，可想而知王熙鳳這「太嚴些個」有多麼厲害！這樣，讀者對於賈母說叫她「鳳辣子」的「辣」就有了進一步的理解。

接著通過劉姥姥的聽覺和視覺寫出鳳姐的威勢和排場：先是自鳴鐘響了幾下後，「只見小丫頭子們齊亂跑，說：『奶奶下來了！』周瑞家的與平兒忙起身」，急忙走了。劉姥姥「只聽見遠遠有人笑聲，約有一二十婦人，衣裙窸窣，漸入堂屋，往那邊屋內去了。又見兩三個婦人，都捧著大漆捧盒，進這邊來等候。聽得那邊說了聲『擺飯』，漸漸的人才散出，只有伺候端菜的幾個人」。到這裏，鳳姐尚未露面，她手下人馬之多，權力之大，威嚴之重，已經充分顯示出來了。通過王熙鳳讓人給劉姥姥祖孫傳飯，讓人向王夫人請示如何對待這位找上門來的宗親，如何給了二十兩銀子零一吊錢，把冷子興說的王熙鳳「言談又爽利，心機又極深細」，表現得淋漓盡致。確實像周瑞家的所說：「少說些有一萬個心眼子。」王熙鳳是一位出色的演員，她很善於表演，用現在的話來說，就是作秀。但她「秀」

得不露痕跡，出神入化，技巧達到爐火純青的地步。以至於老實巴交的劉姥姥乍一聽王熙鳳哭窮差一點以為要空手而歸了，哪裏想到竟然是特大豐收！三十九回劉姥姥說了，二十多兩銀子，夠莊稼人開銷一年呢。

讀者都會注意到劉姥姥與王熙鳳似乎有不解之緣，這正是曹雪芹創作《紅樓夢》在結構上的一個極為高明的手法。我們回過頭來審視一下就不難發現：劉姥姥一進榮國府時，是前門不敢問，角門不能進，從後門進去的。先到周瑞家的屋裏，再到倒廳等著。然後平兒作主讓她進了賈璉的院子。劉姥姥見到的人都是王熙鳳身邊的人，周瑞家的和平兒，一個比一個更接近王熙鳳，受到接待的最高規格是王熙鳳的接見。總之是越來越接近賈府的權力中心。劉姥姥一進榮國府時穿針引線的作用是從門外到門裏，從一般僕人到陪房媳婦到首席大丫頭平兒，最後總算見到了年輕主子王熙鳳。如果說那次還處於榮國府周邊，主要扮演一個陪襯的配角的話，那麼劉姥姥二進榮國府，一下子就到了王熙鳳屋裏。由於賈母說：「我正想個積古的老人家說說話兒，請了來我見一見。」所以劉姥姥很快就進入了榮國府的腹地，賈母屋裏和大觀園，受到賈府老祖宗賈母的親切接見和多次款待，接觸到了賈府權力中心和幾乎所有女性主要人物，她也由配角成為主角之一。劉姥姥在「一進」中只佔了第六回這一回，而「二進」則佔了三十九、四十、四十一回和四十二回的一半，總共將近三回半。不過劉姥姥這個藝術形象穿針引線的基本任務沒有變，劉姥姥的獨特的結構性作用在「二進」中發揮得淋漓盡致。通過她的活動和視角，起了三個重要作用。

一是進一步介紹了大觀園建築群的巨大與美麗。

二十三回庚辰本脂批說：「大觀園原係十二釵棲止之所，然工程浩大，故借元春之名而起，再用元春之命以安諸豔，不見一絲扭撚。」大觀園是《紅樓夢》人物活動的主要場所，規模宏大，美侖美奐，是太虛幻境的人間投影，是曹雪芹專門為人物設計的一個理想世界，在一般章回中不易表現其全貌及各院子間的關係。如果一次就介紹完畢，不但會顯得囉囉嗦嗦，而且也太單調平淡，所以分兩次比較集中地介紹。這兩次各有側重，是從不同人的眼光中來寫的。第一次是十七、十八回大觀園竣工，賈政驗收。賈政在賈寶玉等陪同下從大觀園大門入口，經過曲徑通幽、沁芳亭、瀟湘館、稻香村、蘅蕪苑、顧恩思義殿、沁芳閘、怡紅院等處，大體上是逆時針走向，圍著大觀園轉了一圈，到的都是園內的主要建築，除了表現大觀園之大之美外，著重顯示賈寶玉在設計匾額、對聯中的才華。而三十九回到四十二回劉姥姥二進榮國府，這時大觀園已經住進了寶玉、黛玉、寶釵等一大群人。由於賈母親自帶著劉姥姥到處遊覽，而且身旁有一大批小姐、少爺、丫頭陪著，不但深入到各院內部休息參觀，將每個院子描述得更加細緻，而且完全是生活化的，和賈政對建築工程進行驗收很不一樣。賈母領著劉姥姥在瀟湘館小憩，在秋爽齋吃飯，接著是坐

劉姥姥醉臥怡紅院

船觀景，然後又去蘅蕪苑觀賞，至綴錦閣飲酒行令，藕香榭聽戲，還到櫳翠庵品茶。由於劉姥姥醉酒，曹雪芹還讓她誤入了怡紅院。這樣就通過劉姥姥這個人物的活動，把大觀園周邊的幾個主要院子和中部一些其他建築作了一番生動具體的介紹，使讀者不但再次領略了大觀園的美景，而且始終處於濃郁的人情味之中。原來寫過的景點這回寫出了新意。比如在瀟湘館，就寫出地上布滿蒼苔，中間一條石子鋪的羊腸小徑。琥珀雖然已經提醒劉姥姥注意不要滑倒，劉姥姥還是大意摔倒了，但很快就自己爬了起來。七十五歲的人，這麼硬朗，這就為她幾年後差不多八十歲了還千方百計去把巧姐找回來的身體條件作了鋪墊。曹雪芹創作上的一個絕妙之處是，寫景絕不只是寫景而已，往往有暗寓意。賈政驗收時到蘅蕪苑已經寫出進門一大堆石頭，暗示薛寶釵的鐵石心腸。而這次賈母、劉姥姥等進了蘅蕪苑，突出屋裏「雪洞一般，一色玩器全無」。床上帳幔衾褥十分樸素，以致賈母覺得女孩子屋裏過於「素淨，也忌諱」，從而再次暗示冷美人寶釵的冷漠無情。劉姥姥二進榮國府還讓讀者有機會了解在其他章節中很難見到的大觀樓、綴錦閣、紫菱洲、秋爽齋、藕香榭、櫳翠庵等好幾個地方的情形。這四回中通過劉姥姥的活動，大觀園的美妙形象更加深刻地留在了讀者心中。

二是寫活了許多人物。

寫過小說的人都知道，最難寫的是有許多重要人物在場的場面，因為必須讓這些人物都有話說有事做才行。所以這是吃力不討好的活，最容易寫得一般化。但是曹雪芹特別善於寫集體活動，這樣不但人物可以互相映襯，而且節省筆墨。從三十九回起至四十二回，曹雪芹通過賈母接見，劉姥姥編故事，賈母兩次宴請，鴛鴦行酒令，劉姥姥逗樂等大小故事，使許多人物都在一個集體場合亮了相，寫活了十幾個人物。曹雪芹往往幾筆就連帶寫出幾個人的性格，比如行酒令時，黛玉用了《牡丹亭》中的一句詩「良辰美景奈何天」，「寶釵聽了，回頭看著她。黛玉只顧怕罰，也不理論」。接著黛玉又用了一個《西廂記》中的典故，「紗窗也沒有紅娘報」。寥寥幾十個字，寫出了黛玉、寶釵兩個少女不同的審美觀和價值觀。而這些都是由於劉姥姥的活動引起的，劉姥姥是這三回半中唯一的貫穿性人物和中心人物。

最難得的是通過賈母、劉姥姥等眾人到櫳翠庵飲茶寫出了妙玉，這是前八十回中妙玉最重要的一次亮相。如果沒有這場戲，作為金陵十二釵正冊的重要人物妙玉的形象就將大為減色，甚至可能根本站不起來。因為她很難有和別人在一起活動的機會。櫳翠庵雖然也是賈府家廟，平時別人進庵燒香，自然不會有什麼問題。但是賈府在外面有規模很大的家廟鐵檻寺，還與好幾個廟觀尼庵關係密切，而櫳翠庵在大觀園內，本來就屬於元春省親時點綴之用。因此平時園子裏的小姐和寶玉一般不會進去燒香，飲茶或者休息就更不可能了，因為大觀園中到處都有飲茶、休息的地方。妙玉是出家人，加上生性怪僻，平時不愛與人交往，很難表現她的個性；而又不能脫離大觀園這個環境，專門用許多筆墨來寫妙玉。曹雪芹通過賈府地位最高而又年邁的賈母帶劉姥姥進櫳翠庵休息一會，真是高明極了。小說寫道：賈母等人飲酒聽樂之後，薛姨媽建議出去散散心，正好賈母也想散心，於是就「帶著劉姥姥散（心解）悶」。賈母與劉姥姥等在「山前樹下盤桓了半晌」，親自為她講解這是什麼樹，什麼石，什麼花。顯然是賈母有點累了，而且要帶劉姥姥見識見識，這才來到櫳翠庵休息和飲茶的。若是平時絕不可能這麼多人同時進庵飲茶。所以看得出來，曹雪芹安排情節不但考慮其必要性，而且非常注意它的合理性，符合情節邏輯。而妙玉性格的閃光恰恰就由飲茶而出。其中有三點尤其值得注意。曹雪芹特別點出，這一切都是通過寶玉的眼睛來寫的。妙玉給不同的人用不同的杯子，寫出了她這個帶髮修行的出家人並沒有真正做到佛法平等。這是一。二呢，當妙玉手下的道婆收了劉姥姥喝過的杯子，妙玉就讓她放在外面。寶玉建議她給劉姥姥，賣了可以度日。妙玉說：「幸而那杯子是我沒有吃過的，若我使過，我就砸碎了也不能給他，你要給他，我也不管你，只交給你，快拿了去吧。」妙玉對劉姥姥竟然如此無情，看來似乎有潔癖，其實反映了內心勢利的一面，這就將第五回寶玉夢遊太虛幻境時見到的妙玉判詞「欲潔何曾潔」具體化了。第三是妙玉將自己日常吃茶的綠玉斗給寶玉用，作為一個少女和出家人，這是極不尋常之舉。妙玉身分特殊，既有「天性怪僻」的一面，又有普通少女正常情感需要的一面。這個飲茶場面使妙玉判詞和《紅樓夢曲．世難容》落實了，也使妙玉形象生動地樹立了起來。而這一切都是劉姥姥二進榮國府所引出的。

寫人物自然也寫出了劉姥姥自己，這位老太太的形象在二進榮國府中有了很大的發展，更加豐滿。比如很自然地道出了劉姥姥和賈母的歲數（七十五歲，「比我大好幾歲呢」），這種一石二鳥的寫法既經濟又自然。劉姥姥在編故事上簡直是個天才，不僅張嘴就來，而且特別適合聽眾的口味，用時髦的話說，就是民間藝術家劉姥姥善於根據聽眾的審美需要，進行即興創作。她編的第一個故事是下雪天聽見外頭柴草響，一看，是個漂亮的十七八歲小姑娘。為什麼劉姥姥講個小姑娘的故事？因為她看見賈母身邊坐滿了女孩子，小姐和漂亮丫鬟，還有長得很俊的賈寶玉。所以講極標緻的小姑娘的故事肯定會受到廣大聽眾歡迎，尤其是討賈母的喜歡。值得注意的是，劉姥姥只說了外面柴草響，可沒說烤火，是賈母猜測是不是有過路的客人冷了抽些柴草去烤火。結果正好南院馬棚失火，所以賈母就讓換個話題。如果方才是劉姥姥提到了「火」，那麼下面就不會再讓她講故事了。正因為是賈母說的「烤火」，所以劉姥姥才有機會繼續現編現說。這是曹雪芹寫得細緻高明的地方。劉姥姥顯然接受了剛才講「柴草」差一點出事的教訓，這回現編了一個萬無一失的故事，說有個九十多歲的老太太，感動了觀音菩薩托夢，菩薩說她本來要絕後，又給了她一個孫子，現在十三四歲了。為什麼要說老太太九十多歲，小孫子十三四歲呢？賈母七十歲了，說個長壽老太太感動觀音菩薩，賈母多高興呀。而且賈寶玉不是十三四歲嗎，瞧這劉姥姥多會說話！劉姥姥現編現說故事（小說用的是「順口胡謅」）的本事絕對不下於當今說評書的水準。她居然能把那十七八歲極標緻的小姑娘的故事，讓賈寶玉這聰明絕頂的傻東西「信以為真，回至房中，盤算了一夜。次日一早，便出來給了茗煙幾百錢，按著劉姥姥說的方向地名」，讓茗煙去找那女孩

村姥姥是信口開河

廟。結果茗煙找了一整天也沒找著！寶玉還不死心，還對他做思想工作，讓他改日再找去！遇見賈寶玉這樣的忠實聽眾，劉姥姥算是三生有幸了。

三是突出了大貴族人家的規矩和講究。

封建社會的基本特點是嚴格的等級制度，賈府這樣的大貴族人家自然就更講究了。這一點在元春省親和寧國府除夕祭宗祠中表現得淋漓盡致。《紅樓夢》在許多章回中都很注意這個問題，劉姥姥二進榮國府並不是寫得最多的，但是由於劉姥姥身分特別低微，從她受到的禮遇上反倒格外說明問題。因為賈母叫她「老親家」、「劉親家」，所以劉姥姥的身分頓時大大提高。四十回在綴錦閣行酒令時，我們可以注意一下座位的安排：劉姥姥雖然是個連賈府僕人都不如的農婦，但是由於賈母叫她「老親家」、「劉親家」，所以她不但享受主子待遇，和小姐少爺一樣一椅一几，而且輩分還比較高，座位竟在王夫人之前，僅次於賈母。通過劉姥姥所受到的賈府待客禮遇，有助於我們弄清林黛玉在賈府究竟有沒有受到「迫害」的問題。

劉姥姥在大觀園的活動，再一次生動地突出了賈府的極度奢華。光是十幾個主子和一些主要丫頭吃一回螃蟹就花了二十多兩銀子，夠窮人生活一年，其餘的事就不必多說了。冷子興演說榮國府時道：「如今生齒日繁，事務日盛，主僕上下，安富尊榮者盡多，運籌謀劃者無一；其日用排場費用，又不能將就省儉，如今外面的架子雖未甚倒，內囊卻也盡上來了。」元春省親時幾次「歎息奢華過費」，是從見過不知多少繁華場面的貴妃角度感慨和從至親角度擔憂。而劉姥姥則是從一個窮苦農婦的角度將它生活化而發的感歎。她與元春是兩個極端的人，但是得出的卻是完全相同的感受。賈府最後敗落顯然與這種極度奢華的生活有關。

在第五回巧姐的判詞中已有「勢敗休云貴，家亡莫論親。偶因濟劉氏，巧得遇恩人」，暗示賈府敗亡之後有些近親反而不可靠了。在《紅樓夢曲．留餘慶》中，曹雪芹交代鳳姐曾經「濟困扶窮」而「積得陰功」。在賈府被抄家後巧姐被「狠舅奸兄（賈薔）」所賣，是劉姥姥設法將巧姐找回。在劉姥姥三進榮國府時為她第三次與賈府打交道埋下了一些重要的伏筆。主要是兩處，在四十一回和四十二回。

評女傳巧姐慕賢良

一是王熙鳳的女兒大姐兒抱著一個大柚子玩，見板兒手裏拿著個佛手，便要。丫鬟就哄著板兒把佛手給大姐兒換了柚子。板兒對佛手已經玩了很久了，「見柚子又香又圓」，就換了。「柚子」就是「由茲（即『這』、『此』。中古時這三個字同音，可以通假）」，暗示後來劉姥姥帶著長大了些的板兒一同去解救巧姐，是由此開始的。「又香又圓」就是「鄉緣」的諧音，指在外地才找到同鄉巧姐，彷佛冥冥之中有「佛手」所指引，兩個孩子有緣分，早就交換了定終身的信物似的。

二是鳳姐請劉姥姥給生於七月初七的大姐兒取個名字，劉姥姥就取了個「巧姐」（「巧哥兒」），還說：「日後長大了……或一時有不遂心的事，必然是遇難成祥，逢凶化吉，卻從這『巧』字上來。」這裏順便要說一下，「巧姐」和「大姐兒」究竟是一個人，還是兩個人。第六回劉姥姥見到平兒時，提到「東邊這間屋內，乃是賈璉的女兒大姐兒睡覺之所」。而二十七回芒種節時，又說「寶釵、迎春、探春、惜春、李紈、鳳姐等並巧姐、大姐、香菱與眾丫鬟們在園內玩耍」。巧姐、大姐（兒）成了兩個孩子。而從四十二回來看，大姐兒就是巧姐。「大姐兒」在北方有時就用做對第一個小女孩的稱呼，不是正式名字，一般多在一兩歲兩三歲時叫。之所以二十七回會「巧姐」、「大姐兒」兩個同時出現，我想，除了有可能是抄本之誤外，更大的可能是，曹雪芹原本設計鳳姐有兩個女兒，但是在修改過程中去掉了一個，或者說將兩個女孩合併了，即原名大姐兒，後來經劉姥姥正式取名為巧姐。當然這樣一來，改動的不僅僅是一個女孩的名字，而是在情節和思想性上都有了很大的提高。也就是說，是曹雪芹改變了作品的構思，引起了人物的合併。只是他忘記把二十七回的「巧姐」刪掉了。規模宏大、人物眾多的長篇小說很容易出現這樣的情形。《紅樓夢》中類似的情形也還有。

劉姥姥二進榮國府的表現極其出色，水準比「一進」有了極大的提高。為什麼？第一次來時，她有些話說得不得體，臨走時周瑞家的不是批評她了麼？所以這次「二進」，劉姥姥可是接受教訓了。無論是編故事，還是別的事，都廣受歡迎。尤其是行酒令，和鴛鴦配合得天衣無縫，取得了極大的成功。用咱們現在的話來說，「總導演」是鳳姐，鴛鴦是「策劃兼執行導演」，她給「領銜主演」劉姥姥說戲。劉姥姥悟性很高，很快就進入角色。因此劉姥姥充分表現了「導演意圖」，皆大歡喜，取得了很好的「社會效益和經濟效益」。

劉姥姥第三次就不是進榮國府了，也不是只去了一次。四十二回脂批指出，在遺失的曹雪芹已經基本寫得的佚稿中，「獄神廟」這回有劉姥姥的故事，「始知『逢凶化吉』『遇難成祥』實伏線於千里」。從多處脂批提示來看，當時到獄神廟探監和設法相救的還有賈芸、小紅、茜雪等人。所以劉姥姥顯然是受了王熙鳳的親口委託，不顧自己已經八十高齡，帶著板兒到處尋找，千方百計地打聽到巧姐下落，終於把被狠舅奸兄賣到外地的巧姐救了回來。充分表現出劉姥姥極其重情義和堅韌不拔的毅力，實在令人敬佩不已。

劉姥姥是個帶有喜劇色彩的人物，她善良、正直、勤勞、能幹，極富智慧，非常可敬可愛。

莫名其妙趙姨娘

《紅樓夢》幾百個出場人物中，就戲分的多少而言，趙姨娘僅次於寶玉、黛玉、寶釵、鳳姐、賈母、探春、湘雲、鴛鴦、平兒、襲人、晴雯、王夫人、賈珍、賈璉等人，可以進入前二十名，算得上是個二等角色。論地位，她雖然是賈政之妾，卻是探春、賈環之母。封建社會講究母以子貴，可是賈府不少重大活動連一些有體面的丫頭都提到了，卻都沒有她的份。她從不出現在好事圈內，相反，小說中的幾件大壞事卻都因她而起：串通馬道婆用妖法差一點讓王熙鳳、賈寶玉喪命是趙姨娘的傑作；寶玉幾乎被賈政活活打死，直接原因固然是賈環告黑狀，根子卻是趙姨娘造謠和挑唆；還有，由茉莉粉、薔薇硝、玫瑰露、伏苓霜事件引起的賈府下層社會大動盪，起因也是「趙姨奶奶央告」（六十一回）彩雲，彩雲偷了些玫瑰露給賈環引起的。連她的親生女兒探春都說她「每每生事」（五十五回）。《紅樓夢》如果沒有趙姨娘，內容的深刻性不會受損，但許多熱鬧場面將大為減色。趙姨娘粗俗、愚蠢、魯莽、自私，好搬弄是非而自尋煩惱，常興風作浪卻淹沒自己，但她從不接受教訓。孤立起來看，趙姨娘這個形象活靈活現，如果出於一般作家之手，也就很說得過去

了。可是放在《紅樓夢》人物譜系交響樂中，卻是一個時不時出現的不和諧音。趙姨娘身上有很多明顯的疑點：曹雪芹寫趙姨娘和寫其他重要人物的態度大不相同，她出場頻繁，怎麼會沒有一絲亮點？這樣的女人怎麼會成為榮國府的姨娘？曹雪芹為什麼要這樣寫？實在有點莫名其妙。

趙姨娘這個人物缺乏充足的身分合理性，像她這樣的人怎麼可能成為賈政的妾呢？

《紅樓夢》中寫了老中青四代（以賈母為代表的代字輩，底下是文字輩、玉字輩、草字輩）主子，也寫了各種奴僕、丫頭、婆子、媳婦。趙姨娘的身分是姨娘，是介於主子和丫頭之間的「半個主子」。前八十回中周姨娘只是偶爾一帶而過，基本上只起了個符號作用，表示做某事時有這個人，所以趙姨娘是唯一的姨娘藝術形象。令人不解的是，趙姨娘這麼差勁的女人，怎麼會成為姨娘而且和賈政生了兩個兒女呢？

前文已經說過，賈府選擇媳婦或比較重要的丫頭有兩條基本標準，一是美貌，二是性格好。在賈府被賈母、王夫人等主子們看中的通房大丫頭或妾的候選人，以及有身分的重要丫鬟，也都符合這個標準。比如鴛鴦就是因為在丫鬟中「是個尖兒，模樣兒，行事作人，溫柔可靠，一概是齊全的」（四十六回），所以老色鬼賈赦才看中她。平兒，四十四回賈母說她是個「美人胎子」，三十九回李紈也說她「這麼個好體面模樣兒」，而平兒的為人善良，脾氣平和，處事公道，善解人意，賈府上下有口皆碑。至於襲人，三十六回薛姨媽說：「模樣自然不用說的，他的那一種行事大方，說話見人和氣裏頭帶著剛硬要強，這個實在難得。」七十八回王夫人說：「若說沉重知大禮，莫若襲人第一。雖說賢妻美妾，然也要性情和順舉止沉重的更好些。」為什麼對比妾地位低的大丫頭都要挑選得如此嚴格呢？因為他們如果模樣兒不美，就拴不住年輕男主子的心，萬一有事，生出來的孩子就可能不漂亮。至於性格好，是因為大丫頭不但經常隨主子參加各種應酬，還常常要代表主子行使某些權力，鴛鴦、平兒、襲人等都這樣，所以必須具備在複雜人際關係中處理各種事務的修養和能力。一旦成為姨娘或通房大丫頭，這種能力就更加重要了，如平兒。趙姨娘顯然完全不符合賈府擇媳、擇妾模樣和性格俱佳這兩項標準。

賈政的妾要麼是長輩給的，要麼是自己愛上的。六十五回通過興兒之口寫到，按照賈府的規矩，男性主子「大了，未娶親之先都先放兩個人伏侍的」。這兩個丫頭肯定都是模樣兒、性格兒都特別出色的，這樣才能拴住年輕男主子的心，「好不外頭走邪的」，省得弄出一身病來，惹是生非，敗壞家族名聲。賈母等長輩顯然不會將這麼粗俗的女人給兒子為妾。而且年齡也不像。趙姨娘到底多大歲數，書裏沒有明確寫，不過我們可以大體上推算出來。三十三回賈政毒打寶玉時王夫人說自己將近五十歲了，那麼賈政的年紀也應當差不多，頂多比王夫人小一兩歲。因為大貴族家庭不興「女大八，家要發」之類的說法。如果趙姨娘在王夫人之前就被賈府的長輩們「放」在了賈政房裏，那麼她生的孩子應該早於賈珠，該有二十多歲了，而趙姨娘本人也該有五十歲了。但從六十回她拿了一包茉莉粉「便飛也似往園中去」來看，跑得這麼快，並且從小說開頭探春大約十——十一歲、賈環更小來推算，趙姨娘頂多也就是三十多歲。她成為賈政之妾應當是賈政娶了王夫人多年並有了賈珠之後，而且當時賈珠還活著時。因為賈珠和李紈結婚，生了賈蘭，而賈蘭比賈環小。所以賈政也不可能是為了續香火而後納她為妾。真要是為了續香火，賈府也會給賈政娶個符合兩項標準的正式夫人，不會弄個丫頭當姨娘了事。這樣，第一個可能，也就是賈府老一輩將趙姨娘「放」在賈政屋裏的可以排除。她成為賈政之妾應當是賈政娶了王夫人後多年有了元春和賈珠之後的事。

那麼有沒有可能是賈政自己愛上了這個姓趙的丫頭，後來生了孩子，將她升為姨娘的呢？這就要看這個趙姨娘在當丫鬟時有沒有足夠的魅力吸引賈政了。我們從《紅樓夢》中賈寶玉的丫頭多達十六個，而且好幾個都很美貌，可以得知賈政當年也是這樣。從賈璉婚後身邊還有幾個漂亮丫鬟和賈赦姬妾成群來看，賈政身邊也有不少美女。七十八回說賈政「起初天性也是個詩酒放誕之人」。所謂「詩酒放誕之人」是指那些喜歡舞文弄墨又愛喝酒不拘小節的文人，那麼會不會是賈政某次「詩酒放誕」酒喝多了之後，糊里糊塗，讓這個姓趙的丫頭懷孕升級，成為趙姨娘呢？也不像。因為「詩酒放誕之人」愛上的通常是兩類女性：一類是非常漂亮、極富魅力的嫵媚少女，這樣的少女在賈府和賈政的社交圈子裏應當比比皆是，《紅樓夢》中沒有寫到趙姨娘長得如何，所以我們只好對她的容貌長相作一點考證。趙姨娘生了一兒一女。女兒探春長得非常漂亮：「削肩細腰，長挑身材，鴨蛋臉面，俊眼修眉，顧盼神飛，文彩精華，見之忘俗。」（三回）因此與迎春、惜春並稱為「賈府三豔」（二十五回）。趙姨娘的兒子賈環長得與姐姐探春簡直有天地之別，二十三回通過賈政的眼睛看他「人物委瑣，舉止荒疏」。「委瑣」也寫作「猥瑣」，意思是容貌舉止庸俗不大方，反正賈環長得不怎麼樣。那麼有沒有可能探春長得像母親趙姨娘而賈環長得像父親賈政呢？《紅樓夢》對賈政的長相也沒有寫，所以我們只好再考證一下。除了已死的賈珠外，賈政還有元春、寶玉、探春、賈環四個兒女。元春肯定美貌絕倫，否則不可能入選宮中並升為貴妃。二十三回寫到寶玉「神采飄逸，秀色奪人」。當然，元春、寶玉也可能沾了王夫人的光，而探春則沾了母親趙姨娘的光。不過這種概率畢竟很小，因為賈政和兩個女人生的四個孩子中三個都特別漂亮，所以趙姨娘長得模樣兒好的可能性極小，賈環的「委瑣」很可能是像母親趙姨娘。「詩酒放誕之人」比較喜歡的第二類少女是淑女型的。淑女也可能是美女；若不是美女，則必定很有教養，端莊內秀，氣質高雅。「窈窕淑女，君子好逑」嘛。賈政後來成為一個正統型官員，是以君子型面貌出現的，淑女型少女才會討他喜歡。趙姨娘這麼俗氣，顯然不是淑女，一點也不窈窕，怎麼會是賈政的「好逑」呢？

賈府禮制森嚴，丫頭僕婦在這樣的環境中所受到的調教和薰陶，使她們養成了自覺遵守禮制的習慣，許多事情不用主子吩咐自己就都去辦了。趙姨娘不僅遠遠達不到襲人、平兒這樣的水準，而且毫無修養，全無大家風範，言行舉止粗俗、愚蠢，別說不像「半個主子」，連普通丫頭僕婦都不如，所以大家都看不起她。因此這個姓趙的女人怎麼會成為姨娘，她的身分的合理性實在值得懷疑。

另外一點更加值得懷疑的是，趙姨娘這個藝術形象不符合曹雪芹塑造形象的一貫美學原則。《紅樓夢》中略微重要一點的角色，都不是單線條平面型的，而是立體感強、血肉豐滿，具有多側面、多層次的豐富內涵的，即使那些不討人喜歡的人物，如賈赦、賈珍、賈璉、薛蟠、賈雨村等，曹雪芹也充分寫出人物的人性與性格的複雜性，絕不簡單化、漫畫化、臉譜化。很顯然，醜不醜寫，醜不全醜，是曹雪芹創作中的一條基本美學原則。

但是趙姨娘卻成了一個突出的例外，她是《紅樓夢》幾十個比較重要的人物中唯一寫得十分露骨，惡在表面，形象中沒有任何一點亮色的人。和那麼多複合型人物不同，她是單線條平面型的，她始終扮演著一個反襯別人光彩的廉價的丑角。說得通俗一點，趙姨娘簡直通篇不說人話，不懂人事，不像人樣，全無大貴族家庭中妾的言語做派。趙姨娘看起來似乎工於心計，處處算計別人，小算盤打得很精，實際上卻是頭腦簡單，愚不可及。她事事出醜，言行無一得體。即使她的兩大傑作——與馬道婆串通用妖法差點害死鳳姐寶玉，和唆使賈環告黑狀幾乎使寶玉死於賈政的大板子下，也都顯露出一種下層小市民的狹隘眼光與卑劣手腕，並不能顯出她有什麼智慧與才幹。當寶玉為妖法所魘，已氣息奄奄，賈府上下亂作一團，賈母等「哭的忘餐廢寢，尋死覓活」時，趙姨娘卻迫不及待地勸賈母說：「老太太也不必過於悲痛，哥兒已是不中用了，不如把哥兒的衣服穿好，讓他早些回去，也免些苦；只管捨不得他，這口氣不斷，他在那世裏也受罪不安生。」（二十五回）在大家無不悲痛萬分的時候，也只有趙姨娘

魘魔法叔嫂逢五鬼

才想得出說這種巴不得寶玉趕緊死去的混賬話。也難怪她話還沒說完，就「被賈母照臉啐了一口唾沫」，罵了個狗血噴頭。

說到罵人，王熙鳳、晴雯等雖然有時也罵，有時候說話也帶髒字，不過那多半是口頭禪。要論罵人，趙姨娘絕對是第一。僅以六十回她和幾個小丫頭吵架為例，不到二百字的話中她就罵了小淫婦、小娼婦、小粉頭還有比這更加難聽的詞語不下十個之多。趙姨娘言語的粗鄙，和她的身分、和她所處的環境毫不相稱。趙姨娘的小器也出奇地突出。按說她月銀二兩，比鴛鴦還高出一倍，賈環的二兩也歸她收用。但是趙姨娘吝嗇得簡直錙銖必較，有時候摳門到了可笑的地步。六十一回探春與寶釵說要吃油鹽炒枸杞芽兒，給了小廚房廚頭柳家的五百個錢，柳嫂說這點菜頂多只要二三十個錢，小廚房還拿得出，不肯收，將五百個錢送了回去，探春和寶釵說給她打酒吃。結果趙姨娘聽說柳家的白給探春和寶釵做了油鹽炒枸杞芽兒吃，覺得自己虧了，「氣不忿，又說太便宜了」柳家的，於是，過了不到十天，也打發小丫頭子來尋這樣，尋那樣。

總之，趙姨娘這個形象的內涵沒有更多的可以讓人挖掘的東西。

尤其值得注意的是，在小說中曹雪芹充滿了對趙姨娘的厭惡之情。

中國古代文學在人物描寫和評價上歷來講究「含而不露」（十二回脂批），《紅樓夢》也這樣。曹雪芹輕易不褒貶人物，而是讓讀者自己從情節發展中去評判。有時候他也直接間接正話反話地說幾句，但是簡潔而有分寸，簡直不留痕跡。比如曹雪芹揭露賈璉是個色情狂，只不過說了一句「那個賈璉，只離了鳳姐便要尋事」（二十一回）。王夫人的冷酷無情導致金釧之死，曹雪芹卻不動聲色地說，「王夫人固然是個寬仁慈厚的人」（三十回），這是反話正說，讓讀者自己去琢磨。邢夫人是曹雪芹很討厭的一個女人，但是直接對她的貶斥也只有四十六回一處，通過王熙鳳的印象來寫：「鳳姐兒知道邢夫人稟性愚弱，只知承順賈赦以自保，次則婪取財貨為自得，家下一應大小事務，俱由賈赦擺布。凡出入銀錢事務，一經她手，便克嗇異常……兒女奴僕，一人不靠，一言不聽的。」但是曹雪芹筆下的邢夫人極有深度。按說，賈赦要強娶鴛鴦，邢夫人處於受損害的地位，她應當痛苦、憤怒，有所抗爭，但是她卻人前人後地為賈赦奔忙，甚至親自去動員鴛鴦。這就充分表明，這個女人的女性意識已經徹底喪失，女人絕對服從丈夫成了她的自覺行為，說明封建道德觀念已經深入邢夫人的骨髓，就像鹽溶於水一樣完全溶為一體了。再說，邢夫人也還有明白的時候，七十三回她就說，迎春已經死去的母親「比如今趙姨娘強十倍」。曹雪芹並不因為討厭這個人物而完全醜化她並多次讓她出醜。只有趙姨娘例外。

曹雪芹對趙姨娘可說是毫不留情，處處表現出他那無法抑制的厭惡之心。通觀全書，沒有一個人（包括她的女兒探春和兒子賈環）說過趙姨娘的好話，卻有許多各色各樣的人，說她這不好，那不好，這在全書中是絕無僅有的。李紈、寶釵等人都認為「素日趙姨娘每生誹謗。（探春）在王夫人跟前亦為趙姨娘所累」（五十六回）。平兒脾氣多好，再說，她畢竟不是主子，但是五十五回她在批評那些對探春不夠尊重的僕婦時說，「那趙姨奶奶原有些倒三不著兩」，意思是她有些顛三倒四。趙姨娘雖說不是主子，畢竟是賈政之妾，生有一子一女，是半個主子，按理只有賈母、王夫人這一級的主子才能訓斥她。但是曹雪芹卻不放過讓她出醜的機會，讓王熙鳳借訓斥賈環的機會，結結實實地教訓了她一頓：「他（賈環）現是主子，不好了，橫豎有教導他的人，與你什麼相干！」意思是作為母親的趙姨娘根本沒有權利教育兒子。不過趙姨娘也確實把賈環教壞了。二十回王熙鳳生氣地對賈環說：「你不聽我的話，反叫這些人（指趙姨娘）教的歪心邪意，狐媚子霸道的。自己不尊重，要往下流走，安著壞心，還只管怨人家偏心。」這是指桑罵槐呢。

探春很受王夫人的疼愛，鳳姐早就看出探春非常能幹，也想與她聯合，「和他協同，大家做個膀臂」（五十五回）。探春自己更是有抱負，想做一番事業。但是她母親趙姨娘卻老是給她添亂，趙姨娘自己出醜不算，還經常連累探春受氣。尤其是在探春最不願意涉及的「庶出」的問題上，屢次提及，簡直是「作踐」她。因此探春終於忍不住，當著李紈、寶釵的面痛心地對她母親趙姨娘說：「姨娘安靜些養神罷了，何苦只要操心。太太（王夫人）滿心疼我，因姨娘每每生事，幾次寒心。」（五十五回）即使是被鳳姐稱為「燎毛的小凍貓子（小貓凍得烤火燒著了毛，意思是沒頭腦）」、一貫最聽趙姨娘話的賈環，後來也討厭他母親了，說她自己不敢去鬧，總是「指使了我去鬧……遭遭兒調唆了我鬧去，鬧出了事

王熙鳳正言彈妒意

來，我挨了打罵，你一般也低了頭。這會子又調唆我和毛丫頭們去鬧，你不怕三姐姐（探春），你敢去，我就伏你。只這一句話，便戳了他娘的肺。」把趙姨娘氣壞了。探春也說她：「這麼大年紀，行出來的事總不叫人敬伏。」（六十回）最能反映曹雪芹對趙姨娘痛恨厭惡之情的，就是由茉（莉粉）、薔（薇硝）、玫（瑰露）、茯（苓霜）事件引起的一場混戰。當時挨了趙姨娘打的芳官一頭撞在她懷裏，藕、蕊、葵、豆四官聞訊趕來支援，「手撕頭撞，把個趙姨娘裹住」，等於是五個小丫頭打趙姨娘一個呢。在一旁觀戰的「晴雯等一面笑，一面假意去拉」（六十回）。晴雯的笑反映了曹雪芹心頭的快樂，曹雪芹為自己設計的這場讓趙姨娘出醜的鬧劇而開心不已。

不過看來曹雪芹似乎還不滿足於處處讓趙姨娘出醜，還要在文字上直接醜化她，貶損她的形象。六十七回寶釵送了賈環一些東西，趙姨娘「忽然想到寶釵係王夫人的親戚，為何不到王夫人跟前賣個好兒呢。自己便蠍蠍螫螫（形容走路樣子難看）的，拿著東西走至王夫人房中」，說了一番話。「王夫人聽了，早知道來意了，又見他說的不倫不類」，應付了一句就打發她走。曹雪芹寫道，「趙姨娘來時興興頭頭，誰知抹了一鼻子灰，滿心生氣，又不敢露出來，只得訕訕的出來了」。和芳官等小丫頭子們的一場混戰被探春、李紈、尤氏等喝住後，曹雪芹寫道：「問起原故，趙姨娘便氣的瞪著眼，粗了筋，一五一十說個不清。」探春讓她離開之後，她「口內猶說長道短」，簡直有點神經兮兮了。

趙姨娘畢竟是個妾，在賈府這個封建大家庭內依舊處於局部的被損害的地位，有時候還要做一些僕婦們做的事，如為賈母等主子搬椅墊、打簾子等。按理說她應當得到曹雪芹的同情才是。曹雪芹對導致金釧、晴雯之死的王夫人，企圖迫使鴛鴦為賈赦之妾的邢夫人，都沒有將她們故意醜化，而是寫得不溫不火。但是曹雪芹處處不放過趙姨娘，總要讓她出點洋相，顯些醜態，給點懲罰不可。其實曹雪芹完全可以用一些中性詞語，不必非用「蠍蠍螫螫」、「抹了一鼻子灰」之類的話。七十二回寫到，趙姨娘早就看中了賈環的丫頭彩霞，「巴不得與了賈環，（自己）方有了膀臂，不承望王夫人又放了出去」。她就「每唆賈環去討」。這裏若用「讓、使、教」均可，但是曹雪芹卻偏不饒她，一個「唆」字，活脫脫地寫出了這個愛耍小陰謀、愛搞小動作，自己卻又不敢出面的蠢女人的醜態。這還不能使曹雪芹稱心，還要通過對比來突出她的醜態。五十五回趙姨娘為了替自己死去的弟弟趙國基多爭幾個賞銀，去找臨時代理王熙鳳管理的李紈和探春論理。母女二人都哭了。趙姨娘是生氣女兒不趁現在掌權「拉扯拉扯」自己，多給死了的舅舅幾十兩銀子發送，傷心而哭。探春則是因為母親又當眾出醜，又給自己添亂，痛心而哭。曹雪芹將兩人的哭寫得大不一樣。趙姨娘是一進門就責備探春，「一面說，一面眼淚鼻涕哭起來」。而探春雖然痛心疾首，卻是「一面說，一面不禁滾下淚來」，後來探春「氣的臉白氣噎，抽抽咽咽」。母女二人兩種哭法，寫得文野、雅俗迥然不同，對比鮮明，表現出曹雪芹對她的極度厭惡之情。

趙姨娘的那種愛佔小便宜、愛調唆人、搬弄是非的毛病，連她身邊的人都看不下去，弄到眾叛親離的地步。以致她的小丫頭小鵲聽見她在賈政跟前告了寶玉的狀，便連夜來怡紅院報告。趙姨娘在《紅樓夢》幾十個重要或比較重要的人物中是唯一沒有真朋友的人，和她「好」的要麼是她想利用的，要麼是想利用她的。而且在前八十回中從趙姨娘二十回一出場挨了鳳姐一頓好訓，直到七十三回告寶玉黑狀，小鵲報警，趙姨娘直接間接出場十餘次，沒有一處在曹雪芹的筆下超生。

這樣我們就又回到了開頭提出的問題：趙姨娘怎麼寫成這樣？曹雪芹為什麼要這樣寫她？最簡單的分析當然是，這是曹雪芹創作上的一個不足，把趙姨娘形象處理得簡單化了。要承認曹雪芹在《紅樓夢》創作中有缺點並不困難，任何偉大作家的作品都難免會有時代的藝術的局限性。尤其是像《紅樓夢》這樣構思宏大、人物眾多的長篇巨制，有個把人物寫得簡單化了，無可厚非。

不過話又要說回來了，曹雪芹之所以是曹雪芹，一部只留下未寫完的八十回而由別人續完的《紅樓夢》，二百年來竟然令無數人讚歎不已，被口味很高的中國文人研究來研究去，主要還不就是因為曹雪芹筆下的人物具有超凡的藝術魅力，特別經得起反覆琢磨經久品味麼？中外古今有哪一部偉大作品能像《紅樓夢》這樣經得起反覆地品味式精讀和反覆地解剖式研究的？曹雪芹對許多極少出場的小角色都寫得栩栩如生，富於內涵，怎麼對這位挑著重頭戲多次充當重要角色的趙姨娘，曹雪芹卻沒有給她好好說說戲，認真扮扮妝，結果倒讓她演成了一個廉價的白鼻子丑角，留下了這麼多的不合理之處呢？這顯然不是曹雪芹的無意疏忽，更不是曹雪芹才力不濟，而是他故意所為。曹雪芹就是要用自己的才華將這個女人塗抹成這個德性，他就是要趙姨娘變成這樣醜惡！

當然也還可以有另外一種解釋，那就是曹雪芹出於某種創作需要。比如說，以目前這種趙姨娘形象來突出探春的勢利，強化嫡庶矛盾啦；表明賈環的委瑣低能和趙姨娘教育無方有關啦；反襯其他人物的光彩啦；增加一些小說的戲劇性和喜劇色彩啦，等等。趙姨娘在小說的人物關係網絡中處於一個比較重要的連接點上，將她醜化確實容易取得比較好的反襯與喜劇效果。但醜化並不是取得這些效果的最佳途徑，更不是唯一選擇。如果將趙姨娘寫得有城府，有手腕，陰而不露，刁而不直，也許她的「調唆」與「每每生事」會更有分量，更加深刻，這個介於主子與僕婦之間的女人的性格與命運也許會具有更大的典型意義。這兩種寫法的高下優劣，是一個中上水準的小說家都很容易想到和做到的，曹雪芹在其他人物身上運用得爐火純青，怎麼會偏偏在趙姨娘身上忘了呢？不可能。

因此在排除了創作失誤和反襯需要兩種可能之後，曹雪芹現在這樣寫趙姨娘，顯然是情有獨鍾。但是這個情，不是愛，而是憎！是一種永不寬恕的痛恨與厭惡！

關於曹雪芹經歷的資料實在太少，所以這個看法只不過是我的猜想。

心理學研究表明：「成年人的行為和個性特徵是受到出生後最初幾年的事件的影響的。」（美國E．R．希爾加德等著《心理學導論》上冊九十五頁，北京大學出版社）兒童心理十分稚嫩、脆弱，天性需要愛撫，對傷害格外敏感和恐懼。尤其是一些特別嚴重的傷害往往會給兒童心靈留下深深的傷

死讎仇趙妾赴冥曹

痕，會對他日後性格發展產生重要影響。這就是為什麼許多學者在研究一些優秀文學作品時特別關注作家經歷尤其是他們的童年的緣故，儘管小說不是自傳，但是小說家往往會在作品中注入自己童年生活的某些影子。《紅樓夢》不是曹雪芹的自傳，賈寶玉絕不是曹雪芹，賈府也不是曹家。但是，小說中寫到的某些內容，某些人物的命運和個性，作者對事件與某些人物的態度，小說的某些環境等等，與作者早年的生活，特別是與作者家庭命運發生的突然變故，有著密切的聯繫，曹家的一些人與事，成為曹雪芹創作《紅樓夢》的素材，有的人物有原型。這早已是紅學界的共識。所以我猜想，曹雪芹少年時代也許曾經遇見過一個品質、修養不好，他沒好印象的女人，這個女人在曹家遭遇突然變故或者在那以後，曾經落井下石，趁火打劫，也許還曾經直接傷害過幼小的曹雪芹本人或是他十分親愛的人，以致在他的心靈中留下了永不磨滅的傷痕。當然曹雪芹在創作《紅樓夢》時也未必就是非常清醒地有意識地將這個人物醜化甚至漫畫化，但是那段經歷，那個女人是那麼令他痛恨與厭惡，因而在他的潛意識中，那個女人的惡的形象已經牢牢地佔據了他的心頭，憎惡已經成為他的一種無法排解的本能式情緒，從而使曹雪芹在構思時已經無法給她任何一丁點亮色，他只有將這個女人醜化才能宣洩自己多年來鬱積於心的仇恨，於是趙姨娘終於成了現在這個樣子。

理想帝王容水溶

論地位，水溶貴為北靜郡王，在《紅樓夢》的出場人物中僅次於賈貴妃。但是從人物在小說中的戲分來說，他比寶玉的貼身小廝茗煙還少得多。茗煙尚且只算三等人物，因而將這位王爺歸入三等行列，也不算太委屈他。不過王爺終究是王爺，在《紅樓夢》中也是一方代表，需要我們稍加注意。而我們若加注意，便會發現他頗有些特別之處，或者說，曹雪芹似乎要在他這個形象上表現點什麼理念。

首先需要引起我們注意的是水溶的頭銜「北靜郡王」。清制，親王、郡王、貝勒、貝子的爵位，都要是皇帝近親才能得到。下面是分等級的公、侯、伯、子、男，比如大名鼎鼎的鰲拜和隆科多最高都曾經做到一等公。功勳卓著的大學士兼兵部尚書鄂爾泰，雍正十二年授一等伯爵，世襲。大學士張廷玉於雍正八年被賜伯爵，世襲（《清史稿．世宗本紀》），乾隆元年進三等伯（《清史稿．本傳》），開文臣封侯、伯先例。然後是各種品級的將軍。除了「世襲罔替」的有限幾個所謂「鐵帽子王」以外，其餘的王一代一代往下降。郡王是很高的爵位，因為即使皇帝的弟弟也不都能夠得到。《清史稿．世宗本紀》載：雍正八年封皇二十一弟允禧、皇二十二弟允祜為貝子，皇二十三弟允祁為鎮國公。同年四月，淳親王允祐死後，其子弘暻襲郡王。這就算很不錯了，有的一下子降好幾級呢。所以《紅樓夢》十四回寫到的這位北靜郡王很不簡單，一是他祖上第一代北靜王是皇帝的親弟弟，二是「及今子孫猶襲王爵」，這是很罕見的，相當於「世襲罔替」了。

其次是曹雪芹對水溶的描寫很不尋常。《紅樓夢》中的人物雖然極多，但是曹雪芹很少作肖像描寫，即使有也只是一兩句，有的還是套話。但是對正式出場僅僅一次、篇幅不多的水溶的肖像描寫卻比較詳細。有作者直接介紹「年未弱冠，生得形容秀美，情性謙和」；有屬於間接描寫的賈寶玉耳聞「素日就曾聽得父兄親友人等說閒話時」，讚水溶是個賢王，且生得「才貌雙全，風流瀟灑」。還讓寶玉在不遠處瞥見坐在轎內的水溶「好個儀表人材」（十四回）。如果到此為止，也就罷了，因為畢竟都還比較籠統。曹雪芹還特意細寫寶玉的「近看」：「舉目見北靜王水溶頭上戴著潔白簪纓銀翅王帽，穿著江牙海水五爪坐龍白蟒袍，繫著碧玉紅鞓帶，面如美玉，目似明星，真好秀麗人物。」（十五回）如此多角度描寫水溶外貌，顯然是「別有用心」的，不過不是出於惡意，而是要突出他的外表美。

當然，一個藝術形象的站立主要還是靠有沒有給人留下較深印象的個性化的細節。曹雪芹不但讚他「情性謙和」，「是個賢王」，而且寫出他和賈政等「仍以世交稱呼接待，並不妄自尊大」。最難得的是，他十分誠懇地勸告賈府長輩，對賈寶玉這樣的「吾輩後生，甚不宜鍾溺，鍾溺則未免荒失學業」。竟然不顧郡王之尊，說「昔小王曾蹈此轍」。謙恭、誠摯如此，令人感動。水溶對賈寶玉給予了很高評價，對賈政說：「令郎真乃龍駒鳳雛，非小王在世翁前唐突，將來『雛鳳清於老鳳聲』，未可量也。」水溶的讚語不是一般的客氣套話，因為他直率地談及自己的教訓，並真誠地對賈政說，「若令郎在家難以用功，不妨常到寒邸」，因為他那裏「海上眾名士凡至都者」，沒有不去的。寶玉如果「常去談會談會，則學問可以日進矣」。由此可見，水溶對賈寶玉寄予很大的希望。相反，曹雪芹卻對水溶感到失望，不是對水溶此人，而是像他這樣的人不能成為皇帝！如果皇帝有這等眼力，品格，那麼賈寶玉這樣有補天之才的人，就會有補天之命了。可惜的是，水溶只是個郡王。

水溶形象最值得注意之處是他的名字。在《紅樓夢》中「水」是一個十分重要的意象，象徵少女。賈寶玉有一句名言：「女兒是水作的骨肉，男人是泥作的骨肉。我見了女兒，我便清爽；見了男子，便覺濁臭逼人。」（二回）所以大觀園中的水「共總流到這裏（怡紅院），仍舊合在一處，從那牆下出去」（十七、十八回）。也就是說，大觀園中的女子不僅不同性質和程度地和賈寶玉有各種關係，而且她們的活動都是以怡紅院為中心在進行。這樣我們就不難理解「水溶」的象徵意義：曹雪芹心目中的理想君王應當是能夠容得下水的，甚至是能夠溶於水的，總之是能夠平等地對待女性的，就像賈寶玉一樣。水溶之所以對

賈寶玉路謁北靜王

賈寶玉一見如故，也和這種「心有靈犀一點通」有關。

如果說元春是曹雪芹心目中的后妃樣板，那麼水溶就是作者心目中的帝王楷模，都寄託著作者的某種理想。

曹雪芹多次將當時社會判處死刑為「末世」，而對未來社會究竟如何，沒有給予明確的答案。小說也不宜過於進行理性的表述，那樣就會失去藝術趣味。但是我們通過《紅樓夢》中的人物活動，通過這些少男少女們厭惡什麼，追求什麼，還是可以大致地看到曹雪芹心目中的理想社會是什麼樣的。

偉男扛枷賈雨村

曹雪芹寫出人性的複雜性，避免寫好人全好，寫壞人全壞，醜不全醜，這種寫法其他作家尤其是現代作家不難仿效。曹雪芹特別高明之處在於，他在寫壞人時並不停留在這個人物本身的品格表現上，而是將筆墨指向環境對人的腐蝕。這樣，批判的矛頭就不僅僅是指向個人，而同時指向了人物所處的社會。最典型的例子就是賈雨村。這個人物除了形象本身的意義外，還有結構作用和象徵暗喻作用。通過他和冷子興的對話介紹了榮寧二府的基本情況，表達了賈雨村對正邪善惡的看法。

凡是讀過《紅樓夢》的人，對賈雨村的印象都很深，因為這個人物有幾點很引人注目。一是他在小說中出場很早，第一回就開始了他的生命歷程。二是他的名字顯然和甄士隱一樣，借助諧音「假語存」具有暗喻義，表現了曹雪芹在創作《紅樓夢》中「將真事隱去……用假語村言，敷演出一段故事來」，從而為「閨閣昭傳」。賈雨村是曹雪芹的創作原則「假作真時真亦假，無為有處有還無」的人格化。三是賈雨村曾為林黛玉的啟蒙老師，是他受黛玉之父林如海之託，將林黛玉從揚州帶入京師的賈府。四是他恩將仇報，製造了著名冤案葫蘆案，等等。不過賈雨村後來在前八十回中就很少出場，即使來到賈府，也只是從別人口中提到而已。從賈雨村第一次為官就「貪酷」，也就是貪污和對百姓殘暴，以及在葫蘆案中徇私枉法，斷送了英蓮找到生身父母的最後希望，將賈雨村定性為壞男人，是不委屈他的。曹雪芹通過甄士隱說的《好了歌解》中的「因嫌紗帽小，致使鎖枷扛」，脂批認為就是「賈赦、雨村一干人」，曹雪芹沒有給他好下場。但是曹雪芹卻給了賈雨村一個極好的上場和一個本來很不錯的中場。因此曹雪芹在塑造賈雨村藝術形象時，有一些地方很值得琢磨。

在《紅樓夢》的男性人物中，除了賈寶玉，曹雪芹罕見地對賈雨村進行了相當細緻的描述，從姓、名、字、別號、籍貫、家庭出身，尤其是如今只能寄居葫蘆廟內，賣文作字為生的尷尬現狀，一一交代得十分清楚。有意思的是，還特意通過甄士隱家丫鬟嬌杏的眼光，寫出賈雨村的容貌、服飾：「敝巾舊服，雖是貧（困）窘（迫），然生得腰圓背厚，面闊口方，更兼劍眉星眼，直鼻方腮。」完全是一派中國傳統文化中的高大魁梧的大丈夫形象，而不是一般戲曲小說中壞男人尖嘴猴腮、賊眉鼠眼的樣子。所以甲戌本脂批對此十分讚許，說：「最可笑世之小說中，凡寫奸人則用鼠耳、鷹腮等語。」

接著曹雪芹又通過賈雨村口占五言律詩「未卜三生願」，高吟一副對聯「玉在匣中求善價，釵於奩內待時飛」，以及中秋在甄士隱家酒後所吟的「人間萬姓仰頭看」那首絕句，寫出了他的不凡抱負和出口成章信手拈來即成佳篇的出眾才華。由於賈雨村說到自己囊中羞澀，無錢進京趕考，甄士隱馬上命小童拿出五十兩銀子和兩套冬衣相贈。對於如此厚重的資助，賈雨村「不過略謝一語，並不介意，仍是吃酒談笑」。按理說，一般人受此厚贈，雖不至於感激涕零，千恩萬謝，多說幾句「多謝」、「愧領」之類的話是應該的，即使起立、垂首、抱拳致謝，也不辱沒身分。但是賈雨村沒有。這個細節寫出了中國文人重義輕利講究氣節的特點。脂批者在此寫道：「寫雨村真是個英雄。」雖然有的地方脂批也說他是「奸雄」、「奸詐」，但總體說來評價很高。結果賈雨村沒有接受甄士隱的建議，過四天等到十九這個黃道吉日才走，而是第二天一早就進京去了，還讓和尚給甄士隱帶話說：「讀書人不在黃道黑道，總以事理（事業）為要，不及面辭了。」咱們現在都二十一世紀了，許多受過高中、大學教育者還迷信得厲害，這一點還真不如當初的賈雨村呢。曹雪芹還寫出賈雨村一開始是個重感情的人。當初他落魄之時，甄士隱的丫頭嬌杏看了他三次，賈雨村誤以為嬌杏「心中有意於他，便狂喜不盡，自以為此女子必是個巨眼英雄，風塵中之知己」。

賈雨村考試高中進士，後來升為知府，就立即派人來尋找嬌杏，將她娶了去。夫人去世後，便將她扶了正。所以賈雨村從一出場到迎娶嬌杏為止，從容貌、抱負、才華、行為，從一個窮書生到知府，經歷了苦讀、趕考、高中、升官，全都是作為一個標準的正面形象出現的，幾乎無可挑剔，簡直稱得上是一個偉丈夫，一個從外到裏都非常優秀的男人。賈雨村仕途也十分順利，幾年之

賈雨村風塵懷閨秀

內就從七品官（考中進士一般可以擔任七品或從七品的各種官職）晉升為從四品的知府。這可以看作是賈雨村形象的第一階段。

緊接著曹雪芹寫的一段文字就需要我們仔細琢磨一番了，要不然很容易忽略過去，不僅無法體味他那深刻含義，也失去了許多審美趣味。他寫道：「（賈雨村）雖才幹優長，未免有些貪酷之弊，且又恃才侮上，那些官員皆側目而視。不上一年，便被上司尋了個空隙，作成一本，參他『生情狡猾，擅篡禮儀，且沽清正之名，而暗結虎狼之屬，致使地方多事，民命不堪』等語。龍顏大怒，即批革職。」貪酷就是指賈雨村做官貪污錢財，對老百姓殘酷虐待。這就怪了，好好的賈雨村怎麼就「未免」有些貪酷起來了？這不正說明，在那個至今還被稱為「盛世」而實際上曹雪芹指出已經是「末世」的時代，即使一個本來很不錯的讀書人，如賈雨村，一旦為官，在那個腐敗的土壤中也很快就會變質，也不免成為貪官、壞蛋麼！那麼賈雨村究竟為什麼被革職呢？顯然不是因為他「貪酷」，反正大家都貪酷嘛；而是因為他「恃才侮上」。封建社會在官場混，最主要的訣竅是不能得罪上司。上司喜歡你就升官，上司討厭你就下臺。賈雨村確實有才，但不僅沒伺候好上司，還居然恃才傲物，對上司有不敬甚至得罪之處。妙還妙在上司要找賈雨村的茬還不太好找，因為賈雨村除了「貪

託內兄如海薦西賓

酷」，沒有別的比如殺人放火、強姦民女之類，而「貪酷」呢，官場上比比皆是。最令人佩服的是曹雪芹用了「不上一年」四個字。表面上看起來是很快，一年都不到，實際上是很長，上司幾乎花了近一年才終於找了個茬。當然不是參他貪酷，而是「擅篡禮儀」之類。皇帝也是個昏君，就把他革職了。曹雪芹真是天才！就這麼百把個字，罵了賈雨村、他的上司，還有皇帝。曹雪芹在這百把個字中將賈雨村被環境（官場、上司、皇帝）腐蝕的過程幾筆就勾勒出來了。尤其是「未免」二字，真是春秋筆法，力重千鈞！令人欽佩不已。

但是賈雨村被環境腐蝕的過程並沒有結束。賈雨村被革職後安頓好家眷便雲遊天下，後來到了揚州，在巡鹽御史（相當於今司局級）林如海家給黛玉當啟蒙老師。由於林如海的舉薦，他帶了林黛玉進京到賈府，又經過時任工部員外郎（相當於今副司長）賈政「竭力內中協助」，結果「題奏之日（當天），輕輕謀了一個復職候缺，不上兩個月」，就到金陵應天府上任去了。「輕輕」二字，看似很輕，其實極重，非常尖銳。因為一個相當於專員和司局長的高級職務，就因為有賈政這樣的官員保舉，皇帝當天就批准，於是輕易落在了賈雨村這樣的貪贓枉法之徒手裏。曹雪芹對當時任命官員制度的揭露，真是入木三分！

不過這時候的賈雨村還沒有徹底墮落。曹雪芹非常注意用細節來刻畫人物性格和表現人物細微的心理活動，以及人性蛻變的過程。賈雨村剛到金陵上任就碰到了馮淵家人告狀。當他聽說死者家人「告了一年的狀，竟無人作主」時，不禁大怒，馬上就要發簽讓差役去抓捕兇犯。可見這時賈雨村的人性還沒有完全泯滅，還有一點正義感。新官上任三把火，他未必沒有在金陵應天府知府任上有所作為的想法。但是站在他身旁的一個門子對他使了個眼色，意思是讓他不要發簽抓人。曹雪芹緊接著寫道：「雨村心下甚為疑怪，只得停了手，即時退堂，至密室，侍從皆退去，只留門子服侍。」所謂「門子」只是個最普通的差役，可是堂堂知府大人居然就「只得」罷手，而且立刻退堂，還一直退至密室，並讓其他僕人統統下去，只留下這個門子。曹雪芹真是惜墨如金，僅僅用了三十一個字就把賈雨村接受上次被上司參了一本罷官的教訓極其生動地寫出來了，其中有許多內容需要讀者自己去體味。也只有讀者自己慢慢琢磨，讀起來才有滋有味，這是一種藝術再創作。賈雨村顯然明白，這個門子居然敢在知府衙門大堂之上如此暗示，必有道理。此人不是有過硬後臺，連自己這位新知府都不放在眼裏，就是有充足理由要討好自己，免得自己這個知府一上任就吃虧。總之，賈雨村從上次的官場失敗中明白了許多為官的道理，最主要的是：上司是不能得罪的，順之者昌，逆之者亡。包括官場中的某些小人物，也不能隨便得罪，或者說有時候很用得著。果然，門子拿出了護官符。那賈史王薛四大家族不僅家家顯赫，「連絡有親，一損皆損，一榮皆榮，扶持遮飾，俱有照應」，而且他賈雨村復職就是靠的賈府之力。曹雪芹在寫賈雨村聽門子敘述英蓮被拐賣和馮淵被打死的過程中，也並沒有簡單化。賈雨村既有同情，也有不忍徇私枉法的想法。但門子說，「只是如今世上（那些大道理）是行不去的」，否則「不但不能報效朝廷，亦且自身不保」。「雨村低了半日頭」，思想鬥爭，結果良心被黑心徹底擊敗。不過他還要掩飾自己，裝模作樣地說：「不妥，不妥，等我再斟酌斟酌，或可壓服口聲。」於是次日他就在衙門大堂之上判了那個葫蘆案，使英蓮徹底斷送了回到父母、親人身邊的可能。賈雨村「斷了此案，急忙作書信二封，與賈政並京營節度使王子騰，不過說『令甥之事已完，不必過慮』等語。」賈政是薛蟠的姨夫，王子騰是薛蟠的舅舅。節度使是唐五代時期主管一個比較大的地區軍政事務的主官，地位相當於清代的巡撫甚至總督。所以這是賈雨村給舉薦自己復職的恩人賈政報恩，並且乘機巴結官位更高的王子騰，以便為自己將來升遷鋪路。賈雨村真是把歷次升官、罷官的經驗教訓充分接受了，找了個空子，把那對他知根知底的門子充軍發配到遠方去了。按說，這門子可是對賈雨村有功的，甚至可說有恩。可是對賈雨村來說已經沒有用了，甚至還可能會構成威脅。「鳥盡弓藏，兔死狗烹」，如此而已。

葫蘆僧判斷葫蘆案

這樣，賈雨村也就徹底完成了由好男人向壞男人的轉變。

在完成了這個具有根本意義的轉變之後，前八十回賈雨村就不再正式出場了，而是通過別人的口介紹，他如何在壞男人的道路上越走越遠，而官卻越做越大，其秘訣就是巴結賈府這種顯赫人家。最主要的有這樣幾件事：一是三十二回賈寶玉正和史湘雲、襲人等說話，下人來說，賈政讓寶玉去見賈雨村。賈寶玉非常討厭這個傢伙，說他「回回定要見我」。可想而知已經由地方官成為京官的賈雨村不但常跑賈府，而且知道光討好賈政還不夠，還要在賈府的命根子賈寶玉身上下功夫。套用一句現在的話，賈雨村討好賈寶玉，是在做期貨呢！四十八回還通過平兒的敘述寫到，賈雨村與賈府結識不到十年，「生了多少事出來」！最新一件是，賈赦看中了石呆子收藏的二十把古扇，千方百計要弄到手，石呆子誓死不賣。結果是賈雨村「設了個法子，訛他拖欠官銀，拿他到衙門裏去，說所欠官銀，變賣家產賠補，把這扇子抄了來，作了官價送了來。那石呆子如今不知是死是活」。五十三回提到賈雨村升了大司馬（相當於兵部尚書），而且協理軍機，參贊朝政，那就位列中樞了。後來他有降有升，直到肩上枷鎖扛。

總之，《紅樓夢》通過賈雨村一生的經歷，寫出了封建社會具有典型意義的某一類知識份子生涯的全過程：苦讀、趕考、高中、為官、升官、革職、復出、高升、獲罪。這個過程分為兩個階段，轉捩點就在賈雨村為官時期。一個才華出眾、胸懷大志、頗有骨氣、本來完全可以為社會做一些好事的文人，逐漸被黑暗的官場腐蝕成為一個徇私枉法、人性泯滅、恩將仇報的大壞蛋。這樣，賈雨村這個藝術形象的意義就遠遠超越了人物本身，而是突出了這個被曹雪芹反覆稱為「末世」的社會的罪惡。社會環境腐蝕了好人，保護和得志的是壞人，那麼結論就只能是：這個社會環境必須改變！這個被稱為「盛世」而實際上是「末世」的社會必須滅亡！

因此《紅樓夢》反映的社會是，一方面它不允許賈寶玉這樣的優秀份子發展，另一方面它腐蝕本來可以有所作為的賈雨村這樣的人，而使得賈赦、賈珍、賈璉、薛蟠等人如魚得水。老一代不能為下一代楷模（賈赦和賈璉、賈珍和賈蓉）；相反，老一代還以自己的醜惡行為毒害腐蝕著下一代，那麼，當然只能是一代不如一代了，這樣的社會自然應該滅亡。因此曹雪芹在《紅樓夢》中對於壞男人的描寫，主要並不在於批判這些個人，矛頭最終指向的是那個至今仍然被津津樂道為「盛世」的末世。

晴雯之死襲人冤

晴雯是曹雪芹在《紅樓夢》中塑造得最出色的藝術形象之一，也是他注入愛心最多的三五個少女之一。論地位，她在首席大丫鬟襲人之下，襲人的月錢一兩，晴雯的月錢是一吊錢，也就是一千個錢，半兩，比襲人少一半。像她這樣的大丫頭在寶玉身邊還有麝月、秋紋、碧痕等六個。但是在金陵十二釵又副冊中，曹雪芹將她排在了第一位，襲人倒排在第二。可想而知，曹雪芹是多麼喜歡晴雯了。

解讀晴雯藝術形象的關鍵並不在於她性格率真等等，而在於曹雪芹最看重的真情。晴雯，「情」熱烈到可以「焚」的地步，卻又不得不極力克制自己而去成全所愛之人，其情何其可敬可歎！

在一個很難接觸到異性的封建社會，天天和賈寶玉這樣一個才貌雙全善解人意的男性在一起，少女晴雯不可能不愛寶玉。別的丫鬟其實也會有類似的感情，只不過在這個等級森嚴、禮法嚴厲的社會，這些「家生子（世代奴僕的子女）」也好，主子花錢買來的奴僕也好，誰都知道，不能越雷池一步，否則就會招來大禍，就像後來金釧那樣。因此人人都會將這種情感自覺剷除或是深埋於心，不敢有絲毫流露。晴雯當然也一樣深知自己與寶玉是主奴關係，地位有天壤之別。她不敢存非分之想，不過，因為性格率真，這種微妙的感情不經意地就會流露出來。三十一回由於晴雯不小心摔壞了扇子，被寶玉說了幾句。晴雯果然厲害，立即猛烈「反擊」，冷笑道：「二爺近來氣大的很，行動就給臉子瞧。前兒連襲人都打了，今兒又來尋我的不是。要踢要打憑爺去，……要嫌我們就打發我們，再挑好的使。好離好散的，倒不好？」晴雯之所以會如此「放肆」，除了長期在寶玉身邊隨便慣了，還有潛意識中對寶玉的愛在起作用，對自己心愛的人，有時說話就比較任性，就像黛玉對寶玉那樣。正好襲人來勸架，說：「好好的，又怎麼了?可是我說的『一時我不到，就有事故兒』。」從這「又」和「可是我說的」裏面，我們可以想見，平時晴雯就這樣。結果晴雯把氣撒到襲人身上。偏偏襲人不經意地說了句「原是我們的不是」，晴雯「不覺又添了酸意」，對寶玉的愛立即從潛意識層面浮現到表面上來了，就結結實實地把襲人挖苦了一番。這就又進一步惹惱了寶玉，就說，晴雯大了，想走了，馬上要去回王夫人，要讓她離開怡紅院。平時從不服軟方才還特別厲害的晴雯馬上就哭了，寧可撞死也不走。這是因為她離不開賈寶玉之故。只要能夠天天看見自己心愛的人，就心滿意足了，並不一定非要有肌膚之親，甚至是犧牲這種機會，以便維持與心愛的人在一起。她蒙冤受屈被王夫人逐出大觀園之後，後悔擔了虛名，「早知如此，我當日也另有個道理。不料癡心傻意，只說大家橫豎是在一處

撕扇子作千金一笑

……」她若早知會被趕出來，她一定會以生命的代價去熱烈地愛寶玉。《紅樓夢》為讀者留下了那麼多為之遺憾的事，這也正是它魅力無窮的表現之一。晴雯對寶玉之愛，是一種為了自己所愛之人可以犧牲自己之愛，以成全所愛之人的愛，因此格外崇高，令人感慨。

懷疑襲人事出有因，查無實據

晴雯之死襲人究竟有沒有責任？這個問題自清代以來就一直有人懷疑。乾隆嘉慶年間人二知道人在談到金釧、晴雯之死時說：「花襲人，功之首，罪之魁也。」這「功」就包括向王夫人獻策，「罪」主要指的是晴雯之死。另外也還有一些人認為襲人「奸」。道光年間人涂瀛說：「嗟乎！奸而不近人情，此不難辨也，所難辨者近人情耳。襲人者，奸之近人情者也。以近人情者制人，人忘其制；以近人情者讒人，人忘其讒。約其平生，死黛玉，死晴雯，逐芳官、蕙香（四兒），間秋紋、麝月，其虐肆矣，而王夫人且視之為顧命，寶釵倚之為元臣。」（《紅樓夢卷．紅樓夢論贊》）在極左觀念橫行的文化大革命時期，襲人甚至被說成是「特務」、「密探」，認為正是由於她「告密」，致有晴雯被逐致死以及芳官等眾少女風流雲散。

這些話乍一聽似乎頗有些道理，但是仔細讀讀原著，那麼借用一句俗話說就是，「事出有因，查無實據」。

為什麼說「事出有因」呢？因為襲人確實十分可疑！

一，襲人曾經向王夫人建議將寶玉遷出大觀園。寶玉被賈政打得半死之後，襲人曾經向王夫人進言：「論理，我們二爺也須得老爺教訓兩頓。若老爺再不管，將來不知做出什麼事來呢。」襲人「克盡職任」到了極點，以至有些奴才意識。她一心希望寶玉熟讀聖賢書，將來中舉入仕。不願意寶玉和「戲子」等「那些人」交往，也不贊成「他又偏好在我們隊裏鬧」（三十四回），所以她建議王夫人「怎麼變個法兒」讓寶玉搬出大觀園外來住。為此王夫人深為感動，說了許多感激襲人的話，保證不辜負襲人的忠心耿耿。三十五回王夫人讓人給襲人送了兩個菜來，這是獎賞。三十六回王夫人命王熙鳳將襲人的月錢從一兩增加到二兩半。襲人原來月錢一兩，是因為她是賈母的丫鬟，現在給賈母增加一個丫頭，襲人這一兩就退回。所以等於是一下子給襲人的工資增加了一倍半。王夫人還說以後凡事有趙姨娘、周姨娘的（注意，這兩位姨娘月例均為二兩，每人各有兩個丫頭，月例原是一吊後來減半為五百個錢）也有襲人的，只是襲人的一份從王夫人的分例上勻出來。所以襲人享受的是姨娘待遇，因為丫頭中待遇最高的是一兩，賈母有八個。王夫人身邊只有金釧是一兩的。寶玉身邊原來八個大丫頭都是一吊的。所以王熙鳳建議王夫人，索性將襲人收在寶玉房裏，成為正式的妾式的丫鬟，即「房裏人」，也就是「通房大丫頭」算了。

襲人

二，王夫人說她在怡紅院有耳報神，對怡紅院的事她一清二楚。七十四回王夫人下令將晴雯傳來時說：「你幹的事，打量我不知道呢！」抄檢大觀園後七十七回王夫人曾在怡紅院公開聲稱：「我身子雖不大來，我的心耳神意時時都在這裏。」簡直就是宣布怡紅院內有她的坐探，更像是暗示襲人了。

三，連寶玉都懷疑是襲人將他們平時說笑的私話打了小報告。寶玉說：「咱們私自頑話怎麼（太太——王夫人）也知道了？又沒外人走風的，這可奇怪。」這還不算，寶玉又說：「怎麼人人的不是太太都知道，單不挑出你和麝月秋紋來？」（七十七回）麝月、秋紋是襲人調教出來的，似乎連她們都有份了。

為什麼說「事出有因」，卻「查無實據」呢？

為了弄清事實真相，我們暫時將「告密」這個具體事件放一放，首先來看看襲人的為人究竟怎麼樣。因為一個人的基本品格往往會對重大行為產生重要影響。或者反過來說，人的重大行為往往可以在其基本品格中找到基因。

在《紅樓夢》的丫頭群中，襲人有好幾處都堪稱第一：在所有有名有姓的丫頭形象中，除了黛玉帶來的小丫頭雪雁提了一筆外，襲人是第一個正式出場的（第三回）。襲人原名「珍珠」，把這麼好的名字給她，可見曹雪芹對她的喜愛。而且對人物輕易不多作介紹的曹雪芹對襲人作的敘述也是最多的。不僅介紹了她原是賈母之婢及其本名、姓氏，賈母對她的極佳印象，還有改名「襲人」的由來以及她對自己服侍的主人忠心至「癡」的個性。黛玉抵達賈府的第一晚，是她見黛玉和後來改名為紫鵑的鸚哥尚未安息，主動進去問候，從而介紹了那塊晶瑩寶玉的來歷。由此也可見襲人在曹雪芹心目中的重要性。此其一。二是襲人在所有的丫頭中戲分最重，在全部情節中的貫穿性作用最為明顯，這些只有平兒的情況和她比較接近。這是因為他們分別是賈寶玉和王熙鳳這兩個男一號和並列女一號的主要助手之故。第三，寶玉身邊美女如雲，襲人是唯一和他實際發生性關係的少女，因為寶玉夢遊太虛幻境和「乳名兼美字可卿」的少女的那次，畢竟屬於夢遺，而非真實的生活。此事雖然主要是由於寶玉勉「強」她，也和「襲人素知賈母已將自己與了寶玉的，今便如此，亦不為越禮」有關。賈府上上下下都明白襲人身分的不一般，三十一回林黛玉就故意開玩笑叫她「嫂子」。與此相關卻更加值得注意的是第四，她和賈寶玉的性關係僅此一次而已，以後再沒有過，而不像通常那樣它只是一個沒完沒了過程的開始。當然這首先表明了賈寶玉的為人和個性，在男女關係上絕不亂來。但也顯示出年紀比寶玉大兩歲、夜夜睡在他外床或一屋的襲人的不凡人品。這些是我們解讀襲人形象的幾把重要的鑰匙。

脂批有「襲乃釵副」的說法，意思是丫鬟中襲人在觀念、性格上和寶釵有些重要的相似之處，這話很有道理。襲人和寶釵兩人都是封建禮教的真誠擁護者，都非常自覺地遵守並督促別人也遵守。這正是曹雪芹沒有將她置於金陵十二釵又副冊之首，而是放在地位比她低的晴雯之後居第二位的原因。但襲人絕不是寶釵第二，更不是簡單的重複，而是另一個出色的藝術典型。曹雪芹在塑造人物時，顯然十分注意將相近人物區別開來。兩人最大的不同是，襲人不像寶釵那麼冷漠無情。寶釵在金釧之死、尤三姐之死和柳湘蓮出家的問題上表現出來的那種無所謂，令人吃驚。而襲人在得知後兩人的結局上有何表現，作家沒有寫到，但在聽說金釧投井而死時，「點頭讚歎，想素日同氣之情，不覺流下淚來」（三十二回）。而寶釵說金釧「也不過是個糊塗人，也不為可惜」。因此無論在是非判斷還是情感上，兩人都不一樣，襲人比寶釵要重情義得多。前面講到晴雯因扇子的事與寶玉拌嘴，襲人好意勸架，卻被晴雯奚落。平心而論，此事是晴雯的不是引起的，而且寶玉火了，要攆她走，也是晴雯先說「打發」、「好離好散」什麼的，惹得寶玉情緒失去控制造成的。當時寶玉執意要去王夫人那裏回稟，要趕走晴雯，晴雯表示寧可撞死也不走。寶玉若真是回了母親，晴雯就會出人命。是襲人跪下苦苦哀求並帶動了麝月等也都跪求，才化解了這場差一點變成悲劇的鬧劇。由此可見，襲人是個識大體、心地善良的少女，在關鍵時刻有力地救了晴雯。十九回寶玉在茗煙陪同下私自來到襲人家，脂批注意到襲人用了四個「自己」的東西給寶玉使用，稱襲人為「襲卿」，可見脂批者明白曹雪芹對襲人的評價與喜愛。而且為「留與下部後數十回『寒冬噎酸齏，雪夜圍破氈』等處對看」。第三回說賈母「素喜襲人心地純良」，可謂知人之論。襲人雖然地位高於

麝月

其他丫頭，但她為人忠厚，不擺架子，體貼他人，她服侍主人忠心耿耿，竟「有些癡處：服侍賈母時，心中眼中只有一個賈母；如今服侍寶玉，心中眼中又只有一個寶玉」。《紅樓夢》中用「癡」來形容寶玉，再一個就是襲人！這不是偶然的。

三十四回襲人向王夫人進言，只是著眼於寶玉和姑娘們已經長大，「雖說是姐妹們，到底是男女之分，日夜一處起坐不方便，由不得叫人懸心」。襲人擔心男女授受不親，萬一出事了，會影響寶玉「一生的聲名品行」，並沒有具體講某個人的壞話，這是最重要的。脂批說「襲卿愛人以德」，說的正是襲人雖然恪守封建道德規範，卻並沒有出賣誰。

我們只要不存先入之見，仔細注意一下七十四回抄檢大觀園前王善保家的和王夫人的那段對話，就會發現，說襲人告密是沒有根據的。襲人並未向王夫人告密最有力的證據是，在抄檢大觀園之前，王夫人連晴雯是誰還弄不清呢。倘若真是襲人說了晴雯壞話，王夫人早就把她像金釧那樣攆出去了，哪會等至今日！再說，七十四回在王善保家的一再挑撥與提醒下，王夫人下令立即將晴雯叫來，而且命令去叫的丫頭不許對她們說為什麼。聰明絕頂的晴雯一進來，一看這架勢，一聽王夫人的冷嘲熱諷和威脅，就知道自己遭了暗算。王夫人在說完「你幹的事，打量我不知道呢」後，問道：「寶玉今日可好些？」晴雯並沒有在王夫人的訛詐下驚慌失措，而是胸有成竹地回答說：「我不大到寶玉房裏去，又不常和寶玉在一處，好歹我不能知道。只問襲人麝月兩個。」王夫人居然信以為真，說：「這就該打嘴！你難道是死人？要你們作什麼！」晴雯不慌不忙地說：「我原是跟老太太的人，因老太太說園裏空大人少，寶玉害怕，所以撥了我去外間屋裏上夜，不過看屋子。我原回過我笨，不能伏侍。老太太罵了我，說『又不叫你管他的事，要伶俐的作什麼！』我聽了這話才去的。」晴雯把賈府老祖宗賈母搬了出來，多麼聰明！王夫人怎麼可能為了這點小事去向賈母核實呢？其實晴雯早就在寶玉身邊了，第八回寶玉從薛姨媽那裏回來，酒喝多了，回到自己臥室。晴雯首先出來接他，說：「好，好，要我研了那些墨，早起高興，只寫了三個字（就是貼在門斗上的『絳雲軒』），丟下筆就走，哄得我們等了一日。快來與我寫完這些墨才罷（這豈不是仙子給神瑛侍者下命令麼）！」可想而知王夫人多麼官僚主義！晴雯接著說：「不過十天半個月之內，寶玉悶了，大家頑一會子就散了。至於寶玉飲食起坐，上一層有老奶奶老媽媽們，下一層又有襲人麝月秋紋幾個人，我閒著還要作老太太屋裏的針線，所以寶玉的事竟不曾留心。太太既怪，從此後我留心就是了。」晴雯以攻為守，而且滴水不漏，真是可愛能幹！王夫人竟然「信以為實」了。可見襲人在王夫人面前不僅從來沒有說過晴雯的任何壞話，連晴雯究竟在怡紅院幹什麼都沒有提起過。襲人為人寬容，不大計較小事，不愛生氣。在「得饒人處且饒人」上很像平兒，明顯地比晴雯強，在五十九回處理春燕娘的問題上對比鮮明。二十回脂批寫到後來襲人出嫁時關照，「好歹留著麝月」，二十八回脂批：「後回與襲人供奉玉兄寶卿得同始終者」等來看，後來寶玉落難，得到了襲人、棋官（蔣玉菡）的照顧。大觀園的少女們結局幾乎都很不幸，但是曹雪芹仍然讓襲人嫁給了賈寶玉的好朋友藝名琪官的蔣玉菡，有一個相對較好的歸宿。這也證明作者對這個人物的印象是很好的，絕不會認為她是「內奸」。

最可貴的人格意識與平等意識

那麼，王善保家的那些人為什麼要在王夫人面前說晴雯的壞話，導致晴雯被逐甚至死了呢？王夫人怎麼知道賈寶玉他們說的私話呢？

這裏的原因比較複雜。我們首先要從晴雯這個人說起，從她的個性和這種個性與所處環境的格格不入來探討其後果的必然性。

曹雪芹在第五回金陵十二釵的判詞和《紅樓夢曲》對重要人物性格和命運作了基本的預示和定位。我們如果作個簡單的比較，就不難發現，曹雪芹給晴雯的判詞突出地好。黛玉和寶釵是「可歎停機德，堪憐詠絮才」，「山中高士晶瑩雪」和「世上仙姝寂寞林」；元春是「二十年來辨是非」，探春是「才自精明志自高」，湘雲是「英豪闊大寬宏量」，鳳姐是「都知愛慕此生才」，妙玉是「氣質美如蘭，才華馥比仙」。但是對不少人除了褒還有貶。而晴雯的判詞是「心比天高」、「風流靈巧」，評價之高超過探春、妙玉、可卿、鳳姐等人，直追「一個是閬苑仙葩，一個是美玉無瑕」的黛玉和寶玉，絕對是名列前茅。

《紅樓夢》中的人物常常是一組一組對比地寫的，這樣不僅可以節省筆墨，而且容易寫得鮮明。甲戌本第八回脂批說：「晴有林風，襲乃釵副。」若以剛柔、動靜區分，晴雯屬於前者，有點陽剛氣質；而襲人則屬於後者，為陰柔氣質。如果把襲人比作半透明的毛玻璃，那麼晴雯則是晶瑩透剔的水晶，不僅透明純淨，而且十分堅硬，寧折不彎。晴雯是個比較有自我人格意識的女孩。這種自我人格意識，現在自然不稀奇了，但在封建社會中是極其罕見的，具有極大的進步性，《紅樓夢》的少女中只有林黛玉最突出，探春和王熙鳳也有一些。晴雯雖然「身為下賤」，但做奴隸而不做奴才。做奴隸是社會身分，身不由己，做奴才卻還有自己觀念、心理的因素。晴雯是賈府眾多丫鬟中最缺少奴才意識的，也最看不起那種人。三十七回秋紋由於跟著寶玉給賈母和王夫人送花，分別得了幾百錢和兩件衣裳的賞，喜出望外，回來說了一大堆話，深感「難得這個臉面」。晴雯當即「呸」她，「你還充有臉呢……一樣這屋裏的人，難道誰又比誰高貴些？把好的給他，剩下的才給我，我寧可不要，衝撞了太太，我也不受這口軟氣」。晴雯還趁機嘲諷襲人：「……或者太太看見我勤謹，一個月也把太太的公費裏分出二兩銀子來給我，也說不定。」惹得屋裏的丫頭們大笑。晴雯「心比天高」的一個重要表現是，她有一種朦朧的平等意識。按說一開始襲人「工資」（月錢一兩）就比她（一吊，即半兩）多一倍，後來又一下子長到二兩半，比她多四倍，「級別」高多了。封建社會最重要的特點就等級森嚴，並不僅僅是梁山好漢才英雄排座次，不好漢不英雄的照樣也講究座次。所以晴雯這種朦朧的平等意識非常了不起。她不認為襲人和她有什麼不同，「也不過和我似的」，都是丫頭（三十一回）。而襲人則常常不自覺地流露出自己的特殊身分，甚至明確強調「他（晴雯）縱好，也滅不過我的次序去」（七十七回）。襲人著眼的是「次序」，即封建社會最重要的標誌等級，即使有那麼一點點差別也是重要的。即使在主子面前，晴雯也不改秉性，維護自己的人格。寧肯受窮，絕不受辱。曹雪芹之所以敬重晴雯，就是因為她有強烈的人格意識。這些就是「心比天高」的具體內容，珍視人的價值，用現代語言來說，就是重視人權，這是《紅樓夢》超越許多古代作品的一個重要方面。

無論是拌嘴、撕扇（三十一回），還是唬麝、補裘（五十一回），晴雯都表現出一種極其可貴的率真個性。和包括小姐在內的其他少女相比，她身上封建禮教的影子最淡薄，人的天性保持得最好。尤其難得的是，她敢做敢當，敢愛敢恨。臨終前寶玉來看她時，她不顧只擔虛名，剪下指甲，脫下內衣，交給寶玉，讓他收好：「以後就如見我一般。快把你的襖兒脫下來我穿。我將來在棺材內獨自躺著，也就像還在怡紅院的一樣了。」「回去他們看見了要問，不必撒謊，就說是我的。」（七十七回）這是何等的真誠、熱烈和勇敢！在這一點上，賈府任何少女都不如她。曹雪芹讓賈寶玉寫了一篇長長的《芙蓉女兒誄》來祭奠她，其中頗有一些情真意切、不同凡響之句，蓋棺論定，對晴雯作了極高的評價。因為烙印在晴雯身上寧折不彎的骨氣，士可殺不可辱的人格意識，正是曹雪芹最崇敬的，可以看作是他自己的精神寫照。

曹雪芹塑造人物玉石兩重性的手法在晴雯身上自然也有表現。正因為晴雯這種寶貴的人格意識和平等意識，有時候難免就有些任性。在性格率真上，她確實有點像林黛玉的作風。晴雯說話直來直去，不會繞彎子，不喜歡討好

勇晴雯病補雀毛裘

別人。有時候還要諷刺挖苦別人幾句，比較尖刻。用襲人的話來說，就是有時候說話「夾槍帶棒」。這一點也有些像黛玉。不過黛玉是個才女，尖酸之中帶著詼諧、幽默和文采。而晴雯則略有「野」性，直截了當，痛快淋漓。幾個丫頭在一起說同一件事，即使不標明是誰說的，憑口氣也能判斷出哪句是晴雯說的話。十九回李嬤嬤非要吃寶玉給襲人留著的酥酪，小說寫道：「一個丫頭道：『快別動！那是說了給襲人留著的，回來又惹氣了。你老人家自己承認，別帶累我們受氣。』」脂批指出：「這等話聲口（口氣），必是晴雯無疑。」結果李嬤嬤說了一大堆氣話，而且賭氣將酥酪吃光了。小說寫道：「又一個丫頭笑道：『他們不會說話，怨不得你老人家生氣……』」等等。脂批說：「聽這聲口，必是麝月無疑。」要是趕上晴雯不高興的時候，說話就很隨意，這就不免要得罪人了。二十六回脂批說晴雯一貫「浮躁多氣」。二十七回小紅臨時奉王熙鳳之命去辦事，晴雯遇見了罵她：「你只是瘋罷！院子裏花兒也不澆，雀兒也不餵，茶爐子也不燒，就在外頭逛！」小紅辯解說，昨天寶玉說了，今天不用澆花，隔一天澆一次；她餵雀兒的時候，晴雯等都還在睡覺呢；今天燒茶不是她的班。而且以手裏的荷包證明是鳳姐讓她去取東西。結果晴雯對麝月等冷笑說：「怪道（不得）呢！原來爬上高枝上去了，把我們不放在眼裏……」小紅雖然只是賈府中多得數不清的粗使丫頭，地位低微，卻有些背景，是林之孝的女兒，脂批道：「管家之女，而晴卿輩擠之，招禍之媒（導火線）也。」所以三十四回脂批說晴雯有時說話「放肆」。

晴雯疾惡如仇，性格剛烈，是個厲害丫頭，嘴不饒人，不光是常罵小丫頭，連寶釵、黛玉都碰過釘子（二十六回），頂撞寶玉就更多了。晴雯有時候還要動手，五十二回用簪子扎偷了平兒手鐲的墜兒，而且將墜兒攆了出去。襲人說「晴雯性子急」，平兒說晴雯「是塊爆炭」，就是燒紅了的煤炭，可見晴雯脾氣大是有名的。後來被人落井下石，就和她這張嘴老是得罪人有關。由於寶玉臨時抱佛腳開夜車複習功課，以應付明天父親的檢查，「帶累著一房丫鬟們皆不能睡」，幾個小丫頭打起瞌睡來，晴雯就罵：「再這樣，我拿針戳你們兩下子！」晴雯「爆炭」脾氣最精采的演出是，七十四回鳳姐奉命率領王善保家的等一彪人馬抄檢大觀園時，王熙鳳說丟了一件要緊東西，懷疑丫頭偷了。已經被王夫人審問而窩了一肚子氣的晴雯，覺得人格受了極大的侮辱，就「挽著頭髮闖進來，豁一聲將箱子掀開，兩手捉著底子，朝天往地下盡情一倒，將所有之物盡都倒出」。晴雯的厲害讓那狗仗人勢的王善保家的「也覺沒趣」，只好灰溜溜地走了。如果抄檢大觀園是一部交響樂，那麼晴雯掀箱和探春飛掌就是兩個華彩樂段。探春畢竟是小姐，晴雯只是丫頭。她能夠如此不顧一切地捍衛自己的人格尊嚴，即使在二十一世紀的今天，恐怕許多人還不容易做到呢。

到底是誰陷害了晴雯

首先是賈府上層社會爭權奪利。邢夫人的丈夫賈赦是榮國府長房，而王夫人的丈夫賈政是二房。結果榮國府內務大權掌握在二房王夫人手裏，實際管理榮國府的王熙鳳雖然是賈赦的兒媳婦，卻是王夫人的內侄女。何況賈璉也不是邢夫人所生，邢夫人沒有兒女。邢夫人對於自己無權無勢是不甘心的。這次邢夫人借繡春囊事件發難，是有意讓王夫人難堪。七十四回寫得很清楚，王善保家的是邢夫人的陪房，是她的得力心腹和耳目，「常調唆著邢夫人生事」。邢夫人就是派王善保家的將繡春囊送到王夫人那裏。王夫人本來已經和王熙鳳商定，調集了周瑞家的、來旺家的等五個陪房進來，成立「專案組」，進行「內查外調」。原準備讓這幾個自己十分可靠的心腹「快快暗地訪拿這事」，哪裏想到這時王善保家的又走了進來。王夫人「見他來打聽此事，十分關切」，明白實際上是邢夫人「十分關切」。王夫人不能不顧忌邢夫人，見王善保家的又來了，只得改變主意，不但讓王善保家的參加破案，而且以她為首。還接受她的建議，將原來的暗訪改為當天晚上就進行突然襲擊，抄檢大觀園。由於王善保家的在場，後臺硬，王熙鳳那麼厲害，也不敢多說，怕她回去在自己的婆婆邢夫人那裏挑唆。七十七回王夫人親自出馬到怡紅院清查，讓人「搜檢寶玉之物。凡略有眼生之物，一併命收的收，捲的捲，著人拿到自己房內去了。因說：『這才乾淨，省得旁人口舌。』」這個「旁人」顯然就是指邢夫人和她手下的人。王夫人本來糊里糊塗，連晴雯是誰都弄不清。由於邢夫人拿繡春囊事件發難，王夫人必須做得特別堅決才行，以示「劃清界限」，「立場堅定」。於是本來不至於處理得那麼嚴重的事就發生了。晴雯實際上是邢夫人與王夫人鬥法的犧牲品。

俏丫鬟抱屈夭風流

其次是以王善保家的為代表的一些婆子媳婦們趁機打擊報復晴雯，她們反覆在王夫人跟前挑撥，終於使病重的晴雯被逐出大觀園致死。大觀園中的那些大丫頭們地位高，月銀多，又有體面，又有實惠。賈府不少婆子媳婦平時就很嫉妒，只是沒有機會出氣。五十九回寫到有些婆子媳婦「深妒襲人晴雯一干人，已知凡房中大些的丫鬟都比他們有些體統權勢，只見了這一干人，心中又畏又讓，未免又氣又恨，亦且遷怒於眾」。那些勢利俗氣的婆子媳婦們因此結怨。她們平時不敢惹這些有身分的丫頭，機會來了就會設法陷害。「這王善保家正因素日進園去那些丫鬟們不大趨奉他，他心裏大不自在，要尋他們的故事又尋不著，恰好生出這事來，以為得了把柄。又聽王夫人委託，正撞在心坎上」（七十四回）。王善保家的一出場，就首先在王夫人面前說晴雯的壞話，這才使王夫人想起有一次陪賈母逛大觀園見過一個眉眼有些像林黛玉的女孩，大概就是晴雯了。王熙鳳本來還想保護晴雯，故意說「忘了那日的事，不敢亂說」。王善保家的卻步步緊逼，說「此刻不難叫了他來太太瞧瞧」。於是王夫人只好讓人立即將晴雯傳來。由於晴雯機靈，說自己只在外面看房子，王夫人雖然信以為真，當時就讓她回去了，但卻記住了晴雯的名字和模樣。而且七十七回又補敘說：「原來王夫人自那日（因繡春囊事件）著惱之後，王善保家的去趁勢告倒了晴雯，本處（指榮國府）有人和園中不睦的，也就隨機趁便下了些話。王夫人皆記在心中。」於是王夫人下令將四五日水米不曾沾牙幾乎動不了的晴雯趕走時，只許把她貼身衣服「撂出去」。這裏有個細節值得特別注意，就是王夫人在查問誰和寶玉同一個生日，誰叫耶律雄奴時，都是「老嬤嬤」們指認的。而王夫人下令將這些原來唱戲的女孩由自己的乾娘領走帶出，自行聘嫁，「一語傳出，這些乾娘皆感恩趁願不盡，都約齊了與王夫人磕頭領去」。這些當乾娘的婆子為什麼感恩不盡，就是因為平時她們克扣各自乾女兒們的月錢，而晴雯為這些小丫頭打抱不平，罵過那些婆子，結了怨。五十八到六十回有不少描述。晴雯被逐致死，和她平時得罪了這些婆子媳婦有直接關係。

那麼，究竟是誰把寶玉和丫頭們的玩笑話傳出去的呢？怎麼連寶玉都會懷疑襲人呢？

大觀園人多嘴雜，寶玉和丫頭們說話十分隨便，有些話就傳出去了。大觀園裏雖然主子只有寶玉、黛玉、寶釵、李紈、迎春、探春、惜春、妙玉等八個，除了妙玉有十個小尼姑、小道姑和兩個老嬤嬤一個小丫頭外，另外七人每人都有十幾個丫頭、媳婦、婆子，加起來就有一百多個。還有許多在園子裏專門幹各種雜活的不屬於某個主子的丫頭僕婦。怡紅院是大觀園的活動中心，進出的人最多。由於有賈寶玉的庇護，所以怡紅院中人說話很隨便，無所顧忌。大觀園中常有集體活動，如六十三回平兒還席就「擺了幾席」，東西兩府主子、丫鬟、僕婦還不得來好幾十人。也是這一回，壽怡紅群芳開夜宴，不但有寶、黛、釵、探春、湘雲、薛寶琴等都在，自然也少不了怡紅院的丫頭們，還有許多在旁邊伺候的婆子。小說寫道，那些「老嬤嬤們一面明吃，一面暗偷」。那天晚上少說也有三十人，因為怡紅院「在編人員」僅丫頭就有十六個呢，何況還有好些婆子媳婦。人多嘴雜，有些玩笑話到時候就成了一些人的罪狀和另一些人邀功請賞的本錢。

賈府下層社會人事關係和利益衝突十分複雜，盤根錯節。六十回發出詛咒聲的小蟬的外婆是夏婆子，芳官得罪過小蟬，而夏婆子是挑唆趙姨娘鬧事的主角。趙姨娘的內侄錢槐看上了柳家的女兒五兒，但是一心想進怡紅院的五兒卻不願意。而五兒又和芳官很好。屬於寶黛釵等的丫頭僕婦並不都住在園子裏，所以園子裏今天發生的事，園子外面明天就知道了。儘管這個丫頭身分低微，但是很可能她父母或是祖父母是有身分的老僕。利害衝突有時並不馬上和直接表現出來，但說不定什麼時候這顆定時炸彈就會爆炸。六十一回有個管小廚房通大觀園角門的小廝說求柳家的進園後偷些杏子給他吃，柳家的說現在都承包了，不行，等等。那小廝就說，現在五兒有好地方（指可能去怡紅院）了，你老以後就用不著我了？柳家的說，五兒有什麼好地方了，別瞎說。那小廝說：「別哄我了，早已知道了。單是你們有內牽（線），難道我們就沒有內牽不成？我雖在這裏聽哈（吩咐），裏頭卻也有兩個姐妹成個體統（體面，身分）的，什麼事瞞了我們！」連這種根本進不了大觀園的小廝在裏面都有「內牽（線）」，什麼事情都知道，何況那些有女兒、侄女、外甥女、外孫女在裏面做丫頭的婆子媳婦呢？

晴雯這樣疾惡如仇、性格率真、言辭鋒利、不善做人的，就更容易得罪這些人。我們只要看王夫人追查時，幾次都是老嬤嬤指認的，就明白此言不虛了。司棋被驅逐出去時，周瑞家的態度很值得注意，她說，你現在已經不是副小姐了，你再不走，我就打得你。如果這些婆子媳婦平時與這些丫頭關係好，那麼她們落難時就不會這麼無情。這正是曹雪芹在人物刻畫上把握分寸準確，不是好就一切皆好，壞就一切皆壞，從而寫出人物個性的複雜性。

其實王夫人親自到怡紅院來審問，也沒有查出什麼大問題，無非是誰和寶玉同一個生日，開玩笑說就是夫妻了；誰的外號叫「耶律雄奴」，都是芝麻綠豆般的小事。由此可見，封建道德規範、封建社會的人身依附制度嚴酷到了何等地步。這樣任意摧殘美好青少年的的社會可不就是末世，應該改朝換代嗎！「奴才」這個詞出現在漢（華夏）語裏不知有幾千年了，但是使用得最多、最普遍而且也最表現奴性的是清代。「奴才」與「主子」是兩個截然不同的等級，而不是階級，因為統治階級中的主子同時也可以是另外一些地位比他更高者的奴才。因此作為奴才的小丫頭們與主子的這種小玩笑，也就成了大逆不道的罪狀。曹雪芹讓王夫人最終查出來的竟是這樣一些本不起眼的瑣事，卻害死了晴雯。一百五十年後五四新文化運動揭露「禮教吃人」，曹雪芹在這裏生動地寫出來了。

大家都知道賈寶玉有個著名的「寶珠變成魚眼睛」論，那是五十九回寶玉通過小丫頭春燕的嘴轉述的。寶玉說：「女孩兒未出嫁，是顆無價之寶珠；出了嫁，不知怎麼就變出許多不好的毛病來，雖是顆珠子，卻沒有光彩寶色，是顆死珠了；再老了，更變得不是珠子，竟是魚眼睛了。」晴雯這顆寶珠就是被魚眼睛們害死的。

所以晴雯之死與襲人確實毫無關係，說襲人告密是沒有根據的。襲人是冤枉的，但是咋一看又似乎很像是她告的密。曹雪芹這種虛虛實實、真真假假、似是而非、似非而是的寫法，非常高明。他故意誤導讀者，造成誤讀，讓讀者去琢磨、爭論，重新閱讀，這才是大文學家的大手筆。要是讀一遍就什麼都明白了，那就不是《紅樓夢》了。

鴛鴦保護野鴛鴦

《紅樓夢》裏的金陵十二釵，除了妙玉是賈府專門請來的櫳翠庵住持，其餘的都是賈府的主子。而金陵十二釵副冊和又副冊的女孩子，也有許多極其出色的。從賈寶玉打開副冊看到香菱的判詞和又副冊看到晴雯與襲人的判詞來看，副冊中應該是妾，而又副冊中則是有身分的大丫鬟。《紅樓夢》人物畫廊中有一些大丫鬟栩栩如生，成為傑出的藝術形象。三十九回薛寶釵在評論榮國府的大丫頭時說，她們「這幾個都是百個裏頭挑不出一個來，妙在各人有各人的好處」。

在所有的丫頭中，鴛鴦的地位是最高的。這是因為她是寧、榮兩府老祖宗賈母的首席大丫頭。鴛鴦雖然位高權重，卻最是為人忠厚，辦事公道，從不弄權，所以深得賈府上下的敬重。要論口碑，丫鬟、小姐中恐怕無人出其右。正如李紈所說：「老太太屋裏，要沒那個鴛鴦，如何使得。從太太起，那一個敢駁老太太的回，現在他敢駁回。偏老太太只聽他一個人的話。老太太那些穿戴的，別人不記得，他都記得。要不是他經管著，不知叫人誆騙了多少去呢。那孩子心也公道，雖然這樣，倒常替人說好話兒，還倒不依勢欺人的。」（三十九回）這裏的「叫人誆騙」，王熙鳳就有嫌疑。惜春說，賈母說鴛鴦比她們姐妹都強。平兒也說，她們這些丫頭都比不上鴛鴦。鴛鴦心眼極好，而且很識大體，善於處理好各種關係。

由於《紅樓夢》人物極多，即使寶玉、鳳姐這樣的人物也不可能回回出場，眾多次要人物自然機會就要更少一些。為了使更多的人物都能夠光彩奪目，曹雪芹基本上是採取在一兩個回目中著重寫好這個人物，而在其他回次中則略加鋪墊或照應的辦法，從而使這個形象鮮活起來。不過鴛鴦地位雖高，卻不像襲人、平兒的戲多。原因是她通常總是在賈母身邊，而這種時候往往還有許多主子在場，尤其是王夫人這一級的長輩，因此不大有鴛鴦表現的機會。而襲人與寶玉，平兒和鳳姐，雖然也是主僕關係，但是年紀相差不多，且他們多與年輕小姐、少爺在一起，容易有機會展示自己的風采。高明的曹雪芹主要通過三場戲，其中兩場和賈母有關，讓鴛鴦的形象大放異彩。

首次提到鴛鴦是二十回，只是說晴雯等人「都尋熱鬧，找鴛鴦琥珀等耍戲去了」。對鴛鴦並沒有描寫，所以還只是一個符號，表示一起玩的都有誰而已。鴛鴦首次亮相是二十四回，那是寶玉等剛剛搬進大觀園之後，鴛鴦奉賈母之命來叫他趕緊換了衣服去向身體不適的賈赦請安去。就在襲人進房取衣服時，從坐在床沿上的寶玉眼中寫出鴛鴦的穿戴，穿著什麼褂兒，什麼背心，束著什麼汗巾兒，臉正向那邊低頭看針線，脖子上戴著花領子。「寶玉便把臉湊在她脖頸上，聞那香油氣，不住用手摩挲」，還「猴上身去涎皮笑道」，要吃她嘴上的胭脂，「一面扭股糖似的粘在身上」。這時「鴛鴦便叫道：『襲人，你出來瞧瞧！你跟他一輩子，也不勸勸，還是這麼著！』」這裏已經可以看出鴛鴦性格中的某些烈性因數了。三十九回李紈的評論也是一個重要鋪墊，突出了賈母對她的高度信任與依賴，鴛鴦在賈母生活中的重要性。接著的兩場戲不過是將這種關係戲劇化了。

劉姥姥二進大觀園賈母請她吃飯時，鳳姐和鴛鴦商議好了，讓劉姥姥故意鬧些笑話，以博賈母開心。這事在二十世紀五〇——七〇年代的評紅運動中被一些人認為是「侮辱勞動人民」。可是劉姥姥自己卻不惱，於是有人就認為劉姥姥不是正宗的勞動人民，因為狗兒祖上做過小小京官，「家庭出身」、「社會關係」有點「問題」。而鴛鴦參與「侮辱勞動人民」，自然受到牽連。幸虧鴛鴦「家庭出身」好，父母就是賈府的僕人，也算得上是「根正苗紅」了。再說，她在「抗婚」上堅決反抗「統治階級」賈赦，否則當時恐怕很難在一些人的筆下超生。所以「侮辱」劉姥姥的賬基本上都算在了王熙鳳身上。其實鴛鴦是始作俑者，「罪魁禍首」。意識形態差別引起的評價截然不同並不重要，曹雪芹究竟是怎麼寫鴛鴦這個人物的，倒值得仔細琢磨琢磨，可以從中多領略些審美趣味，學習些創作經驗。鴛鴦事先「拉了劉姥姥出去，悄悄的囑咐了劉姥姥一席話」。開始吃飯前又「悄向劉姥姥說道：『別忘了。』劉姥姥道：『姑娘放心。』」在拿那副沉甸甸的老年四楞象牙鑲金筷子，說「吃一個老母

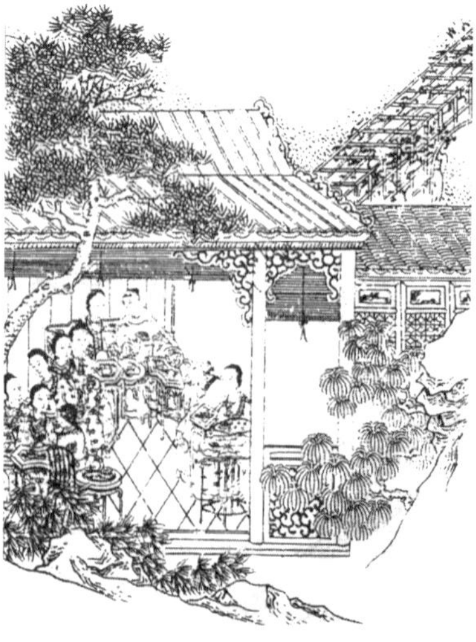

金鴛鴦三宣牙牌令

豬不抬頭」，夾鴿子蛋跌落等惹得大家笑個不止後，吃完飯，賈母等都到探春那裏去了。鳳姐首先帶有歉意地對劉姥姥說：「你可別多心，才剛不過大家取笑兒。」鴛鴦則一進來就說：「姥姥別惱，我給你老人家陪個不是。」劉姥姥笑道，她一聽鴛鴦的囑咐心裏就明白了，「我要心裏惱，也就不說了」。所以鴛鴦確實沒有侮辱劉姥姥的意思，不但讓賈母高興，也是大家圖個樂子而已。鴛鴦的可愛還表現在她對別人的關心上，她讓婆子挑兩碗好菜給方才不在場的平兒送去，還擔心素雲沒有吃飯。當鳳姐說平兒已經吃過飯了時，一心向著平兒的鴛鴦頂撞她說：「他不吃了，餵你們的貓！」於是婆子趕忙拿盒子送去。這個細節也可以看出鴛鴦性格中的烈性火花。行酒令時，鴛鴦反應靈敏，銜接緊湊，熟悉詞曲，表現出相當博學，口齒伶俐。送別劉姥姥時，鴛鴦的愛心和活潑也寫得很生動。

第二場與鴛鴦密切相關的戲就是四十六回「尷尬人難免尷尬事，鴛鴦女誓絕鴛鴦偶」。這個故事的來龍去脈大家都很熟悉，不必多說了。看到這裏，我才明白，為什麼曹雪芹要把這個姑娘取名為「鴛鴦」，而不是另外一個同樣很好的名字，比如說，讓她和琥珀換一個名字。曹雪芹對人物取名，已經達到了從整體構思情節和預設寓意出發的程度。鴛鴦本是一種水鳥，以雌雄偶居不離廝守終生著稱。若其中之一死去，另一隻便會哀鳴不已至死，古稱「匹鳥」。自古以來，鴛鴦就被中國人視為對愛情忠貞的象徵，羅帳、衾枕、錦被、荷包等往往繡之，以祝福愛情婚姻的美好和永久。少女鴛鴦自然會希望有一個各方面都出色的男子，像雄鴛鴦愛雌鴛鴦那樣愛她，和她相伴終生，使自己享受到真正的愛情，做真鴛鴦。但是老邁好色的賈赦貪得無厭，竟把髒爪伸向了她。賈赦讓她哥哥轉告，「許他怎麼體面，又怎麼當家作姨娘」。但是鴛鴦絲毫不為所動，非常有主見。邢夫人對她軟硬兼施，鴛鴦知道對她說也沒用，「低了頭不發一言」，「仍是不語」。對於賈赦「難出我的手心」的威脅，鴛鴦也毫不害怕。她始終非常冷靜，該躲時躲，該頂時頂，該罵時罵，贏得大家的尊敬。她深知賈府各種關係，只有當著賈母與別的長輩在時，她才能憑藉賈母之力制服賈赦與邢夫人。於是她身藏利剪，面見賈母時揭露事實，痛表心跡，義正詞嚴，並鉸髮為誓，表明自己寧死不從，絕不做假鴛鴦的決心，終於轉危為安。

七十一和七十二回涉及到鴛鴦的戲多一些，她在其中還起了某種穿針引線的作用：包括鴛鴦體諒鳳姐的難處，反映出榮國府大房邢夫人和二房王夫人的矛盾；榮府下層社會的勾心鬥角。這些都預示著不久出現的繡春囊事件引起的大地震即將到來。還有，賈璉向鴛鴦提出借當，能不能將賈母的金銀器物偷偷拿些出來當幾千兩銀子以應急需，而鳳姐則向賈璉要一二百兩的「利錢」，再一次暴露了賈璉夫婦各設小金庫和各自設法從「官中」摟錢的秘密。而王熙鳳的錢顯然要比賈璉多得多，她也貪得多。不過從刻畫人物的角度來說，這次進大觀園則是對鴛鴦畫上了最濃墨重彩的一筆。由於一個偶然的機會，她發現了司棋和她的表弟潘又安這對野鴛鴦。此事如果傳揚出去，這二人只恐難逃一死。七

鴛鴦女誓絕鴛鴦偶

十二回接著寫了此事的前因後果。但是鴛鴦姑娘毫不猶豫地保護了這對野鴛鴦。鴛鴦不但當場保證絕對保密，而且得知司棋病重之後，「自己反過意不去，指著來望候司棋，支出人去，反自己立身發誓，與司棋說：『我告訴一個人，立刻現死現報！你只管放心養病，別白糟蹋了小命兒。』」值得注意的是，四十六回鴛鴦被賈赦逼婚躲入大觀園對平兒說起她們從小就關係特別好的十幾個大丫鬟中，並沒有提到司棋。儘管司棋不是她最好的朋友，但是鴛鴦仍然毫不猶豫地冒著極大的風險保護了這一對野鴛鴦。

鴛鴦女無意遇鴛鴦

有意思的是，鴛鴦姓金，全名是金鴛鴦。看來鴛鴦姓金絕非偶然，曹雪芹顯然是讚美鴛鴦姑娘有一顆金子般的心，不僅像黃金那樣珍貴和美麗，而且在賈府這種複雜的環境中像金子一樣不易被腐蝕，始終保持著高貴而美好的本色。在鴛鴦姑娘的名字上，曹雪芹讓它蘊含著這麼豐富的內涵，從而使人物形象多了不少理性成分，富於象徵意義，更經得起咀嚼、回味，真是令人歎為觀止。

對比手法是許多作家都喜歡使用的，曹雪芹不但將情況類似者，如黛玉與寶釵，襲人與晴雯等，放在一起對比著寫；而且將身分懸殊者，如鳳姐與平兒對比著寫；更難得的是，將身分和利害關係恰恰相反者，安排在一組矛盾中，使他們的表現和常理正好反之，以增加矛盾衝突的烈度和人物性格的對比度。

這在邢夫人與鴛鴦關係中對比最為突出，但這個特點卻很容易被我們忽略。在賈赦逼婚事件中，按理說作為賈赦妻子的邢夫人處於受到嚴重損害的位置，她應當堅決反對才是。即使無力干涉，至少也應該是痛苦不堪，心懷怨恨。但是邢夫人不僅連最起碼的不快都沒有，還人前人後地為賈赦納妾奔忙，甚至親自動員鴛鴦答應，許她許多好處。連賈母都實在忍耐不住，當眾批評她：「你倒也三從四德，只是這賢慧也太過了！」「他逼著你殺人，你也殺去？」四十七回邢夫人表現的極度反常，充分表明嚴重的封建禮教已經如鹽溶於水一樣，無色無臭卻深深地浸潤透了邢夫人的心靈和血液。她完全自覺地甚至是快樂地努力盡著封建道德規範下的為婦之道。與邢夫人的人性失落和女性意識的消解相反，鴛鴦看重的絕不是地位、金錢，而是自己真正的幸福。她的價值觀、人格意識和女性意識，至今都不失其現實意義。這兩個女性在賈赦逼婚事件中交叉而過，各自走向了本來應該是對方走的兩條完全不同的路，從而在一個事件中使兩個形象都顯示出格外耀眼的藝術光彩。

高鶚續寫的後四十回，與曹雪芹的前八十回相比，有巨大的差距。不過，鴛鴦之死寫得還是不錯的。鴛鴦自盡，不但鞭撻了賈赦、邢夫人之流，也控訴了那個吃人的末世社會。

公平平和評平兒

鴛、平、襲、紫通常被紅學家稱為《紅樓夢》的四大丫鬟。這是因為她們分別是賈母、鳳姐、寶玉、黛玉的首席大丫頭。平兒是王熙鳳從娘家帶過來的四個陪嫁丫鬟之一，後來「死的死，去的去」，只剩下了她一個。恰如李紈所言，王熙鳳之所以能夠將榮國府治理得如此周到，多虧了平兒這個得力助手，她就是榮國府總管王熙鳳的「一把總鑰匙」（三十九回）。如果把王熙鳳比作「內閣總理大臣」，那麼平兒就該是「內閣官房長官」了。

四十四回「喜出望外平兒理妝」中，賈寶玉有一段心理活動有助於我們理解平兒這個形象：「平兒並無父母兄弟姐妹，獨自一人，供應賈璉夫婦二人。賈璉之俗，鳳姐之威，他竟能周全妥貼，今兒還遭荼毒，想來此人薄命，比黛玉猶甚。」她和其他幾位首席大丫頭相比，更加不幸，更加不易。

《紅樓夢》的人物關係好比是一個星系運行圖，賈寶玉、王熙鳳、賈母是三大恆星，圍繞著小說多重複合性主題這個銀河系在轉動。這三大恆星周圍各圍繞著幾顆行星，賈寶玉周圍是襲人、晴雯等人，賈母身邊是賈敬、賈赦、賈政等，而平兒則是王熙鳳最重要的行星，只有賈璉的地位與她相近。

這些行星有的還有自己的衛星，如鮑二家的之於賈璉。不過賈璉雖然是王熙鳳的丈夫，在小說中的戲分也相當重，特別是在偷娶尤二姐的那些章節中成為重要角色，但是他對王熙鳳的陪襯作用遠不如平兒重要。平兒有不少獨立活動，尤其是代表王熙鳳處理賈府下層社會大地震的薔（薇硝）、茉（莉粉）、玫（瑰露）、茯（苓霜）事件時的「判冤決獄平兒行權」（六十一回），不僅充分顯示出她的為人忠厚，處事公平，而且她的深入調查、細緻取證、設身處地為他人著想，都給人留下了極其良好而深刻的印象。她在能力上絕不下於王熙鳳，真可謂「強將手下無弱兵」，而在品格上遠過之。至於賈璉，則無論人品、能力顯然都不及平兒。鳳姐動不動就是特別厲害，平兒不然，平和，公平，和她形成了鮮明對比。

一部小說成功地塑造出幾十個栩栩如生的藝術形象，這是《紅樓夢》成為世界級偉大作品的基本原因。因為一般的長篇小說能夠寫活幾個人物就不錯了。曹雪芹的高明之處是，在好幾個人一起的場合，互相映襯，使得幾個人物形象都鮮活起來。這有點像物理學中的場效應，當幾個事物處於同一個「場」時，彼此都「作用」對方並受到對方「作用」。平兒的一些活動就是突出的例子。五十六回李紈、探春、寶釵「三駕馬車」管理大觀園時，平兒應答如流，話說得滴水不漏。比如探春說她與李

判冤決獄平兒行權

納、寶釵發現小姐、丫鬟們的費用重重疊疊，「這事雖小，錢有限，看起來也不妥當，你奶奶怎麼就沒想到這個？」平兒不但一五一十地說明鳳姐如此辦的「原故」，而且說「如今我冷眼看著」，也有「疑惑」。既對三位奶奶、小姐改革的意見表示讚頌和全力支持，又讓對方感到王熙鳳也早有此意，只是「雖有此心，也未必好出口」。惹得從不動手動腳的薛寶釵忍不住「忙走過來，摸著他的臉笑道：『你張開嘴，我瞧瞧你的牙齒舌頭是什麼做的？從早起來到這會子，你說這些話，一套一個樣子，也不奉承三姑娘，也沒見你說奶奶才短想不到，也並沒有三姑娘說一句，你就說一句是；橫豎三姑娘一套話出，你就有一套話進去；總是三姑娘想得到的，你奶奶也想到了，只是必有個不可辦的原故……他這遠愁近慮，不亢不卑。他奶奶便不是和咱們好，聽他這一番話，也必要自愧的變好了，不和也變和了。』」探春也被平兒感動得流下淚來，說：「不但沒了（素日生王熙鳳的）氣，我倒愧了。」平兒一番話證明園中積弊甚多，鳳姐也看出了問題，不但進一步突出了探春等改革的新思路和必要性，支持了她們的改革，而且化解了自己的主子王熙鳳與他人的矛盾。平兒的口才折射出從前王熙鳳對她調教（二十七回）的成果和鳳姐本人的影子。因此場效應的第一個作用是彼中見此，此中見彼。

場效應的另一個作用，是不同人物在場中通過對照使自己和對方都更加鮮明。在曹雪芹筆下，王熙鳳和平兒這一對主僕經常處於對照之中，從而相得益彰。前已述及，王熙鳳的「辣」之一是毒辣，為了一己私利，甚至不惜置人於死地。在賈璉偷娶尤二姐的問題上，最明顯不過地表現出鳳、平二人在人品上的巨大差異。王熙鳳知道賈璉在外面偷娶了尤二姐之後，勃然大怒。她處心積慮地處處設下陷阱，誘使老實、軟弱的尤二姐逐步落入虎口，直到被害。

平兒作賈二舍偷娶尤二姨為相當於小妾的通房大丫頭，和地位比她高的正式的妾尤二姐同樣存在嚴重的利害衝突，這種利害關係甚至會比王熙鳳、尤二姐之間的更加尖銳。因為王熙鳳的元配夫人地位是絲毫不會動搖的，而平兒本來就極少有和賈璉在一起的機會，有了尤二姐就會更少。按理說平兒會理所當然地站在王熙鳳一邊，成為傷害尤二姐的同謀。事實恰恰相反。平兒雖然懾於王熙鳳的淫威，不敢公然反對她實施其狠毒用心，但是從來都不做任何傷害尤二姐之事，還始終在暗中悄悄地關照這個被蒙在鼓裏的女人。當鳳姐裝病不再和尤二姐一起吃飯，每天只讓人拿些「都係不堪之物」的剩菜剩飯去時，「平兒看不過，自拿了錢出來弄菜與她吃，或是有時只說和他園中去頑，在園中廚內另做了湯水與他吃，也無人敢回鳳姐」。在秋桐變著法子折磨得「尤二姐要死不能，要生不得。還是虧了平兒，時常背著鳳姐，看他這般，與他排解排解」。她不僅勸慰尤二姐「好生養病，不要理那畜生」，還批評她身邊的丫頭「牆倒眾人推」。尤二姐被迫吞金自盡後，平兒「不禁大哭」，還「忙將二百兩一包的碎銀子偷了出來，到廂房拉住賈璉，悄遞與他」，讓他辦喪事（六十九回）。在尤二姐事件中，平兒和賈璉、賈蓉、王熙鳳、秋桐處於同一個人物關係場中，形成了鮮明的對比。

賈二舍偷娶尤二姐

五十二回處理墜兒的事件，平兒的善良、寬厚給人留下了深刻的印象。當初平兒的蝦鬚鐲丟失，鳳姐就命人悄悄查訪。結果查明為小丫頭墜兒偷的。善良的平兒怕王熙鳳處置過於嚴厲，瞞著不告；並叮囑破案者宋媽也不要告訴任何人，以免寶玉、襲人等面子上不好看，賈母、王夫人等生氣；還特別囑咐，不要讓晴雯知道，因為她是「爆炭」，忍不住的。平兒的細緻、平和，令人敬佩。結果晴雯還是知道了，拿簪子扎墜兒，並立即讓宋媽將墜兒的母親叫來，將墜兒領走，趕出大觀園。晴雯疾惡如仇，畢竟過於得罪人了，和平兒的寬厚比較，就顯得太厲害也太沉不住氣了些。同是有身分的丫頭，而且平兒是事件受害者，地位更高，權力更大，卻處處替人家著想，這種修養，著實讓人感動。

如果說在尤二姐事件中平兒的平和著重表現為和善的話，那麼在六十一回小廚房風波中平兒奉鳳姐之命處理此事，卻在善良中更加顯示出處事的公平和細緻。本來按照鳳姐的狠毒心思，柳家的打四十板子，攆出去永不許進二門；五兒打四十板子，立刻交給莊子上，或賣或配人。主子處置奴才，那還不簡單！但是平兒知道事關這母女一生前途，甚至性命，她立即進行調查。只聽五兒一訴說，馬上就發現其中大有蹊蹺，五兒很可能「竟是個平白無辜之人」。而那些「素日一干與柳家不睦的人」，不僅趁機對五兒

俏平兒情掩蝦鬚鐲

奚落嘲戲，「巴不得一時攆出他們去，唯恐次日有變，大家先起了個清早，都悄悄的來買轉平兒，一面送些東西，一面又奉承她辦事簡斷」。如果曹雪芹只是停留在平兒不為各家賄賂所動，公平處理，固然也足以顯示平兒的人品高潔，但曹雪芹沒有停留在這個層次上，而是要刻畫平兒的善良本性和不凡能力，從而突出她有「補天」之才。她不僅僅是比一般媳婦、婆子和丫鬟強，而且比那些當大官的還強！平兒的公平建立在耐心細緻地進行調查分析的基礎上，而且她同情弱者，保護好人。她「悄悄的來訪襲人」，了解到了許多重要情況，方知有人說五兒偷物確實是冤假錯案，而且事情錯綜複雜，一些本來只是互贈禮品的小事，由於人事關係的矛盾被誇大甚至變形了，涉及了許多好人。平兒一一妥為處置，化解了賈府下層社會本來會大爆發的一場不小的地震。

《紅樓夢》前八十回寫了好幾個斷案的故事：第四回賈雨村的「葫蘆僧亂判葫蘆案」，使馮淵（逢冤）冤沉海底，英蓮（應憐）失去了回到親人身邊的最後機會；第六十八回鳳姐讓王信拿了三百兩銀子去都察院打點，都察院「深知原委，收了贓銀」。儘管都察院後來也收了賈珍的二百兩銀子，畢竟王熙鳳給的多，於是張華告賈璉「強迫退親」等罪名的案子就一切按照王熙鳳的思路辦理，使尤二姐的悲劇更加不可挽回。都察院是典型的吃了原告吃被告。平兒比那從四品知府賈雨村和二、三品的都察院的頭頭腦腦，無論是人品、能力不知好多少，平兒的形象在這些事件中被對比得更富有光彩。按說平兒公平斷案的故事到此已經告一個段落，可以劃上句號。但是高明的曹雪芹並不到此為止，他讓平兒按規矩向王熙鳳報告事情真相。鳳姐果然是人中之鳳，十分精明，懷疑寶玉又在替別人應承，自願戴「炭簍子」。她辣性大發，下令「把太太屋裏的丫頭都拿來，雖不便擅加拷打，只叫他們墊著磁瓦子跪在太陽地下，茶飯也別給吃。一日不說跪一日，便是鐵打的，一日也管招了」。還要把五兒之母柳家的「革出不用」。這時平兒勸她「得放手時須放手」的一番話，言辭懇切，句句在理，處處都是為王熙鳳著想，實際上是點中了鳳姐的要害穴道，終於打動了這個心中只有自己的鳳辣子，保護了弱者，使許多無辜者免受痛苦。第二十一回鳳姐曾生氣地說：「平兒瘋魔了，這蹄子認真要降服我，仔細你的皮要緊！」鳳姐是主，平兒是奴，從權力結構上來說，平兒自然是不可能超越鳳姐的。但是在這件事上，平兒用她的善良和智慧，降服了鳳姐，二人在進一步的對照中互相映襯，使形象更加燦爛奪目。

從平兒身上我們看到，無才補天的不僅是賈寶玉，也不僅是金陵十二釵正冊的小姐、少婦們，像平兒這樣在副冊、又副冊的女孩子，個個也都是好樣的。但是她們也一樣，有才補天而無命補天。曹雪芹又一次將批判的矛頭指向了那個應該滅亡的「末世」社會。

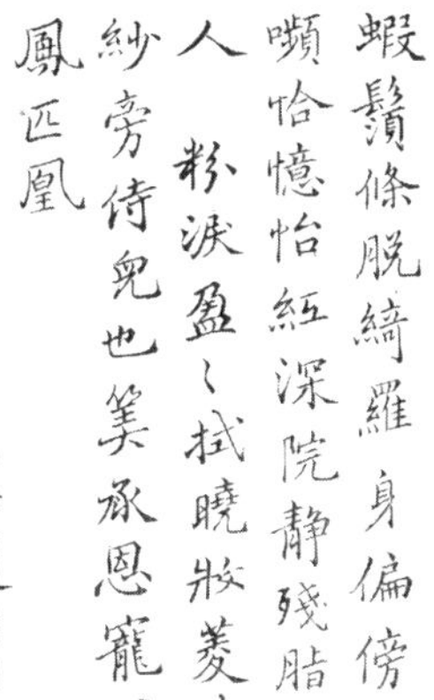
蝦鬚條脫綺羅身偏傍癡兒供笑嚬恰憶怡紅深院靜殘脂賸粉也移人
粉淚盈盈拭曉妝菱花鏡影碧紗旁侍兒也巽承恩寵公子歸時鳳匹凰
己亥孟冬嶺梅題
清人為平兒題詩

聰慧賢惠繪紫鵑

古代帝王對死去的文武大臣往往都要根據他生前的表現，給予一個謚號，雖然偶爾也有貶義的，即惡謚，但是絕大多數都是褒意的。這種謚號多為一兩個字。曹雪芹在塑造人物時，為了使某個人物的個性鮮明，往往在標題中用一個字（個別人偶爾用了兩個不同的字）來加以概括，這種一字評語可能是受了謚號用法的影響。

曹雪芹對紫鵑的一字評語是「慧」。古代「慧」、「惠」相通（《紅樓夢》四十七回賈母批評邢夫人就用的是「賢慧」），所以這個「慧」字既有「聰慧」即聰明之意，又表示「賢慧（惠）」。在紫鵑身上，聰明和賢惠這兩種寶貴的品格都很突出。

重要人物出場，曹雪芹總是精心設計，黛玉出場在《紅樓夢》眾多的出場中堪稱經典之作。而紫鵑出場則是黛玉出場的一個小小的附帶品，卻內涵豐富，有東西可琢磨。紫鵑原來是賈母身邊的一個二等丫頭，名喚鸚哥。黛玉從揚州家中只帶了兩個女僕來京，一個是自幼隨身的，名叫雪雁年僅十歲的小丫頭。另一個則是「自幼奶娘」卻年已「極老」的王嬤嬤。小的太小，老的太老，賈母很不放心，所以把鸚哥給她。這裏首先要注意一下，黛玉進京時應該才十一二歲，她的「自幼奶娘」怎麼竟會「極老」呢？因為這涉及紫鵑受到委任的問題，所以要弄弄清楚。「老、中、青（古代稱為『少』）」是一個動態概念，今人與古人的標準很不一樣。後面寶玉的奶娘李嬤嬤也那麼「老」，還拄了拐杖，其實是一個道理。從黛玉年齡推算，王嬤嬤的年紀也就是三十五歲左右，頂多不會超過四十歲。古人結婚早，女子十五就「及笄」成年，可以論婚嫁了，因此生育也早。二十三四往往已經幾個孩子了，有了帶孩子的經驗，也有了做奶娘的資格。古人壽命普遍短，三十光景就是「半老」，如果王嬤嬤當時已經三十四五歲，給人「極老」的印象也就很自然了。

賈母除將紫鵑撥給黛玉，並按「迎春等例，每人除自幼乳母外，另有四個教引嬤嬤，除貼身掌管釵釧盥沐兩個丫鬟外，另有五六個灑掃房屋來往使役的小丫鬟」（第三回）。這樣，改名紫鵑的鸚哥就成為黛玉身邊十幾個女僕中地位最高的一個，成為與鴛鴦、襲人、平兒等地位相當的首席大丫頭。紫鵑的出場，使讀者了解了賈府小姐們丫鬟的配備制度，包括人數，分工，職責。曹雪芹這麼「順便」寫了出來，極其自然。

在鴛鴦、平兒、襲人、紫鵑四大丫頭中，紫鵑的戲分最少。這是因為，鴛鴦、平兒都常常代表賈母或王熙鳳執行任務，有不少以她們為主的活動。此外鴛鴦還有抗婚，平兒還有被打和斷案等重頭戲。襲人則因男主角賈寶玉的關係地位特別重要，出場機會特多。小姐們遷入大觀園後，雖然經常互相串門，但是涉及她們各自的首席大丫頭的戲普遍都很少，如寶釵的鶯兒，探春的侍書，惜春的入畫。所以紫鵑戲分不多，很少有獨立活動，並不奇怪。因此曹雪芹對她描寫不多的筆墨，就格外值得注意，因為紫鵑畢竟是並列女一號林黛玉的首席大丫鬟。

紫鵑是最了解黛玉性格的。由於黛玉體弱多病，又愛生氣，動不動就掉眼淚，誰都不敢輕易說她的不是。她是小姐，丫頭們自然更不會當面說她。但是紫鵑最敢批評黛玉，也最懂得如何才能使黛玉接受意見。賈府上下所有人中，丫頭規勸主子如此直率，批評這樣正確而且分量又重的，無人出其右，連平兒也不及。至於黛玉，誰都不敢惹，只有紫鵑例外。由於張道士給寶玉說親，引得黛玉生氣，寶玉砸玉，兩人都哭哭啼啼，完了又各自後悔。紫鵑就直截了當地說黛玉，「竟是姑娘太浮躁了些」，而且「為那玉也不是鬧了一遭兩遭了」。又是「浮躁」，又是「鬧」了多次，批評的分量可不輕。黛玉不服，「啐他：『你倒來替人派我的不是。我怎麼浮躁了？』」紫鵑就具體分析，指出：「寶玉只有三分不是，姑娘倒有七分不是。我看他素日在姑娘身上就好，皆因姑娘小性兒，常要歪派他，才這麼樣。」一句句說到點子上，而且說得比方才更加嚴重了，不但主要責任在黛玉，而且還「歪派」！這時寶玉在院外叫門，黛玉說：「不許開門！」紫鵑料定是寶玉來賠不是，說：「姑娘又不是了。這麼熱天毒日頭地下，曬壞了他如何使得呢！」不但批評黛玉「不

慧紫鵑情辭試莽玉

是」，還「又不是」！最愛生氣的黛玉居然不生氣，關鍵在於紫鵑深知黛玉深愛寶玉，他是黛玉的一切，所以總是處處以寶玉對她好，不能讓寶玉受苦來打動她。一物降一物，誰也降不了黛玉，只有紫鵑能降住她，為什麼？就因為紫鵑「慧」，既聰明又賢惠。

和紫鵑有關的戲最精采的莫過於五十七回「慧紫鵑情辭試忙玉」。年輕時讀《紅樓夢》對「忙玉」這個「忙」字不大理解，以為通「莽」。後來才明白是指寶玉的「無事忙」。這不是麼？紫鵑一個本來無事的玩笑，不但把寶玉「無事忙」了，把整個榮國府都忙壞了。年紀比黛玉略大，在賈府多年，見多識廣的紫鵑深知黛玉的婚事一定要趁賈母健在時解決，以免夜長夢多。對黛玉忠心耿耿的紫鵑開了個玩笑，設計考驗寶玉，哄他說明年林家人要接黛玉回南方去，想不到竟嚇壞了寶玉。寶玉本來就是「情癡」，對待感情的事有點呆傻，這回可是真傻了，紫鵑惹出了一場大亂子。寶玉回到屋裏，「兩個眼珠兒直直的起來，口角邊津液流出，皆不知覺。給他個枕頭，他便睡下；扶他起來，他便坐著；倒了茶來，他便吃茶」。賈寶玉的奶媽李嬤嬤使勁掐人中也不管用，大哭，以為寶玉活不成了。襲人更是嚇得跑到瀟湘館，「滿面急怒」地哭道：「不知紫鵑姑奶奶說了些什麼話，那個呆子眼也直了，手腳也冷了，話也不說了，李嬤嬤掐著也不疼了，已死了大半個了！連李嬤嬤都說不中用了，那裏放聲大哭，只怕這會子都死了！」襲人說話做事向來穩重平和，這是最慌亂最生氣的一次。賈母、王夫人、薛姨媽等全都驚動了，紫鵑的一個普普通通的玩笑變成了榮國府翻天覆地的一場大恐慌。這場戲妙就妙在始終充滿喜劇色彩，讀者讀到這裏都覺得好玩。但是無論是瘋瘋癲癲、哭哭啼啼、無比驚慌，人人絕對真誠，在正劇描寫和喜劇表現中，寶玉、紫鵑、襲人、賈母、黛玉等形象大放光彩。雖然很快就雷歇雨停，雲開日出，誤會消除，但是曹雪芹並沒有停留在皆大歡喜上，而是繼續完善紫鵑的形象。紫鵑的可敬並不僅僅在於編了一個善意的謊話，還在於她闖了如此大禍雖然十分後悔卻毫無懼色，而且回到黛玉身邊的當晚就趁熱打鐵，苦口婆心地勸黛玉要抓緊機會，講得還挺有理論水準：「（小姐）無父母無兄弟，誰是知疼著熱的人？趁早老太太還明白硬朗的時節，作定了大事要緊。俗話說，『老健春寒秋後熱』，倘或老太太一時有個好歹，那時雖也完事，只怕耽誤了時光，還不得稱心如意呢。公子王孫雖多，那一個不是三房五妾，今兒朝東，明兒朝西？要一個天仙來，也不過三夜五夕，也丟在脖子後頭了，甚至於為妾為丫頭反目成仇的。若娘家有人有勢的還好些，若是姑娘這樣的人，有老太太一日還好一日，若沒了老太太，也只是憑人去欺負了。所以說，拿主意要緊。姑娘是個明白人，豈不聞俗語說：『萬兩黃金容易得，知心一個也難求』。」這一大通分析，從黛玉處境到社會上的普遍現象，從老太太在到老太太不在的結果，說得頭頭是道，虛實結合。連黛玉都吃驚了：「這丫頭今兒不瘋了？怎麼去（寶玉處伺候）了幾日，忽然變了一個人。」在薛姨媽說讓黛玉和寶玉定親以「四角俱全」時，紫鵑知道機會難得，急忙「跑來笑道：『姨太太既有這主意，為什麼不和太太說去？』」如果薛姨媽真的出面提親，成功的可能性就會大大增加。這樣紫鵑之「慧」就比設計一個善良的謊言深刻得多了。

高鶚續的後四十回從總體上說比前八十回差得遠，但是畢竟使這部小說得以完成，便於流傳。其中一些局部和個別人物也比較出色，紫鵑形象在高鶚筆下就得到了進一步的豐滿，成為後四十回對整部《紅樓夢》的重要貢獻之一。紫鵑對於寶玉負情的氣憤（儘管是她不了解真相），想當面質問他；尤其是林之孝家的奉賈母、鳳姐之命來叫紫鵑去冒充假黛玉真寶釵的伴娘，被紫鵑義正辭嚴而又理由充分地堅決拒絕，也符合曹雪芹為她設計的「慧」的個性基調。在這些細節中，紫鵑高潔的人品和對黛玉的真摯情誼得到了充分的展示。

無力司己歎司棋

司棋是賈府二小姐迎春的首席大丫頭，侍書和入畫分別是探春和惜春的首席大丫頭。琴、棋、書、畫是古代文人四友，而前三個丫鬟的名字都是動賓結構。這樣我們就可以從這個規律中猜出，大小姐元春的首席大丫頭名字第二個字一定是「琴」，而前面那個字必然是個動詞。果然是叫「抱琴」。中國人取名有規律，古來皆然，不足為奇。但是家中丫鬟的取名上如此有序而高雅，《紅樓夢》可謂空前，大概也絕後了。從丫鬟的取名上可以看出賈府很高的文化素養。司棋的名字還別有寓意。曹雪芹在丫鬟名字上都如此精心設計，真是無所不求其極。正因為這樣，《紅樓夢》才經得起反覆地品味式精讀和反覆地解剖式研究。司棋的戲分較多，和她的社會關係複雜有關。

由於迎春沒有和任何人構成矛盾，直到七十三回「儒小姐不問累金鳳」才有一些以她為主的片段，其他場合迎春基本上是個「群眾演員」，參加的多為集體活動，只不過是表示有迎春在場罷了。這樣一來，她的首席大丫頭司棋也就沒有機會顯示自己的個性了。這種情況直到六十一回才得到改變，起因本是一件很不起眼的小事，但是曹雪芹在這個極其平常而真實的事件中巧妙地賦予了某種象徵與暗寓義。這樣，這個事件就很值得琢磨了。這件事情的主角就是司棋，而她與賈府下層社會的一場大動盪的另一位主角有關。

事情是這樣：六十一回迎春的小丫頭蓮花兒來到專門供應大觀園四五十位主子和大丫頭伙食的小廚房，對廚頭柳嫂說，司棋要一碗燉得嫩嫩的雞蛋。柳嫂說今年雞蛋短缺，又貴，十個錢一個還買不到，昨天四五個買辦出去才湊了二千個來。聽聽這個口氣！二千個雞蛋，對普通人家來說，是一個多麼巨大的數字，可柳嫂卻說「才湊了」！榮國府人數之多開銷之大由此可見一斑。柳嫂接著說：「我哪裏找去？」讓她回去說說改日再吃。這小蓮花兒很厲害，說了幾句氣話不算，還真的揭開菜箱搜查，裏面真有十幾個雞蛋。小丫頭又生氣地說了好些個話，挺難聽，什麼「又不是你下的蛋」都罵了。柳家的也生氣了，「你娘才下蛋呢」，說了一大堆話，幾次提到「雞蛋」。而且說：「有一年連草根子還沒了的日子還有呢。」這簡直可以看作是帶有預言性質的讖言。兩人又鬥了一陣嘴。這時司棋打發人來催蓮花兒，「蓮花兒賭氣回來，便添了一篇話」。於是司棋帶了幾個小丫頭浩浩蕩蕩直奔小廚房，不顧柳家的等起身陪笑讓座，「便喝命小丫頭子動手，『凡箱櫃所有的菜蔬，只管丟出來餵狗，大家賺不成。』」於是小丫頭子們興高采烈地一通亂扔。小廚房裏的其他人勸司棋說，柳嫂剛才已經將雞蛋羹蒸上了，不信瞧那火上。「司棋連說帶罵，鬧了一回，方被眾人勸去」。接著柳嫂派人將蒸好的一碗雞蛋給司棋送去，被她潑在了地下。值得注意的是，這件小事自始至終圍繞著「蛋」在進行。小蓮花兒的厲害性格，反射了司棋的暴烈個性。蓮花兒編了一篇話，對司棋大動肝火起了關鍵性作用。這麼一個小丫頭也能掀起如此之大的風浪，可見賈府的脆弱，這樣「蛋」的象徵意義就顯示出來了。俗話說「蒼蠅不叮無縫的蛋」。其實，即使無縫，看起來似乎光滑圓潤的蛋也十分脆弱，何況賈府這個巨大的蛋已經到處都是縫隙了呢。當時那個末世社會不也這樣麼？

司棋在主子面前是奴才，由於是迎春的首席大丫頭，在小丫頭和一般的婆子媳婦面前，用柳嫂的話來說，就屬於「二層主子」了。用周瑞家的話來說（七十七回），是「副小姐」。所以司棋發的是主子脾氣。正好聽說正房裏丟了茯苓霜，這事牽連到柳嫂的女兒柳五兒，於是小蟬、蓮花兒見到管家林之孝家的，就告柳五兒的狀。接著引發了薔（薇硝）、茉（莉粉）、玫（瑰露）、茯（苓霜）事件，柳五兒一時被軟禁起來，司棋的嬸娘秦顯家的就趁機奪了柳嫂的權。秦顯家的為了感謝林之孝家的派給肥缺之恩，「悄悄的備了一簍炭，五百斤木柴，一擔粳米，在外邊就遣了子侄送入林家去了；又打點送帳房的禮……」秦顯家的好不容易弄到這個肥缺，趕緊給管家、帳房等各路神仙送禮，日後貪污起來方便些。哪裏想到，由於平兒立即深入調查，迅速弄清來龍去脈，處置妥帖，及時為柳五兒平反，當場釋放，小廚房政變僅僅半日便正式宣告流產。柳嫂官復原職，繼續領導小廚房。秦顯家的白賠了許多東西，還要賠補剛剛上任時查出來的前任的虧空，倒楣透了，自然是「垂頭喪氣，登時掩旗息鼓，捲包而去」。因此作為侄女的司棋也「空興頭了一陣」，「氣了個倒仰，無計挽回，只得罷了」。

所以，到此為止，在幾個首席大丫頭中，司棋的缺點是比較突出的，她在大鬧小廚房中的表現實在欠佳。曹雪芹對司棋的刻畫，表面上看起來似乎有違於他對其他大丫頭塑造得十分可愛的一般規律，其實並未違例。因為襲人、晴雯等也都有明顯的缺點。曹雪芹和許多古代作家的一大不同就是，筆下人物不是好就一切都好，壞就一切都壞。這一點，早在曹雪芹創作時，他的至親好友脂硯齋就已經指出過。再說司棋的這些脾氣也不是什麼大不了的毛病，作者如此寫來，一是要忠實於生活中的人物的複雜性，二則以顯示出她個性中剛烈的一面。曹雪芹很注意寫出類似人物的區別，這一點要做到很不容易。鴛鴦也剛烈，但是鴛鴦平時脾氣極好，十分溫柔，只在賈赦逼婚上顯示出她的烈性。而司棋的烈性在大鬧小廚房中則表現為厲害。這種烈性和司棋在「惑奸讒抄檢大觀園」中被抄出表弟潘又安給她的情書時，「低頭不語，也並無畏懼慚愧之意」（七十四回）是一致的。而這種剛烈又和迎春的懦弱構成強烈對比。後四十回高鶚續書在不少地方不符合曹雪芹的原意，但是在九十二回司棋之死上，應該說是符合曹雪芹的思路的，即完成了司棋悲劇命運的結局，在司棋之死上進一步表現出她的烈性，使這個藝術形象的品位得到了昇華。尤其值得稱道的是，潘又安的結局有些出乎讀者的意外，細細想來，當初他的出逃，如今歸來和最後以雙棺自盡，卻又都合乎人物性格邏輯，經得起回味。司棋與潘又安雙雙殉情的情節雖然不足千字，而且是借他人之口補敘，卻是後四十回中的優秀片段之一。

讓我們再回到司棋的名字上來。「司棋」，顧名思義，簡單地說就是下棋時幫著擺棋盤，拿棋子。她是丫鬟，當然是為小姐拿棋子。因此她不能司自己的命運之棋，她的命運完全由主子擺布，正如主子為她取了這個名字一樣。她在賈府這個巨大的棋盤上，只不過是無數由主子擺布的棋子中的一個罷了。

力攀高枝誇小紅

小紅引起讀者注意是從二十四回寶玉連自己怡紅院的丫頭都不認識開始的，因為這實在是太有點令人費解了：寶玉這麼尊重女兒的人，怎麼會連自己的丫頭都不認識呢？

當時寶玉要喝茶，襲人、麝月等幾個大丫頭都有事不在，別的小丫頭都玩去了。寶玉叫了兩三遍，才有兩三個婆子進來，寶玉最討厭這些傢伙，就讓她們走開了。於是寶玉只好自己倒茶。這時小紅出現了。曹雪芹通過寶玉的眼睛寫小紅：穿著幾件半新不舊的衣裳，一頭濃濃黑髮，細長身材，十分俏麗乾淨。寶玉就問，你也是我這屋裏的人麼？小紅說是。寶玉說，既是這屋裏的，我怎麼不認得？小紅說：「認不得的也多，豈只我一個。從來我又不遞茶遞水，拿東拿西，眼見的事一點兒不作，哪裏認得呢？」看來寶玉不認識自己的丫頭還不止小紅一個呢，這就更讓人莫名其妙了。

這裏有三個原因：

一是寶玉的丫頭實在太多，裏裏外外，各司其職，以至於多得他都認不過來。第三回黛玉進府時

寫到賈府小姐們的丫頭數，可以參考。黛玉的女僕共有十五六個。二十三回寶玉和眾姐妹遷入大觀園後，「每一處添兩個老嬤嬤，四個丫頭，除各人奶娘親隨丫鬟不算外，另有專管收拾打掃的」。這就每人又增加了六個，總數接近或超過二十個，其中丫頭十一二個，還不算大觀園內的專業清潔隊之類的成員。寶玉的就更多了。三十六回寫到寶玉有襲人、晴雯等八個大丫頭，佳蕙等八個小丫頭，光是丫頭就有十六個。加上乳母、原來的四個婆子和新添的兩個婆子，女僕多達二十三人。何況寶玉還有一大堆男僕。五十二回寶玉出門，隨從有李貴等六個成年男僕，還有茗煙等四個小廝。一行人「出了角門，門外又有李貴等六人的小廝並幾個馬夫，早預備下十來匹馬專候」。由於前面交代茗煙等四個小廝時有「背著衣包，抱著坐褥，籠著一匹雕鞍彩轡的白馬」等語，所以「李貴等六人的小廝」不是茗煙等四人無疑。因此寶玉的男僕也有十幾人，男女僕人總數不下四十人。這就難怪寶玉認不過來了。

二是賈府對每個僕人做什麼，不做什麼；哪裏能進去，哪裏不能進去，有嚴格規定。比如，有的就只能在二門外，不能進二門內的院子。男僕一律不能進大觀園。大觀園中有些女僕非經主子「傳」或大丫頭允許，不能進院子；有些本院的小丫頭不能隨便進主子正房。小紅做的是寶玉看不見的粗活，諸如澆花、生火燒茶水、餵雀之類，是不能隨便進寶玉屋子的粗使丫頭。她「眼見的事一點兒不作」，寶玉自然不認識了。

三是二十四回小紅給寶玉倒茶的事發生在二十三回寶玉遷入大觀園之初，小紅是屬於剛添的四個丫頭中的一個，剛入伍的新兵，「大首長」賈寶玉不認識她，也就不足為奇了。

所以小紅的第一個作用就是寫出賈府主子們丫頭之多，開銷之大，奢華至極。

小紅的第二個作用是為賈府下層社會錯綜複雜的人事關係和由此帶來的矛盾作了一些鋪墊，這是由於小紅「心內著實妄想癡心的向上高攀」。也就是說，小紅不甘心於現在這種低微的地位。脂批者認為是「爭名奪利」，在封建社會這是很受鄙視的。但是用現代眼光重審，小紅屬於那種希望實現自我價值、表現自己的才幹以改善自己命運者。在《紅樓夢》的少女、少婦中，只有林黛玉、王熙鳳、探春、史湘雲、晴雯等很少幾個屬於這個類型。這種多少具有一些競爭意識和要強性格的人必然要和周圍發生矛盾。正如回末總評脂評所言：「紅玉在怡紅院為諸鬟所掩，亦可謂生不遇時。」這裏的「諸鬟」就包括襲人、晴雯、麝月等許多精兵強將，小紅就被她們掩蓋了。小紅「是榮國府中世代的舊僕」大管家林之孝的女兒，本名紅玉，十六七歲，因名字中的「玉」字重了寶玉、黛玉之故，就叫紅兒或小紅。封建社會的基本特點是等級森嚴，主子如此，丫頭也不例外。如果說鴛鴦、平兒、襲人、紫鵑等十幾個是一等丫頭，晴雯、麝月、秋紋、碧痕等是二等丫頭，小紅就只能算是三等丫頭了。而第六回脂批說，平兒在榮府好幾百僕人中都只不過是個三等奴僕，那麼小紅恐怕只能算是五等了。二十五回和二十七回寫到小紅的工作是，一早起來去打掃怡紅院房子地面，提洗臉水，然後在院子裏澆花，餵雀兒，生火燒茶。寶玉不叫，她是不能隨便進屋子的。這是她和襲人、晴雯等人的最大區別。表面上似乎只是分工不同，實際上存在著嚴格的等級差別，關係到身分、待遇和臉面。所以秋紋、碧痕見她居然進了寶玉屋子，給寶玉倒茶，就罵她：「沒臉的下流東西……你也拿鏡子照照，配遞茶遞水不配！」類似這樣的丫頭之間、丫頭與媳婦婆子之間的矛盾，在榮國府廣泛存在，日積月累，到一定時候就會爆發。

小紅這個形象的第三個作用就是表現她的超凡能力了，因為這種能力和小說後面的故事有重要關係。小紅最出彩的地方是二十七回在園子裏臨時受鳳姐指派去告訴平兒一件事，這件事本身就比較複雜。小紅回來向鳳姐彙報，那段大約二百字的話，我把它叫做「說奶奶」。這是一段話中話，真是精采絕倫，其難度遠遠超過相聲中的繞口令。大家不妨回去再讀讀。我是把那段話中所有的「奶奶」都按不同身分和話語主體分成一、二、三、四、五，標上號碼，才弄明白的。這段話的原始主體是鳳姐，平兒是第一轉述者，是平兒將鳳姐的意思讓旺兒這個第二轉述者去稟告「那家子」的奶奶，而中間又插進一段話中話，就是「五奶奶打發人」來說，話中話裏還有話，內容是「舅奶奶」問「這裏奶奶好」並討藥的事。最後，這個內容和人物關係、敘述關係極其複雜的過程由第三轉述者小紅向話語原始主體鳳姐彙報，把「我們奶奶（即鳳姐）」、「這裏奶奶」、「五奶奶」、「舅奶奶」、「姑奶奶」等五個都被稱為「奶奶」的少婦的事報告得一清二楚。此事充分表現出小紅非凡的記憶力、分辨力和表達能力，而這種能力反映了小紅條理清晰的思維能力。這段比繞口令還繞的話，連李紈聽了都如墮五裏霧中，驚歎莫名，連「十個會說話的男人也說她不過」的鳳姐都格外滿意，可見小紅確實能力超群。

小紅的第四個作用是她這短短的活動產生了場效應。任何小說的人物關係都可以看作是物理學上的「場」，比如磁場、引力場等等。但是絕大多數作品的場效應都很微弱，弱到可以不計。因此往往人物雖多，給讀者留下印象的卻很淡薄。曹雪芹之所以能夠在並不很長的篇幅內寫活這麼多人物，是由於他筆下的不少人物都具有強烈的引力，在形象周圍構成了強大的引力場，產生了明顯的場效應，使引力兩頭的形象都因這種場效應而變得更加鮮活。高明的藝術家善於使人物活動產生場效應，使處於這個藝術場中的某些人的形象也更加鮮活起來。

由於《紅樓夢》人物極多，許多小人物都只有很少的出場機會，因而曹雪芹極力讓他們每一次出場時不僅都成為一次亮相，給讀者留下較深印象，而且這些亮相都不能是孤立的個別人物的行為，而必須是整體情節的有機組成部分，從而產生場效應。小紅這次出場除了突出寶玉丫頭特多，丫鬟們之間的森嚴等級和賈府下層社會的錯綜複雜的矛盾，為日後抄檢大觀園又埋下一處伏筆外，由於「說奶奶」充分表現出小紅的過人才幹，王熙鳳立即將這個難得的人才從怡紅院挖了過來，表明了鳳姐識才、愛才、培養人才的個性與能力。當然這是為了她自己能有幾個既忠心耿耿又能力很強的心腹。「強將手下無弱兵」，強將當然喜歡強兵。所以當即決定認她做乾女兒，將她收入麾下，準備像當初培養平兒那樣「調理」小紅，使自己多一個得力助手，也使她有「出息」。五十五回己卯本有個回前總批說：「阿鳳有才處全在擇人，收納膀背（臂）羽翼，並非一味倚才自恃者可知。這方是大才。」此言很是。

二十七回的脂批說，「紅玉後有寶玉大得力處」。小紅和第八回因為楓露茶事件被攆出賈府的茜雪在賈府被抄家、賈寶玉被關在獄神廟時，二十六回脂批說：「『獄神廟』回有茜雪、紅玉一大回文字，惜迷失無稿，歎歎。」正因為小紅非常能幹，所以她才能在後來寶玉、鳳姐落難時發揮作用。二十七回「卻為寶玉後伏線」、「此係未見『抄沒』、『獄神廟』諸事，故有是批」等均指此。這「大得力」三個字很值得注意。是不是有可能王熙鳳通過小紅去把劉姥姥等找來呢？

到獄神廟探監除了賈芸是賈府窮親戚旁系主子外，其餘都是丫頭和平民。這也表現了曹雪芹的平民意識，真正講情義，最可靠的絕大多數還是窮苦人家。這顯然和曹雪芹自己的遭遇有關，他有切身體會。

最後我們回到小紅的名字上來。小紅原名紅玉，這個名字很值得注意。我們只要想想，《紅樓夢》幾百個人物中，有幾個叫「玉」的，都是什麼人，為什麼為了避寶玉和黛玉的名諱，把「玉」去掉了，卻留下了「紅」！或者說，一開始就把「紅」給了她。這樣我們就能夠體會曹雪芹對小紅這個女孩是多麼看重和喜愛了，曹雪芹顯然是把小紅作為重情義、有抱負、有能力但是由於處於「末世」不能發揮才幹的下層少女的典型來歌頌的。

焦大大焦聯家世

焦大在前八十回中總共只在第七回的兩頁裏出場，但是任何讀者都絕不會忘記這個經歷奇特、敢罵賈府任何人的老僕。曹雪芹用這麼少的文字就寫活這個人物，並且在結構和情節上有重要作用，這種經濟而高效的寫法，很值得我們學習。

一是曹雪芹用一連串鮮明的對比寫焦大的經歷，給人的印象深刻。

焦大是賈府第一代主子的奴僕，年齡至少應當和賈母即賈府第一代主子的兒媳婦差不多，也就是說至少已有七十多歲。三十九回賈母說七十五歲的劉姥姥比她大好幾歲，當時賈母應當七十二三歲。但七十一回賈母就過八旬生日了，而從情節發展和其他人物年齡變化來看，與三十九回也就是兩三年的事。結構龐大人物眾多的長篇小說，作者在小說前後對人物年齡寫得不是很合榫，在所難免，不必過於計較。這種情形《紅樓夢》中不少。如果較起真來，那麼七十一回時賈寶玉就該二十歲了，顯然是不可能的。這種情況清代就已經有一些評點家指出，姚燮（一八〇五——一八六四）一下子就指出了七八個人，這與《紅樓夢》反覆修改有關，也可以看作是曹雪芹的一個疏漏。當年正是焦大冒死將賈府的祖宗從死人堆裏背出來，這才有日後賈府數十年的榮華富貴；如今享盡榮華富貴的賈府不肖子孫不知報恩，還要讓這個老僕晚上出去幹活。而寧國府僕人小廝眾多，送鳳姐時臺階下就站了好些，偏偏派他這個高齡功臣天黑了還去送人，實屬不公。焦大喝醉酒罵了寧國府大總管賴二幾句，賈府第五代主子（這倒符合「君子之澤，五世而斬」的規矩，到賈蓉這代，賈府命中注定要完）賈蓉就命人將他捆起來。當年焦大自己寧可喝馬尿，而將好不容易得來的半碗水給主子喝，如今嘴裏卻被填滿馬糞。都是馬的糞便，卻有完全相反的內涵。忘恩負義，莫此為甚。

二是焦大是在醉酒的情況下罵人的，因此帶有酒醉即不太清醒的特點：「咱們紅刀子進去白刀子出來」，紅、白顯然顛倒了。曹雪芹筆下的「焦大醉罵」是一場十分精采的摺子戲，好似焦大表演的一趟醉拳，與普通套路的拳術給人的印象迥異。

三是起了重要的陪襯作用。王熙鳳是何等人物，在賈府也就是在幾個長輩面前不敢放肆。丫頭、媳婦、婆子以及任何男僕，誰敢在她璉二奶奶面前說三道四？只有焦大是唯一的例外，不僅大罵賈珍、賈蓉，連鳳姐都捎上了，而且性質嚴重，只差點名了。而王熙鳳和賈蓉「遙遙的聞得，便都裝作

賈蓉

沒聽見」。可見鳳姐怵焦大怵到什麼程度，這也算得上是一物降一物。她提出將焦大「打發他遠遠的莊子上去」，不僅是懲罰報復他，也是為了免得焦大在近處「影響擴散」。

四是焦大形象具有某種象徵意義。焦大實際上就是「大焦」，他為賈府的前途非常焦急。他深感賈府的子孫們非但不能創業，而且不能守成，只知一味享樂，完全忘記了祖宗創業時的萬千艱辛。第二回冷子興演說榮國府時說道：「古人有云：『百足之蟲，死而不僵。』……如今生齒日繁，事務日盛，主僕上下，安富尊榮者盡多，運籌謀畫者無一；其日用排場費用，又不能將就省儉，如今外面的架子雖未甚倒，內囊卻也盡上來了……如今的兒孫，竟一代不如一代了！」冷子興可不是個一般人，是京城古董行的商人。古董全國都有，但是恐怕哪裏的古董商人水準也比不上京師的古董商，因為他們見多識廣。連賈雨村這樣頗有才學、「恃才侮上」者，都認為他「是個有作為大本領的人」（第二回），可見他確實見識不凡。冷子興是以一個古董商人的眼光，將寧、榮二府作為一大批古董來評論的。冷子興這一番話十分精采，是一種偏於理性的總體性、概括性分析。而焦大身為家奴，起於行伍，沒有文化，自然是就事論事，從切身感受「不公道」出發，從家庭中的那些烏七八糟的事情看出

冷子興演說榮國府

這個家族正在沒落——「那裏承望到如今生下這些畜生來」——因而焦大所罵的偏於感性。曹雪芹這兩種寫法不但寫活了兩個話語主體冷子興和焦大，而且在評價賈府上也各有優點。冷子興所言準確、深刻、精練，尤其是「架子、內囊」兩句，擲地有聲，成為《紅樓夢》中被引用最多的文字之一。而焦大醉罵的優點恰恰是就事論事，使冷子興的分析有了重要的事實依據。《紅樓夢》故事主體的正式展開是第六回，所以第七回焦大醉罵的象徵意義和他出場的時間有密切關係，他憑自己的直覺感到這個家族正在敗落，內心十分焦急。實際上這也是作者在第二回後再次提醒讀者注意這個問題。

五是焦大醉罵具有重要的情節意義。他話裏話外提及的許多事情，大大拓展了小說的情節空間，而且將小說中的某些貌似孤立的情節連接了起來。比如焦大提到賈府祖上的創業史，就對冷子興演說榮國府的歷史部分作了補充，並為秦可卿托夢王熙鳳時所說的「如今我們家赫赫揚揚，已將百載」等等作了鋪墊。焦大所罵的「爬灰」和「養小叔子」等，分別暗示賈珍與秦可卿的關係以及王熙鳳和賈蓉的不乾不淨。六十六回柳湘蓮說，「東府裏除了那兩個石頭獅子乾淨，只怕連貓兒狗兒都不乾淨」，也和焦大醉罵遙相呼應。

焦大究竟是個具有反抗性的勞動者典型，或者只不過是個忠實的奴才，還是二者兼有，人們對此有不同看法。其實這種身分性質並不重要，重要的是他在前八十回唯一的一次亮相，為我們帶來了這麼多的藝術資訊，留下了這樣難忘的印象。

焦大這個人物對於研究曹雪芹家世的價值最近幾年更加突出起來了，這和大同發現的一塊刻有曹雪芹高祖（祖父曹寅的祖父）曹振彥頭銜與名字的碑刻有關。當然，《紅樓夢》是小說，不是曹雪芹的自傳，也不是曹家的傳記。但是曹家豐富曲折百年盛衰的經歷顯然給曹雪芹創作《紅樓夢》提供了大量素材。因此我們從《紅樓夢》中可以發現一些原在遼陽的曹家先祖自明朝末期開始追隨後金（清）皇室，久經征戰，從龍入關，直到抄家敗落的影子。後金天聰四年（一六三〇）曹振彥已經在佟養性屬下任教官，四年後轉屬多爾袞部下，後來扈從入關，至雍正五年（一七二七）曹家被抄將近一百年。秦可卿托夢說「如今我們家赫赫揚揚，已將百載」，看來就是取材於此。那麼有一個問題就可以研究一下了：焦大肯定隨主人（「太爺」）參加過不止一次戰鬥，救主者焦大的人物原型很難考證了，不過這次打得如此慘烈的戰役是哪一次呢？

從現有史料來看，曹振彥參加的最後一次大戰，是順治六年（一六四九）由「攝政王多爾袞總統內外官兵征勦大同」（《清世祖實錄》卷四十二）姜瓖之變。這場戰爭打得曠日持久，長達數月，清軍傷亡極其慘重。因此攻克大同後氣急敗壞的多爾袞下令屠城，除事先已經投降作為內應的七百名官兵和一小部分挖地道逃走者外，全城婦孺老幼全被殺光。多爾袞並下令將高大堅固的大同城牆削低三尺，以解心頭之恨。曹振彥之子曹璽（曹雪芹的曾祖）也參加了此役，有戰功。平定大同後的次年，曹振彥出任山西吉州知州，兩年後（一六五二）升任大同知府。曹振彥在大同知府任上的一個功績就是重修大同城牆，並立碑紀念。這塊刻有珍貴的《重修大同鎮城碑記》的石碑保存在大同市博物館，落款者中刻有「襄平曹公諱振彥」等字。襄平就是今遼陽，所以曹雪芹祖籍是遼陽又多了一個鐵證。

現在我們還回到焦大上來。如果焦大參加了大同戰役，假定他當時只有十五歲——再小，他就不可能把主子從死人堆裏背出來了——那麼到曹家被抄前七年即一七二〇年左右，相隔七十年，焦大醉罵時就該有八十五歲了，似乎太老了一些。所以我認為，歷史上可能確實有過一個對曹家先祖有大功甚至救命之恩的僕人，成為曹雪芹寫《紅樓夢》時焦大的原型，但是也許早就不在人世了。因此焦大醉罵時究竟七十、七十多還是八十了，不必過於認真，反正很老就是了。

知了知了知小蟬

小蟬也叫蟬姐兒、蟬姐、蟬兒，只在六十和六十一回中出現了一下，戲分比焦大還少。乍一看，這個小丫頭似乎沒有什麼特別之處，一般不大會注意到她。也難怪，涉及到她的故事實在是太少太簡單了。

小蟬是「探春處當役的」，出場時她「才掃了個大園子，腰腿生疼的」，在丫頭群中屬於地位最低的幹雜活的粗使丫頭。由於「時常與房中丫鬟們買東西呼喚人，眾女孩兒都和他好」。所以她雖然輕易進不了「房中」，但是卻因此能夠從比她地位高的丫鬟們那裏得知一些「房中」的消息甚至秘密。事情就是這樣開始的。探春因管理大觀園不在自己的秋爽齋中，看房子的二等丫頭翠墨「因命蟬姐兒出去叫小麼兒買糕去」，並告訴她，剛才艾官在探春面前告了小蟬的外婆夏婆子的狀（「都是夏媽和我們素日不對，每每的造言生事」），叫小蟬「到後門順路告訴你老（姥）娘防著些兒」。小蟬氣憤地出來，只見她外婆正和一些女僕坐在廚房階砌上說閒話，「便命一個婆子出去買糕。他且一行罵，一行說」，告訴了她外婆夏婆子。正說著時，芳官來到小廚房，說寶玉要一個涼菜。這時小蟬差去買糕的「婆子手裏托了一碟糕來」。芳官開玩笑說，要「先嘗

一塊兒」。小蟬接了糕說：「這是人家買的。」小廚房廚頭柳家的與芳官等關係「極好」，近日又正託芳官設法通過寶玉將女兒柳五兒弄進怡紅院去，那裏活兒輕鬆，寶玉又隨和，得賞賜的機會也多。於是柳家的就說，有剛給五兒買的糕還未吃，便拿了一碟出來。得意忘形的「芳官便拿著熱糕，問到蟬兒臉上說：『稀罕吃你那糕，這個不是糕不成？我不過說著頑兒罷了，你給我磕個頭，我也不吃。』說著，便將手內的糕一塊一塊的掰了，擲著打雀兒頑，口內笑說：『柳嫂子，你別心疼，我回來買二斤給你。』小蟬氣的怔怔的，瞅著冷笑說：『雷公老爺也有眼睛，怎不打這作孽的！……』」接著是司棋帶領蓮花兒等小丫頭們大鬧小廚房。正巧林之孝家的帶了幾個婆子經過園子，碰到不在園子裏幹活的柳五兒，引起懷疑。可巧小蟬、蓮花兒等走來，就說「林奶奶倒要審審他」。小蟬還說，聽玉釧說王夫人那裏少了玫瑰露等東西，暗示五兒有偷竊嫌疑。這樣，就把對芳官的氣移恨到了柳五兒的身上，事情就變得更加複雜起來。在蓮花兒揭發和帶領下，小廚房裏搜出了玫瑰露和茯苓霜。結果五兒被押，爆發了茉（莉粉）、薔（薇硝）、玫（瑰露）、茯（苓霜）事件，觸發了賈府下層社會的一場地震。幸虧平兒冷靜調查，公平處置，小廚房「政變」迅速流產，五兒釋放，她母親柳家的「官」復原職。後來抄檢大觀園時，芳

投鼠忌器寶玉瞞贓

官被逐，說不定就和此事或者類似之事得罪了人有關。

這樣看起來事情就不那麼簡單了，小蟬不是一般地傳了話和說了幾句氣話，而是在觸發整個事件中起了某種關鍵性作用。

第四回「護官符」一節門子說，賈、史、王、薛「這四家皆聯絡有親，一損皆損，一榮皆榮，扶持遮飾，俱有照應的」。其實賈府下層社會的情形也有類似之處。因為賈府奴僕有些是世代為奴，和那些買來的不一樣，到時候可以放出去或贖走。這種奴隸的兒女是所謂「家生子」，即使做了官，在主子跟前也還是奴才。就像四十五回寫到的，賴嬤嬤的孫子賴尚榮（聽聽這名字！曹雪芹多麼瞧不起此人），花錢捐官，等了十年，當了州官，依舊是賈府奴才。探春聽了艾官告狀，雖然明白了她的母親趙姨娘大鬧怡紅院是受了夏婆子調唆，但是也「料定」艾官、芳官等「皆是一黨，本皆淘氣異常」。五兒則與芳官極好，芳官受到晴雯等的呵護，也可看作「一黨」。而小蟬則連著翠墨、蓮花兒、司棋及其外婆王善保家的，那王善保家的又是邢夫人的心腹，後來在抄檢大觀園中好生厲害。所以我們從小蟬這條最細的鬚根往深處探尋，就會發現她連著一根一根較粗的支根。這些錯綜複雜的人事關係和疙瘩、矛盾，未必和日後因有人「告舌」而抄檢大觀園無關。連小蟬這樣年紀小、地位低微者都參與了「自殺自滅」（探春語），可見賈府這個大家族沒落的不可避免。

小蟬形象的獨特價值和曹雪芹為她取的名字以及為她安排的出場時間有密切關係。《紅樓夢》第一回有一首著名的「好了歌」，跛足道人說：「可知世上萬般，好便是了，了便是好。若不了，便不好；若要好，須是了。」在《紅樓夢》中不同人物有各自的「了」，對於賈府來說就是「白茫茫大地真乾淨」。小蟬的「蟬」，就是「知了」，這是一種生命力十分短暫的小昆蟲，天熱時叫得最響，入秋不久便銷聲匿跡。清代以來就有一些學者將小說內容按春、夏、秋、冬劃分，注意到五十五回前後是寫賈府由盛極而衰由盛夏入秋的重要轉折關頭。該回回前脂批道：「此回接上文，恰似黃鐘大呂後，轉出羽調商聲，別有清涼滋味。」到五十三、五十四回鬧元宵可謂盛極，五十五回開始轉寫衰落。儘管學者們具體劃分的回目不盡相同，但將小蟬出場的六十回劃入「秋」即盛極而衰之初比較一致。因為人們普遍認為茉、薔、玫、茯事件是抄檢大觀園的預演。這樣，小蟬詛咒說：「雷公老爺也有眼睛，怎麼不打這作孽的！」就帶有讖語的性質，是作家通過這隻小小的「知了」對盛極而衰的賈府上下的一個警告，也是對讀者的一個重要暗示。

寶玉「死黨」數茗煙

茗煙是寶玉的眾多小廝之一，最理解寶玉，因而最受寶玉信任。他的名字有些回目中寫作「焙用微火烘藥材、茶葉、食品等）茗。長篇小說中有些次要人物名字發生變化，有的是不同人對同一個人的不同稱呼，有的是作者改變主意換了名字而忘了改前面造成的。這種情形在人物眾多的長篇小說中不足為奇。

曹雪芹寫人物常常是一組一組地寫，還往往有點對比。黛釵、襲晴、迎（春）司（棋）等莫不如此，寶玉的小廝茗煙和男僕李貴也有點這個意思。

茗煙在寶玉的眾多男僕、小廝中，論地位當在李貴等人之下，是個二三等角色，但「乃是寶玉第一個得用的」（九回）。茗煙之所以能夠成為寶玉的貼身親隨，只要和李貴一比較，就能見出其中奧妙。李貴是寶玉的奶母李嬤嬤之子，是寶玉的奶兄。子以母貴，有些體面。第九回寶玉進家塾前賈政查問「跟寶玉的是誰」時，雖然「外面答應了兩聲，早進來三四個大漢，打千兒請安」，但是賈政只認識李貴，也是他們二人問答。由於賈政的嚴厲訓斥，「嚇的李貴忙雙膝跪下，摘了帽子，碰頭有聲，連連答應『是』。所以出來以後立即對寶玉說：「只求（小祖宗）聽一句半句話就有了。」這

「聽話」自然是聽老爺即賈政的話，恐怕也包括李貴等人為執行賈政指示的勸告。五十二回寶玉出門，帶了十幾個男僕，為首的就是李貴，該是寶玉的首席男僕。而茗煙和李貴的根本區別就在於，茗煙總是幫寶玉不「聽話」，有時候簡直就是主動「煽風點火」了，用襲人的話說，就是「調唆」寶玉。

這茗煙自然也有缺點，「年輕不諳世事……無故就要欺壓人的」，受了賈薔的調唆，連打帶罵，成了眾頑童鬧學堂的主角之一。茗煙「不諳世事」雖然有淘氣的一面，卻也少了一些封建禮教的束縛，比較能夠體諒寶玉的心理。十九回寶玉在寧國府看戲、說笑，覺得無聊，就是茗煙主動提出，「這會子沒人知道，我悄悄的引二爺往城外逛逛去」。於是兩人偷偷去了襲人家，把襲人和她哥哥花自芳嚇了一跳。襲人責怪他「調唆」寶玉私自外出，聰明到了狡猾程度的茗煙反應靈敏，以守為攻，立即委屈地說：「二爺罵著打著，叫我引了來，這會子推到我身上。我說別來罷──不然我們還（回）去罷。」其實他心裏明白，既然已經來了，別說寶玉不願馬上回去，襲人也不會讓他們就走的。這茗煙腦子真快，一聽這說話口氣，就知道是個機靈鬼。回府時他想得也比別人細緻，又是他在寧榮街主動「命住轎」，對花自芳道：「須等我同二爺還到東府裏混一混，才好過去的，不然人家就疑惑了。」茗煙在「狡猾」中透露出過人的機敏，辦事周密和口齒的伶俐，「壞」得可愛。因為這不是品格性損害別人利益的壞，而是理解寶玉，既讓他開心，又不給他也不給自己找麻煩。十九回茗煙與萬兒幽會被寶玉發現，寶玉問他那女孩叫什麼名字，茗煙就隨口現編說，她母親生她時做了個夢，萬字花樣，所以叫萬兒。寶玉是「情癡」，居然就信了。茗煙知道這樣說會使寶玉高興。在此脂批說：「茗煙此時只要掩飾方才之過，故設此以悅寶玉之心。」說明茗煙反應很快，深知寶玉。在茗煙形象上，曹雪芹成功地塑造了他的「書童」特色，這樣就把他和一般小廝區別開來。

按理說，茗煙作為書童應當最認真貫徹賈政關於熟讀「四書」的指示才是，但恰恰正是他最了解寶玉究竟喜歡讀什麼樣的書，不僅成為寶玉離經叛道的得力助手，而且時不時地主動將寶玉引到另一條路上去。寶玉與眾姐妹遷入大觀園後，忽一日不自在起來，園內的女孩子都不了解他的心事。「茗煙見他這樣，因想與他開心，左思右想，皆是寶玉頑煩了的……便走去到書坊內，把那古今小說並那飛燕、合德、武則天、楊貴妃的外傳與那傳奇角本買了許多來，引寶玉看。寶玉何曾見過這些書，一看見了便如得了珍寶」（二十三回）。結果連黛玉也加入了讀者行列，讀了《西廂記》等。茗煙選購了這麼多書，也可見他有相當文化，不枉為寶玉的書童。賈政絕對想不到，把寶玉「引入歧途」的主要人物之一竟是書童茗煙！

正因為茗煙最了解寶玉的心理，所以寶玉的機密行動都不瞞他，茗煙也就成了他的貼身親隨。寶玉不在家中參加鳳姐的生日盛宴，只帶茗煙一人悄悄溜出後門，跑到荒郊野外去祭祀金釧。本來「寶玉掏出香來焚上，含淚施了半禮」，覺得已盡心意，就「回身命收了去」。不想茗煙雖然答應，卻沒有即收，而是「忙爬下磕了幾個頭，口內祝道：『我茗煙跟二爺這幾年，二爺的心事，我沒有不知道的，只有今兒這一祭祀沒有告訴我，我也不敢問。只是這受祭的陰魂雖不知名姓，想來自然是那人間有一，天上無雙，極聰明極俊雅的一位姐姐妹妹了。二爺心事不能出口，讓我代祝：若芳魂有感，香魄多情，雖然陰陽間隔，既是知己之間，時常來望候二爺，未嘗不可。你在陰間保佑二爺來生也變個女孩兒，和你們一處相伴，再不可又托生這鬚眉濁物了。』說畢，又磕了幾個頭才爬起來。」（四十三回）茗煙之所以能夠說出這樣一番話來，顯然是他平日深受寶玉影響之故，「香魂有感」四句還相當有文采，因而對寶玉的形象起了重要的陪襯作用。茗煙在祭祀之後勸寶玉吃些齋飯就及時回家，不但講得句句在理，還有點理論水準，再次顯示出他這個書童與一般小廝的不同之處。這回有一段脂批：「忽插入茗煙一篇流言，粗看則小兒戲語，亦甚無味，細玩則大有深意。試思寶玉之為人，豈不應有一極伶俐乖巧小童哉……今看此回，直欲將寶玉當作一個極輕俊羞怯的女兒看，茗煙則極乖覺可人之丫鬟也。」此言很是。

茗煙的名字也可以看出曹雪芹對這個人物的精心設計。寶玉其他男僕的名字，如李貴、王榮、張若錦、趙亦華、錢啟、周瑞，多數有些俗氣；小廝如伴鶴、鋤藥、掃紅等（五十二回），名字挺雅，但是由於沒有故事而缺乏藝術生命，這幾個名字只是藝術符號而未成為藝術形象。而「茗煙」則有助於形象的昇華。「茗」原指茶葉，後泛指喝的茶。「茗」而生「煙」，豈非熱茶？既可解渴，又令人心中溫暖。茗煙不愧為「茗煙」。借用一個現代名詞，茗煙稱得上是寶玉的「死黨」了。

情切切良宵花解語

大觀園沒有原型

《紅樓夢》以賈寶玉、林黛玉為代表的一批少男少女演出了一齣齣美麗動人、哀惋悲涼的愛情悲劇、人生悲劇和社會悲劇，他們的主要舞臺就是那個令人無比神往的大觀園。《紅樓夢》無與倫比巨大魅力的一個重要方面就來自於大觀園。在我的閱讀範圍內還沒有第二個藝術作品中的園林像它這樣，寫得驚人的美麗、巨大，極其精細而又充滿情趣，蘊含了極其豐厚耐人尋味的文化因素，和人物命運如此息息相關。因此要想真正形象化地了解《紅樓夢》，不但要反覆地深入閱讀原著，反覆品味理解，而且最好要親自到大觀園細細遊覽一番，這樣才能將文字上的敘述變成直觀的形象與感受。兩百多年來人們一直猜測、尋找大觀園的原型，但是大觀園並沒有原型，它完全是曹雪芹的天才創造，它是一個從未出現過的園林類型。

二十世紀八〇年代在紅學家、古建築專家和其他專家們的指導下，幾乎同時在北京和上海按照小說的細緻描寫建立了兩個大觀園。它倆雖略有差別，各有某些特點，不過都很像《紅樓夢》寫到的那個大觀園，在園林建築上都堪稱精品。遊覽其中的任何一個，對於理解《紅樓夢》都大有幫助。不過由於北京大觀園建於老城區宣武區原南菜園，大體上符合「芳園築向帝城西」（十七十八回）的位置；南菜園歷史上就是為皇宮供應蔬菜之地，與宮廷有些瓜葛；距離皇宮不遠，融入了北京原有的古城風貌之中；面積也更加接近小說中的描述。因此相比而言，北京大觀園比遠離上海市中心六十五公里孤懸於澱山湖畔的青浦大觀園，無論在真實感、歷史感和整體感上都要更勝一籌。不過上海大觀園由於處在多個園林之中，四面望去，非樹即水，不易看見別的現代化建築，不會破壞特定的文化氛圍和欣賞心情，環境清幽，更加富於情趣。

惑奸讒抄檢大觀園

有些人對北京大觀園的文化價值缺乏正確的認識，將它看作一般的「人工景點」，甚至認為是「假古董」。這是大錯特錯。「假古董」無非是兩種情況：一是有真古董而仿冒，以假充真；二是沒有真東西，製造假貨冒充古董。總之都是以假充真。而大觀園作為一個園林建築，歷史上根本就不存在，也沒有原型，因此也就沒有仿冒的問題。但大觀園又確實存在於《紅樓夢》之中，它是那麼迷人，那麼具體，是一個確鑿無疑的藝術存在。北京大觀園和上海大觀園只不過是把精神性的藝術形態轉換成了物質性的藝術形態罷了。因此它具有高度的藝術依據和歷史依據，是一種轉換性藝術再創造。尤其是電視連續劇《紅樓夢》自一九八七年播映以來歷久不衰，獲得巨大成功，已使這兩個園子尤其是北京大觀園增加了新的歷史內涵。而有朝一日重拍的新版電視連續劇《紅樓夢》還將使它再添華彩。大觀園的這種延伸性歷史文化價值，不用說一般人工景點沒有，就是真正的歷史文物景點也很難做到。

如今北京正在大力弘揚極具老北京文化內涵的宣南文化，大觀園應當是其中的一個重要部分。除了不少與曹雪芹、《紅樓夢》傳播及紅學研究相關人士曾在宣南地區生活過外，最重要的是，大觀園將中國古代精神文明象徵《紅樓夢》中的主要人物活動園地由文字形象轉化為現實的藝術存在，成了溝通老北京宣南文化與現代北京宣南文化的橋樑。

長期以來，關於大觀園的原型一直是人們津津樂道的一個重要話題，從清代袁枚的隨園說算起，已歷兩百年以上。這個話題，新中國成立以後變得更加熱鬧，如北京恭王府說，圓明園說，還有許多幾乎不著邊際之說。但是只要有人提出新說，就會引起廣大讀者的興趣，甚至轟動。這個現象生動表明《紅樓夢》和大觀園在人們心目中的地位多麼重要。

紅學界早就對大觀園的基本特點取得了共識，並為讀者們所接受，至今無人對此提出異議。那就是：大觀園綜合了中國北方皇家園林和南方私家園林的共同特色，是二者相結合的典範。那麼為什麼還有這麼多人熱心地在尋找大觀園的原型呢？這是由於光是概括出了大觀園在中國園林藝術中的這一兩結合基本特色，並不等於抓住了作為一個具體園林大觀園的根本特點和不可重複的獨特個性。因為北方皇家園林和南方私家園林相結合這個原則，可以結合出無數具有各自個性的園林來，而人們普遍忽視了這個原則在大觀園中的實際體現。別的不說，就說頤和園罷，它雖然是典型的皇家園林，但是仍然具備私家園林的特點。所以我們必須發掘真正屬於大觀園，屬於曹雪芹的東西。這可關係到曹雪芹的知識產權呢！

我在《紅樓夢學刊》一九八八年第三期《論紅樓夢的濃度》一文中，指出了大觀園是一座巨大的後花園式的居住式園林，一九九四在文化藝術出版社出版的《紅樓夢魅力探秘》一書中重申了這個論斷。也就是說，大觀園把北方皇家園林與南方私家園林結合的原則體現為三個具體特點：巨大的，後花園式的，主要是用作居住的。後來我對第三點再補充了「散點式」三個字，即它的居住不是通常的集中式，而是散點式居住。

曹雪芹之所以將大觀園設計成這樣三個特點，完全是出於創作的需要，是為了便於表現作品多重複合型主題和刻畫眾多人物，大觀園的規模、功能、布局甚至細部配置，都是由於小說深層題旨、故事情節和人物活動的需要所決定的。《紅樓夢》的主要人物是一群少男少女。他們不能太小，太小還不懂事，兩小無猜，不可能發生多少有意思的故事，特別是不可能產生情感糾葛。但太大也不行，因為在當時女孩一到十五歲及笄之年，男孩子到了十五六歲，就要論婚嫁了。即使還沒有結婚，按照過去「男女授受不親」的嚴格禮教，就不能隨便在一起。因此他們的年齡只能在十一歲至十五六歲之間，在十六七歲時必須結束故事。由於小說故事情節涉及好幾年，有許多人物，尤其是許多少女，還有一個少男賈寶玉，不但要求有一個相當大的活動空間，而且還必須讓他們中的絕大多數主要人物都每人有一個院落住在裏面，從而營造出足夠許多人演出一幕幕活劇的大舞臺。它既是一個與外部世界相對獨立的整體，又分割成相互密切聯繫的幾個地位基本相等的局部。它既有一定的封閉性，讓這些少年男女在這裏比較自由自在地生活；但他們又不是不食人間煙火的神仙，他們必須要有富裕生活來源，有一大群人——從長輩到僕人——為他們服務。因此這個巨大的園林式建築群就絕不可能真正是獨立的存在，它只能是個後花園，是某位王公貴族家的一個局部，是王公府第龐大建築群落的一部分。這個後花園式的散點式居住園林的衣食花費都來自於王公府第的前院。這些條件就決定了大觀園只能是巨大的、後花園式的、分散居住式的這樣三個不可分割的特點。少了其中任何一個，都不可能完成小說的規定情境。

小說中的大觀園有多大呢？十六回賈蓉對賈璉和王熙鳳說：「我父親打發我來回叔叔，老爺們已經議定了，從東邊一帶，借著東府裏花園起，轉至北邊，一共丈量準了，三里半大，可以蓋造省親別院了。」三里半大就是周長一千七百五十公尺，若以邊長相等計算，每邊為四百三十七・五公尺，面積為十九萬一千四百一十六公尺，即十九公頃多一點，約二百八十七畝。上海大觀園佔地九公頃，合一百三十五畝，相當於小說大觀園的百分之四十七；北京大觀園佔地十三公頃，合一百九十五畝，接近原著中的百分之六十八。不過由於上海大觀園遠離城市，十分安靜；而且與緊鄰而林木茂密的「梅園」、「上海民族文化村」兩大景點融為一體，成為一個佔地達一千三百畝並有水面三百畝的巨大景區，從而令人感到上海大觀園要比實際面積大得多。

從小說敘述的內容來看，人們從榮國府（西府）進入大觀園似乎更加方便，二者相連。顯然在修建大觀園時，雖說是「從東邊一帶，借著東府裏花園起，轉至北邊」，但是接著一定是又轉向西邊，然後又折向南邊與榮國府相連了。只有這樣，寧國府，特別是榮國府的人才能很容易地從本府旁門、角門出入大觀園，而不必繞道大門，穿過建築群。還有，省親別院是專為貴妃興建的，具有宮苑性質，其地位高於供帝、妃臨時歇息的外地行宮，元春省親以後這個院子別人就輕易不能進去。元春想到，「(大觀園)自己幸過之後，賈政必定敬謹封鎖，不敢使人進去騷擾」(二十三回)。這正是元春要讓姐妹們遷入的主要理由。因此榮國府和寧國府必然還保留了一部分自己的花園，而且不會太小。如果我們按照生活中的院內建築與後花園的比例大體上是三比一或四比一左右測算，那麼寧國府、榮國府這個建宅群落所佔總面積至少應在一千畝左右，也就是說和一千零八十畝的紫禁城差不多！這樣嚴重的「違制」在生活中自然是絕對不允許的，它只能是作家出於創作需要的虛構產物。我們只要看看北京現存的眾多王府更不必說公府就明白了。大名鼎鼎的恭王府面積五．七公頃，加上已經成為郭沫若故居的前院，總面積也不會超過十公頃，即一百五十畝。也就是

大觀園月夜警幽魂

說，大觀園等於兩個原恭王府！這還不算榮國府和寧國府的龐大建築群。

讓大觀園成為後花園式的居住式園林，還不僅僅因為前面的建築群落要供應他們吃喝開銷，而且東西兩府本身有許多事情與園子裏的人事相關，並且和整個社會有著千絲萬縷的聯繫，從而表現深刻的主題。因此這個任務決定了大觀園只能是個後花園式的園子。

大觀園雖然是為了省親而建，但這只不過是一個由頭，是曹雪芹出於創作需要為他筆下的少男少女們營造一個有助於故事展開而又有一定現實可能性的理想的活動環境。其中最重要的是，他們必須住在裏面，而非偶爾入園遊玩。這就決定了大觀園和一般私家園林以及皇家園林的一個根本性區別。由於長期居住的都是大貴族公子、小姐、年輕媳婦或妙玉這個特殊身分者——其實妙玉也是一個小姐——所以地位並列式居住型院落就有八個：賈寶玉的怡紅院、林黛玉的瀟湘館、薛寶釵的蘅蕪苑、迎春的綴錦樓、探春的秋爽齋、惜春的蓼風軒、李紈的稻香村，此外還有妙玉的櫳翠庵。還要有大量的休閒、遊覽與服務性建築。因此北京大觀園共有主副景點四十餘處，上海大觀園也有二十多處。

一般私家園林無非是兩種類型：一是混合式，即主要建築（包括居住、消閒等不同用途）與園林穿插，房子前後左右都是園子的一部分，園林與建築群落沒有明顯的界限。這是私家園林的主要形式。另一種是後花園式——絕大多數後花園都比較小，都夠不上「園林」，只是花園而已——房子前面或天井有些樹木花草，但達不到園子的規模。園子在院子的後部，雖然會有一些亭、臺、樓、閣、水榭之類，但是沒有院子，也不住人。在整個院子裏位於前部的建築與後部的園子有明顯的界限。後花園通常位於小姐或女眷住的那進房屋的後面，所以除了主人，一般人根本不能穿過女眷住房的過道進入後花園。因此那裏才能演繹出那麼多的「私訂終身後花園，落難公子中狀元」的故事來。私家園林通常都只住一家，父母與兒女是上下關係，在建築上不可能表現為大觀園中幾個院子地位相當的平等形態。這種私家園林更不可能出現院中之院，園中之院的格局。

許多人樂此不疲地在歷史上或生活中尋找大觀園的原型，是因為他們往往只注意到有些園林似乎具備大觀園的某個特點，而忽略了大觀園還有另外一些重要特點，而且幾個特點具有不可分割性。由於大觀園比紫禁城的御花園大好多倍，於是有人就認為原型是圓明園。圓明園雖然極大，而且是居住式的，卻非後花園式的。頤和園、承德避暑山莊也都巨大無比，也是居住式的，也都不是後花園式的。要滿足那三個條件並不容易。在《紅樓夢》中，位於榮寧兩府前部的建築群與位於後部的大觀園的主從關係是十分清楚的，前面住的是「老太太、老爺、太太」等老一輩和已經結婚的「爺、奶奶」（如賈璉、王熙鳳）等，後部住的則是未成年的「少爺、小姐」，而頤和園、圓明園、避暑山莊等皇家園林根本不存在這種前後界限。再從居住來看，雖然那些園林中的各個院子也住著一些后妃，但是這些院子都緊靠著皇帝住的主院，以方便皇帝「臨幸」。這和大觀園中的各個院子不相連屬的格局很不一樣。至於恭王府，且不說建築年代不對，它實際上是仿大觀園而非相反。何況它的花園實在太小，只供遊覽而不是居住的。

因此以前從來不曾出現過大觀園這樣的園林，以後也不會再出現大觀園這樣的園林，它根本不可能有某一個原型。它是曹雪芹出於創作需要，綜合了許多皇家園林和私家園林的各種各樣的優點與特色，以他天才的藝術想像力加以改造，虛構出來這樣一個全新的園林類型或者說園林品種。它發端於曹雪芹的心中，只存在於《紅樓夢》裏，具有不可重複性。

在大觀園中，我們可以充分領略到中國園林的藝術美。西方園林講究敞開式的大草坪，主體特別突出的大建築，還有噴泉、雕塑、茂密的樹林。中國園林講究小中見大，露中有藏，有主有從，富於變化。大觀園一進門「只見迎面一帶翠嶂擋在前面」。正如賈政所說，如果一進門就什麼都看見了，「則有何趣」？即使一個小小的私家園林，也往往是麻雀雖小，五臟俱全。大觀園中光是建築，同樣是院子就有封閉式和敞開式之別，樓、臺、亭、閣、水榭、迴廊一應俱全。山、水、橋、林、路每種都有多樣。水也有湖泊、清溪、水溝等多種。湖面也不是一覽無餘，而是以橋、閘、港等加以分割。大觀園的建築沒有一個是重樣的，除了房子本身以外，中國建築注重文化意蘊得到了最好的體現。匾額、楹聯、擺設、園中小品等等，充分表現或者暗示了人物個性與命運。如賈寶玉住的「怡紅院」，從取名到規模都是曹雪芹精心設計的。它是大觀園的中心，從外面引入的水，在怡紅院後門外有一清溪，「共總流到這裏，仍舊合在一處，從那牆下出去」，暗示大觀園中所有的少女、少婦都在不同角度與程度上和賈寶玉有這樣那樣的關係，最後又都要回到外面的現實世界中去。

大觀園具有豐富的文化性，但文化性是中國園林的普遍特點，不必說頤和園、圓明園、避暑山莊等皇家園林，就是蘇州、揚州、無錫、杭州的私家園林也都富於文化意蘊。大觀園和中國其他園林的根本區別在於，它除了一般園林表層的文化色彩與內涵外，還充滿了曹雪芹精心營造特別設置的暗寓意。怡紅院、瀟湘館、蘅蕪苑等最明顯。

總之，大觀園不但具有古代皇家園林和私家園林的所有優點，而且具有它們所從未有過的獨特風貌與不二品格，今後再也不會出現這種前面一個甚至兩個如榮寧二府式的龐大府第，後面再有這樣一個巨大的後花園散點居住式的園林。由此可見，《紅樓夢》中的大觀園是前無古人、後無來者的空前絕後之作。因此將它由文字形態的藝術形象轉化為實際園林建築的大觀園尤其是北京大觀園，就由於其不可重複性而具有特殊的文化價值。不用說一般的人工景點與它根本不能相比，就是許多古代名人故居之類建築的文化價值也遠不如它。北京和上海的大觀園所蘊含的文化資訊及其所能引起人們聯想的內容與觸發的感受，遠遠超過一般古蹟。北京大觀園和上海大觀園是現代出現的建築，但它體現的卻是中國傳統文化多方面的精粹。它傳承歷史，溝通古今，真正認識它的巨大文化價值，對它進一步完善、開發、利用，是擺在人們面前的一項重要任務。

象徵主義須重視

我們現在所說的象徵主義是十九世紀末期即比曹雪芹創作晚了一百多年才在法國興起並流行於世的一種文學思潮與流派，二者之間沒有任何理論上或實踐上的聯繫。不過正如吃飯無非是用手抓、筷子、刀叉、勺匙等幾種辦法一樣，文學創作大體上也總是這麼幾種基本路子。每一種路子還會略有變異，從而出現一些「亞種」與分支。幾種路子還會由於交叉、滲透產生一些變種。從根本上說，這是人類思維方式和情感形式具有相當程度上的同質性或同構性所決定的。因此使用相同或相似創作方法者，儘管名目不一，甚至沒有理論形諸文字，只要實質相同，就不妨將某種理論作為一個重要的參照系來加以鑒別。

象徵主義作為一種系統的美學理論，主要形成於黑格爾（一七七〇——一八三一）的名著《美學》中，他用的概念是「象徵」而不是「象徵主義」，後者的出現要晚得多。黑格爾說，在象徵裏應該分出兩個因素，第一是意義，其次是意義的表現。意義就是一種觀念或對象，不管它的內容是什麼，表現是一種存在或一種形象。簡言之，一是抽象的意義，另一是這意義的形象的表現，二者是完全不可分的混而為一。這是象徵和比喻的主要區別，因為後者分為本體和喻體兩部分。黑格爾說象徵不能完全和意義相吻合，因此象徵在本質上是雙關的或模稜兩可的。實際上使用象徵的藝術往往由於其意義的多指向而具有特別豐富的內涵，令人回味無窮，難以準確把握。象徵主義最可貴的品格正在於此。黑格爾著重指出，象徵具有本義和暗寓意，只有它們的暗寓意才是重要的。他強調藝術想像在象徵中扮演重要角色，象徵一般具有崇高的特性。一八八六年法國詩人讓．莫雷阿斯首先將「象徵」作為系統的文學理論「象徵主義」提出來，從而將它作為一種對文學具有整體性指導意義的重要文學理論與通常只作為局部手段的修辭學區別開來，形成了一種世界性文學思潮與創作流派。象徵主義的創作成就主要在詩歌領域，在小說創作上沒有突出成績，在難度最大、最能代表文學水準的長篇小說創作上就更找不出來了。曹雪芹和那些歐洲美學家藝術家們可說是殊途同歸，所不同的是曹雪芹的輝煌實踐大大早於他們的理論。所以，《紅樓夢》成功地運用象徵主義的出色經驗具有世界性意義。

但曹雪芹並不是毫無創作理論，而是具有明確的創作主張。第一回回前總批引「作者自云」：「因曾歷過一番夢幻之後，故將真事隱去，而借通靈之說，撰此《石頭記》一書也。故曰『甄士隱』云云。」顯然作者明確宣告要借一個「通靈」的故事或說法，來表達自己在經歷了一番曲折的人生道路之後的某種感悟與體驗，即要表達或暗示某種觀念。這個「借」，以往常常被人們只看作是一般的表現主題的具體藝術手段，沒有從宏觀創作方法，尤其是象徵主義的角度去考察它在撰寫全書中的作用。其實在這個「作者自云」中，曹雪芹就明確表示，他寫此書的目的是有感於「當日所有之女子，一一細考較去，覺其行止見識，皆出於我之上。何我堂堂鬚眉，誠不若彼裙釵哉」？為了不使這些「異樣女子」的高貴人品和過人才幹被「泯滅」，他決心「用假語村言，敷演出一段故事來」，以便「使閨閣昭傳」。可見曹雪芹要在這部小說中表現自己對於少女命運的某些思考與觀念，其中就包括「頌紅、怡紅、悼紅」等等基本成份。其創作的基本方法則是用「假語村言」。這是一個語言形式上的並列結構，內容實質上的偏正結構。「村言」既諧音「存焉」，也可以理解為當時的白話，而非一般小說常用的文言。所以這個片語的重點是「假語」，即「賈雨村（假語存）」。「甄士隱」之名也不僅僅是指將真事隱去，還意味著在這些隱去的真事之中、之後包含著作者意欲表達的一些抽象的思想、觀念和情緒。這裏「假、借」二字絕不僅僅只表示故事情節的虛構，而且更重要的是它意味著作品在虛構了的情節所提供的藝術形象中包含著某種預定的意義。它穿著某種「假語」的外衣，以隱晦暗示的形式出現，也就是被黑格爾格外看重的暗寓意。

表現曹雪芹象徵主義創作方法最突出的宣言，便是第一回與第五回兩次出現的太虛幻境前大石牌坊的那副對聯：「假作真時真亦假，無為有處有還無。」從情節體系看，沒有它毫不影響情節的發展，它本身也不是新情節的生長點。從人物體系看，它不屬於任何個人，不影響任何人物形象的

警幻仙曲演紅樓夢

塑造。從環境體系審視，它至多是表現了作者關於虛擬的申明。沒有它，人們也不會認為太虛幻境就是真的。至於結構體系的作用，那就更談不上了。所以作者如此精心安排的這副對聯，顯然是在作品的意義體系和創作方法方面，那就是明白宣告小說創作的基本原則之一是象徵與暗示。它啟發讀者：應通過情節層面的表面意象（「假、真；無、有」）來認識深藏內裏的實質意蘊（「真、假；有、無」），從而突出以暗示形式出現的多層、多義的主題群。小說中的「夢、幻」等也包含了這個意思。這一點脂批者看得很真切，故在第一回回前總批指出：「此回中凡用『夢』用『幻』等字，是提醒閱者眼目，亦是此書立意本旨。」「立」就是創作，「立意」包括創作全過程，其「本旨」包括創作過程的根本方法，即以「夢、幻」等字樣出現的「假語村言」，也就是象徵主義。「有、無」二字不僅表現生活真實與藝術虛構的關係，還提醒讀者注意現象甚至表層意義下的深層意蘊。深入體味和開掘，就會在「無」中發現「有」，那才是作者真正想要表達的思想觀念。這副對聯在《紅樓夢》第一回就出現，再次出現時是在關係作品主題與人物命運特別要緊的賈寶玉夢遊太虛幻境的入門處，可見這副對聯實際上等於是解讀《紅樓夢》的入門鑰匙。

得通靈幻境悟仙緣

作者在第一回的自題絕句中說《石頭記》是「滿紙荒唐言」，「荒唐」除指浪漫主義外，也包含著象徵主義。因為從傳統觀念衡量，這些真真假假、充滿想像、隱喻與暗示的創作方法確實十分荒唐，而這恰恰是曹雪芹為擴大作品藝術容量，加強思想深度和提高藝術濃度的關鍵。他多處提醒讀者注意他那荒唐故事外表下的真正寓意。第八回的「後人有詩」又一次點明：「女媧煉石已荒唐，又向荒唐演大荒。」簡直就是明白宣告，作者自己都不相信女媧煉石補天的故事，因而自然也就不會有靈石下凡歷世的「一部鬼話」。之所以挪來作為小說「根由」（一回），純粹是為了「借『通靈』之說」以表現自己的某些感悟、觀念與情緒。顯然從煉石補天到靈石下凡，最後靈石又復歸大荒山下，這個故事內容及其演述形式都包含著荒唐色彩，是在某種荒唐形象的表現中暗示著某些「意義」。脂批者最早注意到《石頭記》不是一部普通小說，而是「千古奇文」，「千古未有之奇文」。這裏不僅是指奇語奇事，而且還指寫作方法之奇。脂批者多次告誡讀者注意其暗寓意，不時提示讀者「此則大有深意存焉」，「寓意不小」，「亦寓懷而設」。當然，有「寓意」絕非象徵主義專利，各種創作方法都能取得這樣的效果。脂批所言「寓意」也並非都著眼於象徵。但象徵主義基本特點之一便是追求「暗寓意」。所以十二回跛足道人關照賈瑞「千萬不可照正面」處脂批者批道：「觀者記之，不要看這書正面，方是會看。」脂批的價值除了保留了許多與曹家以及與小說創作有關的材料外，另一

甄士隱詳說太虛情

個巨大貢獻就是反覆指出了這條注意暗寓意的思路。脂批者最早揭示出作者在人物姓名以及物名中對人物命運和創作方法中的某些暗示。如賈府四豔名字的首字元、迎、探、惜為「原應歎息」(二回),千紅一窟茶的窟字「隱哭字」,萬豔同杯酒的杯字「隱悲字」,都是很有見地的,為後人深入揭示《紅樓夢》的深層意蘊作出了開拓性貢獻,開創了紅學研究的一條重要路子。《石頭記》蘊含的思想意義,無論是數量之多還是品質的深刻,都遠遠超過其他小說,以致連曹雪芹的至親密友脂硯齋、畸笏叟等人都不能真正理解。這才使他終於自題絕句,為自己畫了一副孤獨者的肖像。這首詩不僅表達了他的無限感慨與某種嚴重失望,表明他反傳統、非世俗的創作方法,而且在「誰解其中味」一句中還似乎有意引導讀者透過「癡」的表層情節,「荒唐」的形式框架和語言觀念,深入體味作者的「辛酸」與個中深「味」。尤其是「誰解」二字,表現出作者對於知音的殷切期盼。

象徵在《紅樓夢》中已具備獨立的完整的系統的創作方法的一切品格,貫穿於《紅樓夢》始終,滲透在小說的一切主要方面,這是它與其他使用了個別象徵手法的小說的根本區別。

曹雪芹在創作《紅樓夢》時,顯然採取了通常只有寫詩時方用的總體象徵和持續象徵手法。在作品基本構思、框架設計、人物命運及其形象、故事的基本環境這些最重要之處,都注入了象徵基因,使它成為情節、人物、環境與主題的靈魂。從而使全書的各個重要部分都散發著詩意詩味,令人感到一種從語言深層滲透出來的濃郁意蘊,或者促使人們去孜孜追尋那似乎難以窮盡的微妙寓意。「詩無達詁」,那是因為詩的形象所提供的意義不僅遠遠大於字面和形象本身,而且還有許多不確定成份和需要反覆體味方能感受到的寓意。所以它在大體相同的篇幅中，就能包含遠為豐富的意義，可以容納大量暗寓意，從而使小說取得了詩一般的效果。

《紅樓夢》不但基本情節、主要人物關係及其命運、深層次的主題思想，都建立在兩個神話的基礎之上，而且它的總體環境以及一些重要的局部環境也充滿了象徵主義色彩，故事始終在假假真真、幻象實境的穿插變動中進行。表面上看來似乎只有太虛幻境等個別場合是非現實的，實際上整個小說的環境從頭至尾都在假定性之中進行。近幾年新索隱派大為流行，他們的一個共同的重要論據便是認為實際生活中的國公府不可能這麼宏大，不能是這樣的格局，大觀園更不可能這麼大，因此便認為是反映的清宮生活，試圖將小說中的環境描寫一一坐實，這樣就使自己陷入更多的解不開的矛盾之中。故事基本上發生在一個大體封閉的環境賈府中，而由寧國府、榮國府兩部分組成的「賈」府，讀者已由「假語村言」和那兩次出現的對聯中知其「假」的虛構與象徵意義。由「寧」而「亂」，由「榮」而「枯」，「好」終於「了」，正是作者在這一表像中想要傳達的意義。「寧」與「榮」，即安定與繁榮，恰恰是國家和家庭（「國」、「府」）普遍追求的目標。因此，其「亂」、「枯」、「了」，自然也象徵著那個時代。

昧真禪雨村空遇舊

解讀《紅樓》需鑰匙

《紅樓夢》就像一座高樓大廈，有大廳，有樓梯，有許多各式各樣的房間，有些地方簡直就像一個迷宮。因此要正確解讀《紅樓夢》，就要有許多鑰匙，要知道基本路徑。比如，要重視開頭兩個神話的性質與聯繫，要重視小說中詩詞曲賦謎聯匾額的涵義，要對明代中後期到清代乾隆中期約二百年中國思想史的變化有個大致瞭解，要知曉一點小說創作、人物刻畫的基本理論與手法，要具備一些儒佛道的基本知識，要懂得中國傳統文化中的基本禮儀規則，知道一點排行、取名、稱謂的常識，等等。其中有不少鑰匙就在小說裏頭，如那副「真假有無」的著名對聯。掌握的鑰匙越多，打開的房間自然也就越多，讀起來就會越有味。其中一把重要的鑰匙就是曹雪芹的創作方法。

《紅樓夢》創造了一種全新的創作方法

運用什麼創作方法，是藝術創作中的一個全局性、關鍵性問題。同樣的生活積累、素材、觀念、情緒、目的，運用不同的創作方法可以使它成為大不一樣的作品。由於涉及創作的主觀和客觀的眾多因數的揚棄、搭配、調製、改造方式各異，在很大程度上決定著作品的思想深度和藝術水準的高下，以及形成何種藝術風格。《紅樓夢》（指前八十回）偉大藝術成就歸根結底是曹雪芹在創作方法上匠心獨運，別具一格，並嫻熟運用的結果。

創作方法有狹義和廣義兩種理解。前者指創作過程中解決某個方面問題的具體技術性方法或手法，後者則是對整個創作過程與作品整體具有方針性、指導性並決定著上述技術性方法手法如何運用的宏觀原則，即通常所說的「主義」。這兩方面都很重要，因為任何宏觀的「主義」都要通過一系列具體的寫作技術、技巧來落實，最終化為動人的藝術形象。相比而言，「主義」比較原則而抽象，必須通過仲介，即具體的技術、技巧來發揮作用。作家在創作的整體構思時究竟採取什麼樣的藝術原則，決定著他在寫作時對那些具體寫作方法的取捨、側重、創造和革新，從而在很大程度上影響作品思想深度和藝術水準的高低及其整體風格的模樣。曹雪芹在《紅樓夢》中運用了許多小說家從未用過的藝術手法，對於一些傳統手法，他也有所改造發展，運用得更加熟巧。這裏最根本的一點就在於曹雪芹在宏觀創作方法上的「主義」與眾不同。二百多年來中國還沒有第二位作家運用過曹雪芹這樣的「主義」。

「《紅樓夢》是一部偉大的現實主義巨著」，半個多世紀來幾乎已經成為公認的定論。二十世紀六○——七○年代，毛澤東多次談到：不讀一點《紅樓夢》怎麼知道什麼叫封建社會？我是把它當歷史讀的。而且他強調指出：《紅樓夢》寫的是很精細的社會歷史。《紅樓夢》寫四大家族，階級鬥爭激烈，幾十條人命。統治者二十幾人（有人算了說是三十三人），其他都是奴隸，三百多個，鴛鴦、司棋、尤二姐、尤三姐等等。講歷史不拿階級鬥爭觀點講，就講不通。毛澤東雖然並沒有講到《紅樓夢》創作方法的「主義」，實際上認為它是現實主義的。道理很簡單，讓人讀的歷史不可能是非現實主義的，寫得很精細的歷史那就更不是了。有的學者為了突出《紅樓夢》的偉大成就與創作方法之間的密切關係，在「現實主義」之前往往還要加上「嚴格的」定語。但從「嚴格」意義上去要求《紅樓夢》的「現實主義」，就帶來了一些難以解釋、無法自圓其說的麻煩，所以有人認為某些描寫違背生活真實，破壞了作品現實主義的完整性。

這是誤以為只有現實主義才能產生深刻反映現實的偉大小說，忽略了偉大小說也可以不是或不完全是現實主義的。

尤三姐

《紅樓夢》無論是從情節真實、環境真實還是細節真實來說，它的現實主義都達到了極致，說它是現實主義巨著當然不錯。但是「現實主義」遠不能涵蓋《紅樓夢》創作方法的全部，不能表現《紅樓夢》創作方法的精髓與特色。《紅樓夢》中存在大量的非現實主義成份，是誰也無法否認的事實，全書到處都能發現它的蹤影。實際上主要故事就發生在一個理想化了的環境大觀園中，連榮國府、寧國府都帶有很多非現實主義成份。完全從現實主義角度去摳，就難免又走到索隱的老路上去。

十九世紀末以前，中國人還沒有用「主義」來概括自己的思想體系和行為準則的習慣，曹雪芹雖然沒有使用這個術語，在創作方法上卻有一些重要而精采的言論，一再聲稱要破除陳規舊套，銳意創新，表明他革新創作方法乃有意為之。這在中國古代小說史上可說絕無僅有。

第一回空空道人在大荒山無稽崖青埂峰下「見一大塊石上字跡分明，編述歷歷」。他對石頭說抄去「恐世人不愛看」，石頭當即表示這《石頭記》和那些「皆蹈一轍」的「歷來野史」大不相同，他是有意「不借此套」，因而才顯得「新奇別致」的。石頭還尖銳而具體地分別批評了「歷來野史」、「風月筆墨」、「佳人才子」等書公式化「千部共出一套」的遺傳性流行病。總之曹雪芹開宗明義一再申明，《石頭記》與那些「通共熟套之舊稿」在內容、寫法、風格上的根本區別，表明了他在創作方法上確實有革新的巨大決心。歸納起來有三大不同：一是目的與效果是「令世人換新眼目」。二是創作路子不借舊套。三是作品的內容與形式不是一般的「傳奇」，而是作「奇傳」。在小說中，曹雪芹又多次借人物之口，反覆表示對那些俗套寫法的厭惡與不取。五十四回的題目就叫作「史太君破陳腐舊套」，讓賈母出面批評那些說書的藝人說的「都是一個套子」。四十八回香菱向黛玉學詩一節，曹雪芹又借二位少女談詩的機會，一再突出「格調規矩竟是末事」，應以「立意要緊」、「新奇為上」的思想。可見曹雪芹在創作之初和整個創作過程中，始終有著鮮明的破陳套創新奇的指導思想。即使對於各種有用的「格調規矩」，也不是頂禮膜拜，亦步亦趨，不敢越雷池一步，而是要讓它服從於自己的立意構思與總體創作方法，必使其成為「奇傳」而非「傳奇」才甘休。正是這樣一種明確而堅決的革新態度，曹雪芹才在創作方法上開創了前所未有的新局面。其基本特點就是「新」和「奇」。從宏觀角度用咱們現在的話來說，就是在出色運用現實主義的基礎上，大量地成功地運用了浪漫主義和象徵主義，也還用了一些其他創作方法，比如魔幻主義。

浪漫主義是《紅樓夢》創作方法的基本成份之一

曹雪芹在小說中表現出來的那種悲天憫人的寬廣胸懷，對社會與人生的徹底感悟和滲透，對人的價值取向和對女性價值的發現等等，向人們展示了他廣博而又獨特的精神世界。《紅樓夢》之所以說不盡，經得起反覆琢磨品味，正是作品鮮明的主體意識與強烈的情緒深深地感染著讀者，使作品特別有味。

「滿紙荒唐言，一把辛酸淚！都云作者癡，誰解其中味？」曹雪芹的這首自題絕句，包含兩個主要內容：一是整個作品浸透了作者濃烈的感情，甚至全書可用「淚」來表示。不僅作者自言「辛酸」，而且讀者也強烈地感受到了，故而「都」云其「癡」。只不過當時見到手稿者並不完全理解作品中的深情深味。二是作品的形式具有鮮明的非現實性，內容帶有強烈的反傳統反現實色彩。人們通常注重分析「癡」與「淚」的內涵及其形成，而沒有深入思考與解析它們如何成為「言」，而且是特別有味的「言」。而這恰恰是浪漫主義創作方法最重要最基本的特徵。由於作者強烈的感情介入與滲透的結果，使小說帶有濃厚的詩的色彩，這是古今中外浪漫主義小說的一個共同的重要特點。早在清代已經有學者認識到《紅樓夢》中浸潤全書的濃烈感情是這部小說特別動人的關鍵性原因。曹雪芹對「歷來野史」的強烈不滿，力求「不借此套」，務求「新奇別致」，反對「拘拘」於一些傳統做法，他在創作方法上的這種自由主義，正是他對當時那個末世社會充分看透，徹底失望，強烈不滿，呼喚一個能讓人，尤其是能讓女人在比較平等的條件下自由地去施展才幹的新時代的產物。這種理想主義是曹雪芹反傳統的政治觀、社會觀在文學創作上的反映。無論是從要求政治自由到文學自由，還是在作品中強烈地表現自己的情感，曹雪芹和歐洲浪漫主義文學大師們都具有驚人的一致性。它表明，採用某種創作方法的社會需要、個人願望及基本方式，具有普遍的規律性。所不同的是，曹雪芹比他們要早半個多世紀。

浪漫主義在《紅樓夢》中並不僅僅體現為神話故事、太虛幻境等，從創作方法的角度來看，這種寫法並不太難，曹雪芹之前的不少小說家戲劇家也已用過。曹雪芹的獨特貢獻在於：在《紅樓夢》中浪漫主義和創作方法的其他主要成份一起規定著全書的構思，決定著整個作品的思想藝術水準和藝術風格。強烈的情感和濃郁的理想主義滲透在作品的許多重大情節、主要人物和基本環境之中，甚至有些細節也是。而這是作者創作伊始就定下了的指導性創作原則。它集中表現在那首偈中：「無材可去補蒼天，枉入紅塵若許年。此係身前身後事，倩誰記去作奇傳？」這首絕句從創作方法的角度著眼，是前兩句充滿激憤與失望的強烈情感和關於「作奇傳」的創作願望。這種熾烈飽滿的情感不僅影響了「作」的創作衝動，也直接指導著「作」的方式方法之「奇」，而且此「奇」貫穿作品始終。正文一開始便特意點明此書來歷近乎「荒唐」。小說結尾，根據脂批提供的線索，佚稿末回有「警幻情榜」，上列金陵正、副、再副、三四副之名（庚辰本十八回眉批）。這表明「荒唐」確實是曹雪芹的主要創作方法之一，從頭至尾，果真是「滿紙荒唐言」，處處顯示出這部小說的確是「新奇別致」。整部小說寫的是奇人、奇事、奇境、奇思、奇情、奇物、奇趣，甚至還有奇語。同是這個「傳」字，讀音、意義皆有別。唐宋傳奇和諸宮調、雜劇等等的「傳（ㄔㄨㄢˊ）奇」重在故事的新奇，而「奇傳（ㄓㄨㄢˋ）」用現在的話來說則帶有奇特的史詩意味。總之他要明確地向讀者宣告，他作的不是一般的「傳奇」，而是與傳統觀念傳統寫法大不相同，甚至格格不入，因而才被認為是「滿紙荒唐言」。

《紅樓夢》以前的小說戲曲中的人物也寫到一些奇人，但這些人物的「奇」主要或往往表現為具有某些神奇的超人的能力，他們能掐會算，甚至能呼風喚雨，邀仙降魔，撒豆成兵。這些人物形象的出現，反映了人們對超越常人能力極限的嚮往和對出現超人（中國古代叫「異人」）的渴望。在這些人身上雖然也寄託著人們的某

榮國府元宵開夜宴

些理想，但那種神奇的本領並無現實的可能性。只有諸葛亮的過人智慧例外。《紅樓夢》的賈寶玉、林黛玉兩個主要人物雖和神話有一些關係，但作為神瑛、絳珠的俗身賈寶玉和林黛玉在小說中並沒有任何特異功能。他們奇在過人的見識、才學、談吐，尤其是那種超越一切的至濃至癡之情。所有這一切，都不帶任何仙氣妖術，完全是任何一個凡夫俗子都可以做到的。另一方面，以往的小說戲曲作者也沒有像曹雪芹那樣在自己作品的眾多人物身上傾注如此濃烈的感情，從而使這些人物帶有巨大的情緒感染力，以致使讀者不知不覺地與他們貼近起來，為他們的命運變化而牽腸掛肚，喜怒哀樂。且不說賈寶玉、林黛玉這些主要人物身上寄託了作者多少濃烈辛酸的情愫與美好崇高的理想，即使是一些偶爾登臺亮相的四五等角色，也往往閃爍著奇異的光彩，寄寓著作者對現實生活彼岸的追求。

從故事情節之奇來看，許多看似十分平常的情節也表現了作者的美好理想和對某些崇高未來的憧憬，浸潤著作者的濃烈情意。重視情節的情感性而非離奇性，是這部小說故事情節之奇的基本特點。《紅樓夢》的情節細節主要不是靠故事的離奇怪誕取勝，而是以它飽含著熾熱感情的奇妙和故事的出人意料令人怦然心動。比如六十一回「判冤獄平兒行權」，這個情節表面上看來完全是標準的或曰「嚴格的」現實主義寫法。其實並不盡然。作者在這裏明顯地塗抹上了一層濃鬱的理想主義色彩，塑造的是一個理想化的少女形象。表現出作者為平兒這樣心地善良、才幹過人的少女無命「補天」又無命「受享」的不幸命運的深深同情與忿忿不平，朦朧地呼喚公平的法律制度與人才制度在「末世」之後的新時代誕生。

說到奇物，並不在於寶玉之玉，寶釵之鎖，被周瑞家的說「等十年也未必都這樣巧」才能配齊製成的冷香丸；櫳翠庵妙玉待客的各色茶杯和沏茶用的五年前她從蘇州蟠香寺的梅花上收來的雪化的水；蔣玉涵贈寶玉的那條茜香國女國王所貢的大紅汗巾；晴雯抱病通宵織補的俄羅斯的孔雀金線裘。這些極其美好珍貴甚至聞所未聞的東西，主要並不在於其稀罕，因為可以想像得比它們更加離奇，而是通過它們的美與奇表現著某種理想精神或期盼。更重要的是，曹雪芹並沒有將筆墨停留在物本身的稀奇上——這一點《西遊記》要突出得多——這是一種淺層次的想像，而是通過物之奇為人的命運之奇，性格之特別，主題的多義多層與超現實性，起到襯托暗示或深化的作用。

賢寶釵小惠全大體

至於奇境，也絕不只是太虛幻境和大觀園，寧榮二府本身便是理想化的產物。只要稍稍考察一下北京現存的諸多清代王府，更不必說國公府，其佔地面積，建築規模，房屋格局，花園大小，根本無法與宏大的榮國府或寧國府相比。如果我們能夠看到浪漫主義的作用，我們就不難給予合理的闡釋，還能從一個新的視角有一些另外的發現，能夠欣賞到不少以現實主義眼光感受不到的美，也可以少鑽一些牛角尖。

要說奇情奇思，《紅樓夢》遠遠不是一般小說戲曲那種主人公乃神仙下凡，死而復生、得道成仙之類的低層次想像，主要表現為許多超前意識。和探春搞「承包」制相比，寶釵主張的進步意義更沒有得到足夠高的評價，相反還被用來「證明」她是「以小恩小惠籠絡人心」。曹雪芹將標題設計為「賢寶釵小惠全大體」，重點顯然在於讚揚而非否定寶釵，是通過她的行為表現自己的某種思想。她提出的建議是一種在新條件下財產再分配的方案，目的是為了緩解探春的改革所引起的新的利害衝突。表面上是為了照顧左鄰右舍的利益，深層次是為了減少改革的阻力，以保證改革的順利進行。核心是為了實現社會——賈府下層社會——的穩定與和諧。這實際上表現了曹雪芹在社會改革問題上政治層面的思考。這種超前思想情緒最突出的當然是貫穿全書的「頌紅」意識。在長達兩三千年的封建宗法制度和男尊女卑思想統治下，曹雪芹從這部小說的創作動機、作品主題、人物評價直到情節細節，始終凸現著這一思想，為女性的價值呼喊，這是多麼難能可貴！曹雪芹突破了中國古代藝術只歌頌那些美女型、淑女型、才女型女性的傳統，他筆下的眾多少女不僅美麗、賢慧、多才多藝，而且才幹過人，不讓鬚眉，具有自我價值意識、女性意識、平等意識。中國古代文學的女性形象中還沒有出現過林黛玉這樣的只重情感，厭棄科舉，對皇帝所賜、郡王轉贈的珍貴禮物都不屑一顧，棄之若敝屣的。曹雪芹正是從人物情趣和思想意識這個根本問題上採取了與前人大不相同的路子，從而使人物形象站在一個高起點上，與傳統的同類型人物形象具有本質性不同的個性。

人物話語和心理語言的奇特是《紅樓夢》的一個突出成就，在凸現小說主題、強化人物個性上的作用遠遠超過普通的精采語言。賈寶玉能夠成為不朽藝術典型，他那些再也無法重複的話語起了十分重要的作用：「女兒是水作的骨肉，男人是泥作的骨肉。我見了女兒，我便清爽；見了男子，便覺濁臭逼人。」（二回）賈寶玉「料定，原來天生人為萬物之靈，凡山川日月之精秀，只鍾於女兒，鬚眉男子不過是些渣滓濁沫而已」（二十回）。這些話只有賈寶玉說過，已經成為他的「語言專利」，別人再說就有抄襲之嫌，構成侵犯「名牌商標」罪，侵犯了曹雪芹的「知識產權」。賈寶玉那被人認為是「瘋、呆、傻、癡」而實際上是某種以特殊形式表現出來的崇高情感和天才觀念，和這種「商標化」語言專利有很大的關係。

因此浪漫主義滲透在《紅樓夢》的各個方面，說《紅樓夢》是一部偉大的浪漫主義巨著也不為過。

後記

十年前的此時，當我正準備「改邪歸正」，回去繼續弄現當代文藝研究與評論，時任中國紅樓夢學會副秘書長的張慶善（現任會長）著急地說：「你可別！你要知道，你現在正處於上升時期。」他告訴我，這次邀請我去參加五月底的福建南平會議，是馮其庸先生點的名，李希凡先生也去。而我的不少觀點和馮先生、李先生等前輩與時賢不盡相同，有的甚至完全對立。一九九四年我才第一次參加紅學界的學術會議（山東萊陽），南平會議是第二次，於是我只好硬著頭皮趕寫了《紅樓鎖鑰話「受享」》一文。我的觀點，至少大會主席、時任紅學會秘書長、紅學所副所長、《紅樓夢學刊》副主編杜景華先生是完全不贊成的，但在南平會議上景華先生不僅讓我「受享」發言不受時間限制，而且讓我主持了兩個小時的大會。文稿在下一期《紅樓夢學刊》上發表，結果此文成為我第二部紅學著作《紅樓夢創作方法論》的開始。我衷心地感謝紅學界的寬容，沒有眾多師友多年來的幫助、鼓勵、抬愛與提攜，多次為我創造條件，我絕不可能沿著自己的路子繼續走到今天。

中央電視臺科教頻道「百家講壇」欄目開播不久，我就有幸和他們合作，至今已是第五個年頭了。「百家講壇」有一支富有社會責任感和進取精神的年輕精幹的團隊，他們的誠信、敬業、好學，對節目精益求精，對演講者的尊重，都給我留下了深刻的印象。我要特別感謝「百家講壇」欄目的前任和現任製片人聶叢叢女士和萬衛先生，以及孟慶吉、劉德華、張長虹、張嘉彬、高虹、馬琳、魏學來、蘭培勝等各位編導和其他工作人員。承他們青目，我這個紅學界的票友才得以一而再再而三地在螢光幕演講《紅樓夢》，並夾塞講了一些其他題目。「百家講壇」在尋求學術品位和大眾化之間的平衡點上所做的不懈努力，令人敬佩。我尤其要感謝叢叢慨允撥冗賜序。

我有三次關於《紅樓夢》的講座都是在中國現代文學館做的，傅光明研究員不但是節目的策劃，而且是主持人。正是由於在這裏演講，使我對如何將學術問題講得雅俗共賞做了一些嘗試。如果沒有「在文學館聽講座」這個高雅而結實的橋樑，我和「百家講壇」的聯繫有可能就中斷了。對光明的幫助，我深表謝意。這本書會出版雖然在我意料之中，但是中華書局的宋志軍先生約稿之快仍然使我吃驚。他的謙和、熱誠，專業知識的豐富，令人感動。我們只通了二十分鐘電話就敲定了一切。非常感謝他和中華書局的領導以及其他編輯決定此書迅速出版而且做得十分漂亮。

最後自然要感謝我的家人。沒有他們的支持，我絕不可能在這麼短的時間裏把稿子趕出來，而且居然還能夠照樣睡懶覺。

周思源

二〇〇五年四月三日於北京語言大學三間屋

周思源看紅樓／周思源著. -- 一版. -- 臺北市：大地，2007.09

面： 公分. --（大地叢書：18）

ISBN 978-986-7480-80-4（平裝）

1. 紅樓夢 2. 研究考訂

857.49 96015934

周思源看紅樓

大地叢書 018

作者	周思源
發行人	吳錫清
創辦人	姚宜瑛
主編	陳玟玟
出版者	大地出版社
社址	114台北市內湖區瑞光路358巷38弄36號4樓之2
劃撥帳號	50031946-9（戶名 大地出版社有限公司）
電話	02-26277749
傳真	02-26270895
E-mail	vastplai@ms45.hinet.net
網址	www.vasplain.com.tw
美術設計	普林特斯資訊有限公司
印刷者	普林特斯資訊有限公司
一版一刷	2007年10月

大地

定價：250元